STEPHAN LEE

K-POP CONFIDENCIAL

STEPHAN LEE

K-POP CONFIDENCIAL

Tradução

Ana Beatriz Omuro

Publicado mediante acordo com a Scholastic Inc., 557 Broadway, Nova York, NY 10012, Estados Unidos. Direitos de tradução negociados por Ute Körner Literary Agent SLU – www.uklitag.com.

Título original: *K-POP Confidential*

Editora responsável **Veronica Gonzalez**
Assistente editorial **Lara Berruezo**
Diagramação e adaptação da capa **Douglas Kenji Watanabe**
Projeto gráfico original **Laboratório Secreto**
Preparação de texto **João Pedroso**
Revisão **Vanessa Sawada**
Arte da capa © 2020 by **Erick Davila**
Design da capa **Yaffa Jaskoll**

Texto fixado conforme as regras do Acordo Ortográfico da Língua Portuguesa (Decreto Legislativo nº 54, de 1995)

CIP-BRASIL. CATALOGAÇÃO NA PUBLICAÇÃO
SINDICATO NACIONAL DOS EDITORES DE LIVROS, RJ

L519k
Lee, Stephan
K-pop confidencial / Stephan Lee ; tradução Ana Beatriz Omuro. – 1. ed. – Rio de Janeiro : Globo Alt, 2021.

Tradução de : K-pop confidential
ISBN 978-65-88131-13-8

1. Ficção coreana. I. Omuro, Ana Beatriz. II. Título.

20-68056
CDD: 895.73
CDU: 82-3(519.5)

Camila Donis Hartmann - Bibliotecária - CRB-7/6472

1ª edição, 2021

Direitos de edição em língua portuguesa para o Brasil adquiridos por Editora Globo S.A.
R. Marquês de Pombal, 25
20.230-240 – Rio de Janeiro – RJ – Brasil
www.globolivros.com.br

Prólogo

A GAROTA NO REFLEXO

Aposto que já encarei meu reflexo em espelhos de salas de ensaio como esta por muitas e muitas horas.

Na maioria das vezes, estava encharcada de suor, desejando que meus dedos do pé caíssem de tantas bolhas e unhas encravadas, ou assistindo a mim mesma tentando piscar, jogar o cabelo e sorrir no tempo certo enquanto nossa professora de dança – "a General" – gritava comigo por estar sempre meio compasso atrasada.

Agora, amontoada nesta sala com outras vinte e quatro trainees – todas praticando há muito, muito mais tempo do que eu – meu reflexo até se parece comigo, mas é como se fosse meu rosto com um filtro do Snapchat. A garota no espelho tem longas mechas de cabelo lilás-acinzentado que parecem acompanhá-la desde que nasceu. Ela parece ter nascido com olhos azuis de outro mundo capazes de perfurar a sua alma. Ela parece nunca ter tido uma única espinha em sua pele limpa e hidratada.

Ela jamais confessaria que seu couro cabeludo está queimando por causa do descolorante, que seus olhos estão coçando por causa das lentes de contato coloridas e que, por baixo de todas aquelas camadas de maquiagem natural coreana, ela está com cara de quem não dorme há dias – porque não dormiu mesmo.

Essa garota sou eu, mas não exatamente. Ela ainda é a Candace de Nova Jersey. Mas essa versão de mim sabe suportar a dor, os machucados e os pés sangrando, a saudade de casa e as dietas desumanas. Ela sabe como lidar com as críticas e os insultos e manter o foco no objetivo final. Ela deixou seus amigos para trás, se despediu da família e voou até Seul. Ela foi escolhida para estar aqui por salas cheias de executivos mais velhos que seu pai.

Como se isso não fosse o bastante, não encosto no meu celular há três meses. Tem sido difícil pra *caramba*.

Atrás de uma porta fechada, o CEO da S.A.Y. Entertainment e seus mais importantes executivos e investidores estão escolhendo quem serão, afinal, as integrantes do super *hypado* e novo *girl group*, a versão feminina da *boy band* de K-pop mais famosa do mundo, a SLK. Algumas garotas estão rezando, andando de um lado para o outro. Outras estão balançando para a frente e para trás enquanto falam sozinhas. A maioria já está chorando.

Por mais estranho que pareça, estou bem calma. Eu me aproximo do espelho para ver melhor meu resto familiar, mas ao mesmo tempo desconhecido. Penso em como desejo isso. Como lutei para estar aqui. Lembro que desisti de tudo por isso.

Eu mereço.

Acredito, com todo o meu coração, que estou prestes a me tornar uma *idol*. E não importa quais sejam as outras garotas que eles vão escolher, nós vamos arrasar. Não só na Coreia ou na Ásia, mas em todo o mundo. É o meu destino. Sinto isso nas raízes do meu cabelo roxo-unicórnio.

Parte 1

Candace Park, de Fort Lee, Nova Jersey

CAPÍTULO 1

Você é aquele unicórnio?

Quatro meses antes...

Um dos meus grandes talentos é *air bowing*, que seria a versão orquestral de *lip syncing*, exceto pelo fato de que não é uma habilidade legal e nunca vai ser. Nunca vai existir um programa de TV chamado *Air-Bow Battle*.

A Orquestra Sinfônica da Fort Lee Magnet vai abrir o Festival de Artes da Primavera com uma versão empolgante de "Primavera", de Vivaldi (um pouco previsível, eu sei). Mantenho meu arco apenas alguns milímetros acima das cordas enquanto balanço para a frente e para trás, curvando o lábio superior como se estivesse sentindo um cheiro desagradável, tudo para dar a *impressão* de que meu corpo inteiro está possuído pela emoção crescente da música – mesmo que, na verdade, eu não esteja produzindo som algum. É melhor para todo mundo que eu só finja tocar. Assim ninguém vai me ouvir.

Se dependesse de mim, eu mandaria minha viola para o espaço. Foi ideia da minha *umma*, quando eu tinha cinco anos, e tive que aceitar. Como poucas crianças escolhem a viola, ela achou que seria mais fácil para eu me destacar e ser aceita em orquestras infantis de prestígio, o que seria ótimo na hora de me candidatar a vagas em faculdades.

Bom, o tiro saiu pela culatra. Dez anos depois, estou bem no fundo da seção das violas com meu parceiro tão sem talento quanto eu, Chris DeBenedetti. E vamos ser sinceros: violas são os dançarinos coadjuvantes das orquestras. Somos essenciais, mas ninguém presta atenção na gente. Os violinos são os cantores glamorosos que conseguem as melhores partes e as notas mais valiosas. Os violoncelos são aqueles membros taciturnos, misteriosos e sexy que têm o maior número de seguidores no Instagram.

Violas são a Michelle Williams do Destiny's Child dos instrumentos de corda... tirando a parte de serem ícones ou melhores amigas da Beyoncé.

É só quando todos nos levantamos para os agradecimentos no final da música que enxergo minha *umma* e meu *abba* na plateia. *Abba* está aplaudindo freneticamente com a boca aberta em um O, enquanto *umma* tira milhares de fotos com flash de mim no meu uniforme de orquestra horroroso (uma blusa branca de babados e uma saia verde na altura do tornozelo). Sorrio miseravelmente, sem enxergar nada por causa das luzes, até que possamos nos sentar novamente para assistir às apresentações do coral, que é o que o público realmente veio ver.

Ao contrário do estereótipo de todo filme de ensino médio, o coral na verdade é formado pelos alunos mais descolados da Fort Lee Magnet. É considerado a atividade "mais fácil" das eletivas de arte, então está cheio de garotas populares e atletas, incluindo meu irmão mais velho, Tommy.

O coral tem tantos membros que, para essa apresentação, teve que ser dividido em grupos. Para o número de abertura, Tommy e vinte de seus amigos entram no palco vestindo regatas neon, bandanas e meias de cano alto; os alunos na plateia, especialmente as garotas, vão à loucura. Eles apresentam uma performance irônica do clássico "What Makes You Beautiful", do One Direction.

Os garotos não são bons cantores; fazem graça e cantam sem afinação enquanto reproduzem todos os movimentos típicos de *boy bands*, como desenhar corações no ar, apontar para garotas na plateia, colocar as mãos sobre o peito e piscar. Mas eles agem de um jeito tão despreocupado, sem medo de parecerem idiotas, que – tenho que admitir – a apresentação fica legal mesmo. Tommy e seus amigos do time de beisebol se posicionam na frente do palco, sob os holofotes, com Tommy no meio deles. Vejo minha melhor amiga, Imani, na primeira fila, literalmente desmaiando – ela sempre disse que meu irmão é seu "maior crush", o que é nada a ver e vergonha alheia demais para mim.

Não sei o que me dá quando vejo Tommy e todos aqueles garotos lá, mas de repente estou cerrando os punhos. Eu me imagino quebrando minha viola contra o chão.

É tão injusto. *Eu* sou a filha que canta – ou pelo menos eu acho que canto, já que só faço isso quando estou sozinha no meu quarto. Então por que Tommy pode pular por aí com roupas ridículas, recebendo gritos e aplausos da escola inteira, enquanto eu fico escondida no fundo da orquestra?

Não importa quantas vezes eu tenha implorado à minha *umma* para que ela me deixasse desistir da viola e focar no canto, ela não cede. Na última vez que toquei no assunto, ela gritou "*Bae-jjae-ra!*", o que significa literalmente "corte meu estômago e me deixe sangrar até a morte!". É superdramático, mas, basicamente, é a versão coreana de "só por cima do meu cadáver!".

Ainda mais injusto é o fato de que eu tenho certeza de que não posso fazer parte do coral porque ela *sabe* que eu levaria a sério, ao contrário de Tommy. "Você pode cantar no seu tempo livre", ela me disse uma vez. "Cantar não é uma arte digna. Você precisa trazer o som de dentro de você com tanta força – todo mundo consegue ver o esforço que você faz".

O preconceito de *umma* contra o ato de cantar é estranho, porque, para falar a verdade, ela canta bem. Tanto *umma* quanto *abba* estudaram em uma respeitada faculdade de música na Coreia. Foi lá que eles se conheceram, inclusive. *Abba* estava estudando para ser maestro e *umma* estudava performance vocal. Mas também sei que eles não concluíram a faculdade e que se mudaram para os Estados Unidos logo depois de largarem seus cursos. Nenhum deles trabalha com música agora – eles são donos de uma loja de conveniência em Fort Lee –, então eu sei que os sonhos de *umma* com a música deram errado em algum momento, mas ela jamais vai falar sobre isso. Vai ser um daqueles segredos de família, provavelmente para sempre.

Coloco minha viola no chão – algo inaceitável de acordo com o sr. Kuznetsova, o maestro da orquestra – e afundo em minha cadeira. Será que algum dia eu é que vou cantar e pular de um lado para o outro no palco, sem me preocupar com o que os outros pensam? Acho que não até depois do ensino médio, quando eu estiver em algum lugar bem longe da minha família. Enquanto isso, preciso ter paciência e esperar por mais alguns anos, fazendo o papel da garota coreana quietinha que assiste a todas as aulas avançadas, tira notas boas, toca um instrumento clássico e nunca reclama.

Depois da apresentação, Imani e Ethan vêm para minha casa. É uma noite de sexta-feira e estamos fazendo o que mais gostamos: passando o tempo no meu quarto, nos enchendo de comida e assistindo a vídeos no YouTube.

Não que sejamos os excluídos, muito embora estejamos juntos em todas as aulas de nerd. É só que, em vez de ir para festas ou jogos de futebol, preferimos passar o tempo juntos surtando com todas as coisas estranhas pelas quais somos obcecados: vídeos de *RuPaul's Drag Race* aos quais assistimos várias e várias vezes, vídeos de *mukbang* e blogueiras de beleza das quais rimos, mas que secretamente amamos. ("Menos é mais", Ethan gosta de falar, fingindo aplicar iluminador nas maçãs do rosto. "E não se esqueça da região acima dos lábios!").

Depois de assistirmos a um pequeno *mukbanger* devorar oito pacotes de macarrão instantâneo superapimentado em menos de quatro minutos, Imani assume o controle do meu computador. Já sei o que ela está prestes a pesquisar: a performance de "Unicorn" que o SLK fez no *Saturday Night Live* da semana passada.

— Eu amo, amo, *amo* o SLK! — Ethan diz enquanto a apresentadora da noite, Jennifer Lawrence, chama os integrantes ao palco.

— Duh! E que desculpa alguém teria pra não gostar? — Imani diz.

Dou de ombros:

— Eles são o.k.

— Pelo visto, alguém aqui tem uma — Imani me lança um olhar de julgamento. — Mano, às vezes eu acho que sou mais coreana que você.

Bom, Imani está *literalmente* comendo *kimchi* direto do pote neste exato momento. Nem eu consigo comer *kimchi* desse jeito – eu gosto dele na comida, especialmente no arroz com curry ou no *jjigae*, mas não tenho coragem de comê-lo puro.

— Quer dizer, fico superfeliz que um grupo asiático seja tão popular e esteja em capas de revista e tudo o mais — digo —, mas a música deles parece um pouco... fabricada?

— Amiga, me poupe — Imani diz, fechando o pote de *kimchi* e voltando para minha cama para abraçar minha baleia de pelúcia gigante, a MulKogi (*mulkogi* significa "água-carne", ou seja, "peixe" em coreano). — Como se música pop americana não fosse fabricada. Enfim, todos os meninos do SLK sabem cantar e fazer rap. O próprio One.J escreveu vários dos maiores hits deles. E aquela coreografia é *tudo*!

— Sim, olha aquilo, Candanista — Ethan diz, totalmente fascinado. — O One Direction só ficava parado no palco e, tipo, às vezes pulava de um lado para o outro. Esses caras estão servindo *horrores*.

O.k., não sei por que estou mentindo para os meus melhores amigos – acho que preciso fazer terapia para entender isso –, mas na verdade eu sou secretamente uma *superstan* de SLK. Já passei horas assistindo a performances deles em **Music Shows*** coreanos e ao seu *reality show*, o *SLK Adventures*, no YouTube. E desde que o SLK começou a fazer sucesso nos

* Confira os significados dos termos em negrito no Dicionário avançado de K-pop da Imani, página 358. (N. E.)

Estados Unidos, passei a acompanhar outros grupos, especialmente o QueenGirl, que saiu em turnê com a Ariana Grande agora. Nada faria Imani, a maior *stan* de K-pop que conheço, mais feliz do que poder surtar por música pop coreana comigo. Mas, por alguma razão, eu fico com vergonha. Não seria *superprevisível* a garota coreana gostar tanto de K-pop?

Na tela, os cinco garotos do SLK se movem em perfeita sincronia, mesmo quando estão dando cambalhotas. Cada um tem um tom diferente de cabelo colorido – eles claramente gastam tanto tempo com maquiagem e figurino quanto qualquer *girl group*. Todos eles são lindos, cada um do seu jeito, especialmente One.J, o *idol* que está sempre no centro, à frente dos outros. Tudo em seu rosto parece ter sido criado em laboratório para ser tão fotogênico quanto é humanamente possível: seus olhos melancólicos; seus lábios com cor de doce; seu maxilar esculpido em forma de V. De alguma maneira, nenhum de seus movimentos parece ensaiado. Quando os garotos passam as mãos por seus cabelos, parece que One.J está fazendo isso espontaneamente, só porque sentiu vontade, e os outros quatro viram como era incrível e decidiram copiá-lo.

A plateia do *Saturday Night Live* vai à loucura quando os garotos fazem a dança de "Unicorn". Essa é uma música perfeita, mesmo que o refrão, a única parte da letra em inglês, não faça tanto sentido: "Baby, agora eu acredito em unicórnios / Você é a garota que eu estive procurando / Procurando sob o arco-íris / Baby, tudo que eu sei / Você é meu unicórnio, uma em um bilhão".

Ao final da música, nós três estamos dançando pelo quarto, cantando a plenos pulmões. Imani balança o cabelo para a frente e para trás, Ethan faz um *duck walk* e eu mexo meu corpo sem qualquer respeito pelo ritmo ou pela minha dignidade.

— O.k., eu admito — digo, ofegante — essa música é superviciante.

Logo depois da apresentação no *Saturday Night Live*, "Unicorn" começa a tocar novamente.

Estamos prontos para gritar a música de novo, mas não é o Music Video – é uma propaganda (quantos comerciais, YouTube!). As palavras "VOCÊ É UMA EM UM BILHÃO?" aparecem na tela. E então:

S.A.Y. ENTERTAINMENT,
A EMPRESA QUE TROUXE A VOCÊ
A SENSAÇÃO GLOBAL NÚMERO 1 SLK,
ESTÁ PROCURANDO POR SEU PRIMEIRO *GIRL GROUP*.

O texto corta para um clipe dos garotos do SLK lançando olhares intimidadores e sexy diretamente para a câmera, com a luz refletindo em seus rostos iluminados.

ESTAMOS PROCURANDO POR GAROTAS
QUE CANTAM, DANÇAM E FAZEM RAP COMO O SLK.
É VOCÊ O NOSSO UNICÓRNIO?

Os garotos do SLK dizem para a câmera, sedutores:

— É você o meu unicórnio?

Sinto um calor no estômago quando é a vez de One.J.

SEJA DESCOBERTA,
NAS AUDIÇÕES GLOBAIS DA S.A.Y.,
ROYAL OAK THEATER,
EM PALISADES PARK, NOVA JERSEY,
19 DE ABRIL.

Caio no riso.

— Eles vão avaliar cantoras ou arranjar namoradas para os garotos?

Imani não está rindo, ela está olhando para mim.

— Você deveria tentar, Candace.

Eu me recuso a responder.

— E logo em Palisades Park? Será que foi um erro na transmissão? Por que uma gravadora de K-pop recrutaria em *Jersey*?

Ethan também não está rindo.

— Bom, Jersey *é* onde os jovens coreano-americanos do subúrbio vivem. — Ele gesticula para mim como se dissesse "Você é a prova viva".

— Você deveria tentar — Imani repete, séria.

— Ha, ha. — Reviro os olhos. — Você consegue imaginar *meus pais* me deixando largar a escola pra fazer parte de um grupo de K-pop? Além do mais, eu pareço uma *idol* pra você?

Imani passa os olhos sobre meus pés descalços e machucados, meu jeans rasgado e meu moletom preto gigante com capuz.

— Não, nem um pouco. Mas você tem potencial debaixo de… tudo isso. Além disso, você tem ideia do que isso significa? A S.A.Y. é a empresa de entretenimento mais poderosa do K-pop no momento por causa do SLK. Uma versão feminina do SLK seria TUDO!

— E você *canta* — Ethan diz. — Agora mesmo quando a gente estava cantando "Unicorn", você estava arrasando.

— Mano, eu sempre te disse — Imani fala. — Você tem uma voz de anjo. Você precisa compartilhar isso com o mundo.

Imani já me disse esse tipo de coisa antes. É um belo elogio, claro, mas, por alguma razão, meus olhos ficam um pouco marejados. Deve ser pela mesma razão que me faz ter vergonha de admitir o quanto amo K-pop.

Eu não me incomodo de falar sobre minhas artistas americanas preferidas, como Ariana e Rihanna, mas agora que o SLK agraciou a capa da *Vanity Fair* e o QueenGirl se apresentou com a Cardi B nos VMAs, tudo ficou um pouco real demais. Talvez pessoas como eu possam *mesmo* ser estrelas também, se tiverem talento e a possibilidade de se arriscarem. No fundo, acho que posso ter talento suficiente. Mas coragem? Com certeza não.

Olho para o violão rosa da Barbie no canto do meu quarto. Foi o presente do meu pai no meu aniversário de doze anos; ele comprou seguindo o preceito paternal de que toda garota ama rosa-choque (e eu meio que amo). Meu *abba* me ensinou alguns acordes básicos e, diferentemente da viola, eu aprendi a tocar violão imediatamente, como se fosse uma parte perdida do meu corpo – talvez porque eu sempre tenha visto o violão como uma ferramenta para cantar. Eu assisti a tutoriais de dedilhado no YouTube e aprendi a tocar as músicas mais antigas da Taylor Swift. Agora meu violão é meu bem mais precioso, a primeira coisa que eu salvaria de um incêndio.

Mesmo assim, só toco na privacidade do meu quarto. Faço vários *covers* e componho algumas músicas. Às vezes filmo a mim mesma e já pensei em postar alguns vídeos no YouTube – cantando uma versão acústica de "Here With Me", de CHVRCHES e Marshmello, e uma música emotiva que escrevi chamada "Expectations vs. Reality" –, mas esses vídeos são apenas arquivos no meu computador, salvos na minha área de trabalho bagunçada no meio de trabalhos de literatura avançada e relatórios de práticas no laboratório de biologia.

— Humm — digo. — Vou pensar.

— Mano — Imani diz, abrindo um monte de abas no meu computador —, acho que você está subestimando o K-pop. Não é só um gênero musical. Me deixa ser sua guia no universo dos *girl groups*.

Imani nos mostra clipes – os Music Videos, ou MVs, como são chamados no K-pop – de vários tipos de *girl groups*, como QueenGirl, Blackpink, Twice, Red Velvet, Everglow e Itzy. Já assisti a muitos MVs do SLK, mas nunca dei muita atenção aos grupos femininos. Não desse jeito. Os visuais e a coreografia são maravilhosos, as garotas são todas incrivelmente lindas e há vários gêneros e influências, incluindo hip-hop, reggae e EDM.

Enquanto mostra os vídeos, Imani explica a diferença entre **Conceito Girl Crush** e **Conceito Cute** em *girl groups* de K-pop.

Ela também explica as regras do K-pop como se estivesse falando dos reinos de *Game of Thrones*. Há quatro empresas principais: YG, JYP, SMTown e S.A.Y., e elas recrutam talentos no mundo todo – em sua maioria na Coreia, mas também no Japão, na China, na Tailândia e nos Estados Unidos, geralmente em Los Angeles. Elas procuram jovens talentosos, claro, mas jovens talentosos que cumpram um papel específico que todo grupo de K-pop precisa.

— Então é tudo uma fórmula? — pergunto.

— Quer dizer, não é *só* isso — Imani diz —, mas sim, o K-pop é meio que uma fábrica de *idols*. As empresas visitam escolas, audições, shoppings e, ultimamente, YouTube e outras redes sociais. Se os jovens que eles recrutarem não forem supertalentosos, as empresas vão se certificar de que eles se *tornem* supertalentosos. Tem todo esse sistema rígido de treinamento pelos quais eles precisam passar antes do *debut*, geralmente por anos. A grande maioria dos trainees nunca debuta depois de passar a infância inteira treinando. É um negócio super *Jogos vorazes*.

Umma aparece na porta. Quando Ethan está no meu quarto, não posso fechar a porta, mesmo que *umma* saiba que não há nada com o que se preocupar.

— Estão se divertindo, crianças?

— Sim, senhora Park! — Imani e Ethan respondem.

— Imani está nos ensinando K-pop Nível Avançado — Ethan diz.

— Eu vou *testar* vocês dois — Imani brinca.

— Que festa — *umma* diz. Posso ver um toque de reprovação em seu rosto. — Imani, sua irmã veio buscar você e o Ethan. Vou pegar um pouco de *kimchi* pra vocês levarem.

— Obrigada, senhora Park!

Depois que Imani e Ethan vão embora, não consigo parar de ver outros MVs de *girl groups*. Eu não tinha ideia de quantos tipos de garotas você pode ser como *idol* – a fofa, a rebelde, a rainha da moda, ou as três ao mesmo tempo. Por que eu nunca pensei nisso como uma possibilidade para mim mesma?

Bom, essa pergunta é idiota. Há tantas razões óbvias pelas quais eu jamais poderia sonhar ser uma *idol*. Em primeiro lugar, meu coreano é horrível; nunca tive que fazer aulas de coreano aos sábados como as pessoas da igreja que conheço. Depois, eu definitivamente não sei dançar. Tipo, eu não consigo nem balançar meu punho no estilo Jersey Shore – sou ruim assim.

E, é claro, meus pais sempre acabaram com qualquer conversa sobre ser cantora antes mesmo de elas começarem. *Umma* enfiou na minha cabeça e na de Tommy que só existem três, talvez quatro, áreas respeitáveis que podemos seguir: medicina, direito, administração ou carreira acadêmica – nessa ordem. Cantar está bem no final da lista, provavelmente entre ser uma traficante e uma assassina.

Finalmente saio do YouTube e pego meu violão, me certificando de que a porta está fechada. Aperto o botão de gravar na câmera do notebook.

Sei que esse vídeo só vai se perder na bagunça da minha área de trabalho como todos os outros. Jamais será postado. Mesmo assim, gosto de gravar porque – e isso é estranho e supermacabro – eu imagino que, se eu for atropelada por um ônibus escolar ou algo do tipo, gostaria de deixar esses vídeos para que as pessoas soubessem: *Candace sabia mesmo cantar. Candace tinha algo para dizer esse tempo todo.*

Toco os acordes iniciais de "Expectations vs. Reality". Canto suavemente:

Expectativas:
Eu não gosto de confrontos
Eu não recebo convites
Eu vivo na minha imaginação
Realidade:
Você acha que me conhece
Mas há muitas coisas que você não vê
Espere só até eu me tornar quem eu nasci pra ser

O.k, eu sei que a letra é brega e minhas rimas não são tão boas como as de *Hamilton*, mas estou me abrindo por inteira aqui.

Eu não sou a garota que se impõe
Mas algum dia eu vou estourar
Um dia você vai ouvir essa música
E descobrir que estava errado
Porque suas expectativas não são minha realidade

— Uau, que lindo!

Eu grito e quase derrubo meu violão. Tommy aparece na porta do quarto. Ele está esfregando lágrimas de mentira.

— Sai daqui! — grito, jogando o MulKogi nele.

Tommy agarra MulKogi facilmente.

— Ninguém entende a Candace! Candace é tão profunda!

Empurro Tommy para fora do quarto e grito no corredor:

— *Umma*! *Abba*! Tommy está me espionando de novo!

— Desculpa, desculpa — Tommy diz, com sotaque coreano, curvando-se diante de mim e caindo no riso. — Vou me desculpar *de verdade* quando você "estourar" e sua música for número 1!

Bato a porta e peço desculpas mentalmente para MulKogi por jogá-lo. MulKogi responde, telepaticamente: "Bom, Tommy mereceu. *Ele* pode participar do coral e você não?".

Espumando de raiva, mando uma mensagem para Imani.

O.k. Vou fazer a audição.

Sento-me com meu computador e edito o vídeo, cortando a parte final em que Tommy me interrompeu rudemente. Clico no mouse furiosamente, como se fosse o rosto de Tommy, e entro na minha conta no YouTube. Pela primeira vez, depois dos milhares de vídeos que eu já vi na vida, posto um no meu canal. Lá estou eu, Candee-Grrrl0303 (não me julgue, eu criei essa conta no ensino fundamental), com um único vídeo cantando e tocando um violão.

Só porque *umma* tem medo da própria voz por causa de algum fracasso que teve na Coreia bem antes de eu nascer não quer dizer que ela possa calar a minha.

Clico em "publicar".

Quando olho para o meu celular de novo, Imani já respondeu minha mensagem.

ARRASOUUUUUU!!!!!!!!!!

CAPÍTULO 2

Uma em um bilhão

Os braços de Imani e Ethan estão cruzados com os meus para me dar apoio – e para me impedir de fugir. Sou prisioneira dos dois. Sem eles, eu teria voltado para casa no momento em que vi a aglomeração. Centenas, talvez milhares de adolescentes e adultos apareceram para o teste.

A princípio, achei que essa audição fosse apenas para o primeiro *girl group* da S.A.Y. Entertainment, mas, de acordo com os avisos em todo canto, eles também estão procurando por garotos que cantam para seu novo *boy group*, que estão chamando de "SLK 2.0". A fila se estende do saguão do cinema até o estacionamento, circulando o prédio.

Estou em choque. Eu não sabia que havia tantos fãs de K-pop em toda a Costa Leste, muito menos em Nova Jersey. A maioria deles é asiática, mas fico positivamente surpresa ao ver que há todo tipo de pessoa aqui. Há uma equipe do jornal local filmando pessoas dançando a coreografia de "Unicorn" – que é basicamente fazer um chifre contra a testa com o dedo enquanto imita um galope complicado. É um pouco como a dança de "Gangnam Style" do PSY, exceto pelo fato de que, quando os garotos do SLK dançam, é maneiro e meio sexy.

Olho para os pôsteres gigantes do SLK espalhados ao redor de todo o complexo. São cinco membros: ChangWoo, o líder e "pai" do grupo; YooChin, o rapper principal descolado; Joodah, o único com um senso de estilo realmente ousado; Wookie, o integrante engraçado que quase se parece com um cara normal; e, é claro, One.J, que ocupa as posições de **Center**, **Visual**, **Face** e ***maknae*** do grupo.

Em alguns pôsteres, os cinco parecem frios e um pouco assustadores, como os vampiros de *Crepúsculo*, com a pele branca cintilante, os lábios cor de sangue brilhando e os olhos reluzindo um dourado quente. Em outros, eles têm um visual alegre e charmoso, como se fossem o namorado ideal que você sonha conhecer no acampamento de verão, mas nunca encontra de fato.

Por um segundo eu me perco no olhar de One.J em um dos pôsteres no estilo assustador e sexy. Seu olhar ardente. Seus lábios perfeitos, levemente abertos.

Chacoalho o corpo para sair do transe – Imani e Ethan também me ajudam com isso – quando finalmente chegamos à mesa de inscrições depois de esperar na fila por mais de duas horas. A garota na mesa, que está vestindo uma camiseta do SLK, pergunta, um pouco grossa:

— Os três vão participar da audição?

— Não, só essa *idol* aqui — Imani diz.

A garota olha para mim, cética, e me entrega um formulário.

— Próximo — ela resmunga.

Vamos para a área externa do auditório onde as audições estão acontecendo. Eu me sento no chão e começo a preencher o formulário, que está escrito em inglês e em coreano.

Nome: Candace Park
Nome em coreano (se houver): Park MinKyung
Idade: 15
Altura (em cm): 1,54 m
Peso (em kg): Não sei. ALIÁS, QUE DESELEGANTE!
Habilidades (Atuar, Dançar, Cantar): Cantar
Outras habilidades: Tocar violão, compor músicas, já comi três burritos de chipotle de uma só vez.
Artistas ocidentais preferidos: Ariana Grande, Rihanna, Justin Bieber
Artistas de K-pop preferidos: SLK, QueenGirl, Blackpink

Imani espia por cima do meu ombro. Imagino que ela vai me dizer para levar as perguntas mais a sério, mas ela só diz:

— Ótimo. Você está mostrando que tem personalidade. Ah, e as suas escolhas de artistas de K-pop preferidos são muito boas. Você aprende rápido, jovem Padawan.

Entrego meu formulário para a garota emburrada das inscrições, que me dá uma folha de papel com um número para prender à minha roupa: 824. Vejo isso como um bom sinal — meu aniversário é no dia 24 de agosto.

Ethan pega seu celular para me filmar:

— Como você se sente sabendo que está prestes a ser escolhida para a versão feminina do SLK?

Faço um sinal da paz e mostro o sorriso mais fofo que consigo, minha imitação de uma *idol* perfeita.

— Nada disso vai acontecer — digo por trás do meu sorriso exagerado. — Vou cantar a minha música, ser rejeitada e fingir que isso nunca aconteceu.

— Ai, como você é chata — Ethan diz, guardando seu celular.

Olho ao redor. O cinema, hoje fechado para o público, está cheio de jovens que parecem fazer parte de uma convenção de *cosplay*: muita gente com delineador pesado, cabelo neon, gargantilhas e maquiagem gótica pálida. Outros fazem mais o estilo hip-hop, com jeans largos e correntes. Todos estão dançando break ou fazendo aquecimento vocal, dando tudo de si para cantar versões à capela de hits do K-pop como "Loser", do Big Bang, ou "Love Whisper", do GFriend. Nunca me senti tão deslocada. Faltei uma aula preparatória do vestibular para vir aqui.

Percebendo meu nervosismo, Imani diz:

— Vamos fazer as Mãos da Diversidade pra dar sorte.

"Mãos da Diversidade" é uma das nossas piadas internas, em que imitamos a foto de uma cartilha que o conselheiro da escola, sr. Torrence, tem no escritório dele sobre "Celebrar a Diversidade". Juntamos nossas mãos e admiramos as diferenças: a mão negra de Imani; a mão pálida, meio peluda de Ethan; e a minha. Não sei por que as pessoas dizem que a pele dos asiáticos é amarela, porque não é, mas é definitivamente diferente das outras duas.

— Ora, veja só — Ethan diz em sua voz de Pai Chato.

Quando meu nome finalmente é chamado, Ethan me ajuda a pendurar meu violão cor-de-rosa ao redor dos meus ombros. Eu e outros dois candidatos entramos no auditório, onde subimos em um pequeno palco na frente da tela IMAX. Depois que meus olhos se ajustam à luz do holofote brilhando sobre mim, vejo três pessoas na plateia: um cinegrafista nos filmando, um cara com óculos estilosos e de colete e uma mulher de aparência poderosa vestindo um terno com um sorriso neutro congelado em seu rosto. Já sei que ela é a pessoa que eu realmente devo impressionar.

— Em nome da S.A.Y. Entertainment, Manager Kong agradece a todos vocês por virem à audição — diz o homem de óculos. Manager Kong deve ser a mulher poderosa. — Meu nome é Brandon Choi e serei seu intérprete hoje. Vocês terão até um minuto pra cantar, dançar ou apresentar um monólogo com base na habilidade que escolheram. Quando pedirmos para pararem, significa que já vimos o bastante. Por favor, não continuem. Primeiro, temos o número 822, Ricky Townshend, que vai cantar... "Jebal". É isso mesmo?

Um garoto negro com cabelo rosa dá um passo à frente. Depois de fazer uma rápida oração em silêncio, Ricky começa a cantar uma balada incrivelmente triste em um coreano perfeito. Mesmo com meu conhecimento básico da língua, sei que *jebal* significa "por favor" – ou algo mais intenso que "por favor"; é mais tipo "*pelo amor de Deus, por favor!!!*" (*umma* sempre grita: *jebal*, vá praticar sua viola!). Ricky arrasa desde a primeira nota. Além de seu coreano ser melhor do que o meu, ele traz uma emoção dolorosa para a letra. Quando ele termina, estou arrepiada e não consigo não aplaudir até que Brandon, o intérprete, me lança um olhar de reprovação.

O próximo é um cara descendente de coreanos com tranças-raiz que decide apresentar um rap que ele mesmo escreveu. Ele se autointitula ANTIKDOTE e suas habilidades são tão boas quanto seu nome. A sra. Kong e Brandon mandam ele parar depois de dez segundos.

Eu sou a terceira e última do grupo. Dou um passo à frente.

— Vou apresentar uma versão acústica de "Bad Guy", da Billie Eilish — digo, balançando a cabeça. Por causa do meu violão, não consigo fazer uma reverência profunda e adequada, como se espera na Coreia.

Mal enxergo a sra. Kong ou o intérprete, apenas suas silhuetas. Prendo a respiração e dedilho o primeiro acorde.

Quando começo a cantar, percebo que estou acelerando um pouco, mas não consigo evitar – de repente, sinto vergonha da música que escolhi. Minha voz soa fina para mim, provavelmente porque não canto mais alto que um sussurro há anos. Eu devo estar parecendo uma criança de doze anos com meu violão cor-de-rosa. Ninguém acreditaria que sou "do tipo que deixa sua mãe triste", como diz a letra. Eu deveria ter escolhido uma música da Carly Rae Jepsen ou algo do tipo.

Eu só esperava cantar a primeira estrofe e o refrão, mas não ouço ninguém me parar. Ou talvez eles estejam gritando para que eu pare, mas não os escuto porque é como se estivesse fora do meu corpo – meu cérebro desligou e meus dedos estão se mexendo por reflexo. Na parte instrumental da música, eu paro de cantar e apenas assobio enquanto dou tapinhas no meu violão conforme a batida.

No final da música, eu interrompo meio que de repente e a ficha cai mais uma vez: estou parada em uma sala de cinema vazia tentando ser escolhida para fazer parte de um grupo de K-pop. Faço outra reverência. O lugar está completamente silencioso e dou um passo para trás para meu lugar ao lado de Ricky e ANTIKDOTE.

— Boa — Ricky sussurra para mim.

— Você também — sussurro de volta.

A sra. Kong e Brandon murmuram um para o outro. Percebo que meu corpo inteiro está literalmente tremendo. Uma gota de suor escorre pela minha têmpora.

Brandon finalmente pigarreia.

— Obrigado a todos por virem hoje. Apreciamos seu tempo e esforço, mas estamos procurando por características muito específicas hoje. Todos estão dispensados.

Essa doeu.

Eu tinha zero expectativas para a audição, mas, mesmo assim, meu coração derrete como um relógio de Salvador Dalí e escorre até meu estômago.

Começo a seguir os outros dois para fora do palco quando, de repente, Brandon diz:

— Exceto a 824. Todos estão dispensados, exceto a 824. 824, por favor, continue no palco.

Deixo escapar um gritinho. Sério, o intérprete estava sendo dramático de propósito, como se fosse uma eliminação falsa de *reality show*.

Fico parada e aceno tristemente para Ricky – ele *precisa* virar um cantor de alguma forma, seja de K-pop ou não – antes de focar na minha próxima tarefa. Se eles quiserem ouvir outra música, decorei como tocar "Since U Been Gone", da Kelly Clarkson.

— Por favor, tire seu violão — o intérprete diz.

Droga. O.k., eu consigo cantar à capela.

Ponho meu violão no chão, me sentindo toda nua e vulnerável, o que odeio fazer com meu bebê — ele não é minha viola.

— A sra. Kong agradece pela versão criativa de "Bad Guy" — Brandon diz. — Que tipo de música você gostaria de dançar?

Eita.

— Dançar? — digo. — Desculpa, acho que houve um engano. Eu só me inscrevi para a audição de canto.

Silêncio.

— Bom, qualquer *idol* vai precisar dançar.

Não importa como, mas preciso dar um jeito de não dançar na frente dessas pessoas.

— Me desculpe... foi a sra. Kong quem disse isso ou só você?

— O quê? — Brandon diz.

Não era a minha intenção soar arrogante, mas sei que soou assim.

— Desculpa, é que eu não entendo por que preciso dançar em uma audição de canto.

Brandon e a sra. Kong deliberam em coreano. Ele se volta para mim e diz:

— Não precisa fazer nada espetacular. Só queremos ver você... sentir a música.

— *Sentir*? — pergunto, completamente atordoada. — Desculpa, não entendi a tarefa...

Antes que eu me dê conta, o sistema de som do cinema começa a tocar "Havana", da Camila Cabello. Sinto meu estômago revirar.

Congelo.

Eu literalmente esqueço como é ser um humano com um corpo conectado ao cérebro. Uma estrofe inteira toca e eu ainda não me mexi.

Faça alguma coisa, Candace! Grito para mim mesma mentalmente.

Vejo as silhuetas de Brandon e da sra. Kong se mexerem em seus assentos. Olho para a luz vermelha da câmera gravando este momento humilhante. De repente, sinto que estou fora do meu corpo, assistindo a mim mesma – eu me vejo fazendo arminhas com as mãos.

Para o que é que estou atirando, além das minhas chances de ser uma *idol*? Agora, para o meu horror, estou fazendo o passo do *cabbage patch*. Depois o *sprinkler*. Então o *floss*. Todas as danças bregas que vi Tommy fazer no casamento da tia SoonMi, em Franklin Lakes, no ano passado.

Sem outras ideias, imagino o que uma participante de *RuPaul's Drag Race* faria quando está prestes a perder no "Lip Sync For Your Life" e está desesperada para fazer alguma coisa extravagante enquanto ainda há tempo. Não consigo abrir um espacate aéreo ou fazer um *death drop* ou arrancar minha peruca. Mas *consigo* fazer algo que mais ou menos se parece com *voguing*.

Faço gestos forçados com meus braços como se fosse uma controladora de voo mal-humorada – minha tentativa de fazer um *waacking*. Depois, me agacho e tento fazer um *duck walk*, como já vi Ethan fazer com facilidade um milhão de vezes, mas logo percebo que minhas coxas não são fortes o suficiente. A música para abruptamente bem na hora em que estou caindo de bunda no chão.

— Pare! — o intérprete brada. — A sra. Kong e a S.A.Y. Entertainment agradecem sua participação.

Eu me levanto, totalmente humilhada. Faço uma reverência na direção da sra. Kong e murmuro "obrigada" em coreano formal: "*gamsamnida*". Pego meu violão e saio do auditório, jogando mechas de cabelo sobre meu rosto para esconder o fato de que ele provavelmente está tão vermelho quanto um pote fervente de *kimchi jjigae*.

CAPÍTULO 3

Número desconhecido

Na segunda-feira, passo o dia todo me sentindo morta por dentro. Não consigo me concentrar nas aulas de biologia avançada ou literatura, e não só porque não paro de receber ligações aleatórias de um número desconhecido, o que me causa problemas com meu professor de biologia, o sr. Delacorte. No almoço, mal consigo engolir duas mordidas de frango *tetrazzini*.

Por que não levei a audição mais a sério?

A cada dois segundos cai a ficha de que essa coisa toda de K-pop poderia ter mudado minha vida de verdade. Eu deveria ter me esforçado mais. Por que eu tratei isso como se fosse uma piada?

Eu deveria ter imaginado que *era óbvio* que me pediriam para dançar. Eu agi como se fosse boa demais para o K-pop, quando, na verdade, eu não sou boa demais para nada. Pelo amor de Deus, eu toco viola.

Depois da escola, Imani, Ethan e eu vamos para a loja de conveniência da minha família – que tem o nome superoriginal de Loja da Família Park – para estudar para a nossa prova de história mundial de amanhã. *Abba* traz um prato de *yakgwas* feitos por *umma*. Nós os vendemos na loja e os clientes amam. São biscoitinhos de mel coreanos, um dos meus doces favoritos – esticam como caramelo, são gostosos de mastigar e gordurosos como donuts. Imani e Ethan também amam.

— Yasss, *yakgwas* são o *jjang*! — Imani exclama, pegando um biscoito.

Abba ri. Meus pais sempre ficam felizes com o amor de Imani por qualquer tipo de coisa coreana.

— Imani — *abba* diz —, você tem cartão de fidelidade de *bubble tea*?

— Na verdade, sr. Park, tenho sim um cartão de fidelidade — Imani diz, tirando um cartão não usado do bolso.

Desde que a nossa loja começou a vender *bubble tea* — provavelmente a melhor decisão de negócios que meus pais já tomaram – estamos distribuindo cartões de fidelidade compre-dez-ganhe-um-de-graça.

Abba pega o cartão de Imani, faz dez buracos nele de uma só vez e joga os pedacinhos de papel no ar como confete.

— *Bubble tea* de graça para a Imani! — ele comemora. Imani dá pulinhos e gritinhos de alegria enquanto o papel cai sobre a mesa. É uma brincadeira dos dois. É tão fofo que me dá vontade de vomitar.

Umma traz o *bubble tea* gratuito de Imani, de chá oolong com leite, seu favorito, e um chá de pêssego para Ethan, que tem intolerância à lactose. Ela deixa um pedaço de papel na ponta dos canudos, como se fossem um boné – um toque especial de *umma*.

— Ao que vocês estão assistindo? — ela pergunta.

— Só uns vídeos de K-pop — Ethan responde antes de tomar um longo gole de chá.

O SLK está no meio da Rebel World Tour e acabou de fazer um show em Singapura. O YouTube está cheio de **fancams**.

— De novo? Candace, você também gosta desse tipo de coisa? — *umma* pergunta, mordendo os lábios.

— Ah, alguns grupos até que são legais — resmungo, dando de ombros.

Quando ela se vira, faço uma careta em sua direção. Percebo que, se ela tivesse incentivado meu talento em vez de tratá-lo como um segredo vergonhoso, se eu tivesse feito aulas de canto e dança em vez de anos de aulas de viola, eu teria tido a confiança necessária para arrasar na audição. Eu provavelmente estaria me preparando para passar o verão em Seul.

Abba ri, aprovando.

— Eu fico muito surpreso que Candace goste de música coreana — ele diz —, eu sempre acho que Candace é 100% garota americana.

— Candace está virando uma *stan* de K-pop tão obcecada como eu — Imani diz, radiante.

Umma se volta para nossa direção, alarmada. Olho para o lado rapidamente.

Imani nos mostra um monte de vídeos de Joodah e Chang-Woo, do SLK, se abraçando de brincadeira no palco.

— Aww, essa tour está tendo bastante ***skinship*** JooWoo — Imani diz, combinando os nomes dos dois.

— *Skinship*? — Ethan pergunta.

— Essa vai para o Dicionário de K-pop! — Imani diz, abrindo as páginas finais do seu caderno de história mundial, em que ela está escrevendo o *Dicionário avançado de K-pop da Imani*, cheio de todos os jargões e terminologias que eu deveria saber agora que decidi me jogar no mundo do K-pop.

Suspiro, lembrando da audição, de como eles me pediram para sair do palco tão rápido. Quero esquecer de tudo e focar na minha última descoberta: o MV de "Stun Me Stun You", do QueenGirl. Ver aquelas quatro garotas poderosas arrasando – especialmente a melhor vocalista, WooWee – sempre me motiva. Tiro meu celular da mochila e o ligo.

— Tem 47 chamadas perdidas de um número desconhecido — digo.

— Provavelmente um *stalker* — Ethan diz —, ou um admirador secreto!

— Não atenda — *umma* diz, de trás da bancada. Ela completa, em coreano: — Não dá pra confiar em estranhos hoje em dia.

Duas noites depois, a agonia que sinto quando lembro da audição ainda não passou. Tento pensar em outra coisa agora que as provas das matérias avançadas estão chegando, mas só de me lembrar que não preparei uma dança para uma *audição de k-pop* tenho vontade de dar um soco em mim mesma.

Enquanto jantamos *bulgogi* e *ssam*, o assunto do momento, obviamente, é o vestibular de Tommy, que se aproxima, e minhas provas. É tudo tão previsível que suspiro alto enquanto enrolo um *ssam* meio frouxo.

— Por que esse suspiro desanimado? — *umma* pergunta em coreano.

— Nada — respondo, suspirando de novo.

Depois do jantar, *umma* chama Tommy e eu para nossa ligação semanal de quarta-feira à noite. Ela está falando com nosso *harabuji*, nosso avô, que mora na Coreia, no KakaoTalk Video, o aplicativo de mensagens mais popular de lá. Fico na ponta dos dedos do pé e Tommy se agacha para que nós dois possamos aparecer na tela. Tommy ainda não tomou banho depois do treino de beisebol, então cheira a suor. O rosto de *harabuji* está instável na tela.

— *Annyeonghaseyo* — dizemos em uníssono.

— Uh — *harabuji* diz, com sua voz grave. — São vocês, crianças?

— Sim — respondemos em coreano formal.

Não sei se isso é algo que só nosso *harabuji* faz, ou se é algo que todos os idosos coreanos fazem, mas sempre achei estranho que *harabuji* pergunta "São vocês?" enquanto olha diretamente para nós. Talvez seja porque estamos sempre falando pelo telefone e ele não consegue nos ver direito. O celular está tremendo na mão dele. Ele não parece o mesmo de sempre – seus olhos estão amarelados e sua pele tem uma palidez acinzentada.

Harabuji aponta para seu peito:

— *Nah-neun nu-gu-jee*? — ele pergunta "Quem sou eu?".

— *Harabuji* — Tommy e eu dizemos em uníssono.

Uma expressão de surpresa e satisfação aparece no rosto de *harabuji*.

— *Orlchi*! — ele exclama.

Em coreano, *orlchi* significa "Isso mesmo!" ou "Esse é meu garoto/ garota!". É algo que se diz para crianças pequenas quando elas fazem alguma coisa precocemente, como carregar sozinhas uma cesta pesada de roupa escada abaixo.

Isso é o máximo que conseguimos dizer em nossas conversas com *harabuji*, provavelmente por causa da barreira linguística. É fofo que ele pareça feliz de verdade quando conseguimos identificá-lo corretamente como *harabuji*, mesmo que sejamos grandes demais para isso ser impressionante. Acho que ele sempre vai ver Tommy e eu como crianças de seis e cinco anos, as idades que tínhamos na única vez que o vimos pessoalmente, quando ele veio de Seul para cá.

Depois de nos despedirmos várias vezes, desligamos. Devolvo o celular para *umma*, que está lavando a louça na cozinha com *abba*.

— Está tudo bem com o *harabuji*? — pergunto. — Ele parece um pouco... diferente.

Umma suspira.

— *Harabuji* está muito doente — ela diz, preocupada.

Espero um pouco para ver se ela fala mais alguma coisa. O que ela quer dizer com "muito doente"? E ninguém vai visitá-lo?

Mas, pelo visto, a conversa já acabou.

— Vá estudar — *umma* diz. — Se você não tirar dez na sua prova de biologia avançada, *kun-il natta*. — *Vai ser um problemão.*

Depois de alguns minutos folheando meu livro de exercícios de biologia avançada, abro o YouTube para assistir a mais alguns vídeos de K-pop. Há um ponto vermelho ao lado do sininho no canto superior direito da tela. Tenho uma notificação. Um novo comentário no meu vídeo.

Abro meu vídeo, que agora tem doze visualizações – com certeza de Imani e Ethan e pessoas ligadas a eles. Os primeiros dois comentários eu já vi:

ImaniCharles2003: SUA MARAVILHOSAAAAAAA
EthanEmery627: Você é minha Taylor Swift coreana❤!!!

Então há um terceiro comentário, um que eu ainda não vi. É de um usuário chamado S.A.Y. Entertainment. E está escrito em coreano.

Engulo um galão de ar. Meu coração está acelerado enquanto murmuro os caracteres coreanos (não consigo ler em coreano sem mexer os lábios). Depois de um minuto, consigo entender o que está escrito: "Tentamos ligar para você, mas você não atende o telefone. Você tem KakaoTalk?"

Clico no nome de usuário S.A.Y. Entertainment para me certificar de que é a S.A.Y. Entertainment *de verdade*. De fato, o link me leva ao perfil oficial da S.A.Y. – o canal em que os MVs do SLK, todos com mais de um bilhão de visualizações, são postados.

Volto para a página do meu vídeo, na qual respondo o comentário em inglês: "Desculpe por não atender as ligações! Eu não tenho KakaoTalk, mas vou baixar agora mesmo".

Não posso acreditar em como fui idiota – o número desconhecido era da S.A.Y.! Meus dedos tremem enquanto seguro o celular. Baixo o KakaoTalk. Mesmo que *umma* e *abba* usem o aplicativo o tempo todo, eu nunca tive um motivo para baixá-lo.

No instante em que ativo o KakaoTalk, chega uma notificação de nova mensagem, que soa como um bebê falando "peekaboo!".

Saudações.

A mensagem está escrita em inglês, mas veio de um nome de usuário coreano, que leio como "Kong YeNa".

Aqui é Manager Kong, da S.A.Y. Entertainment.

Não pode ser. Sem chance. A moça das audições. A moça superprofissional de terno que não falava. Digito com o alfabeto inglês, sem jeito:

Annyeonghaseyo!

Estou gritando por dentro e pulando ao redor do quarto enquanto a Manager Kong digita por um longo tempo.

Finalmente:

Estou de volta a Seul. Mostrei o vídeo da sua audição para membros da agência.

Ai meu Deus. Eu preferiria que ela não tivesse mostrado.

Os executivos da agência ficaram bastante interessados. Você pode falar agora?

Posso? Eu me deito no chão e coloco os pés contra a porta. Já que ela não tem trava, essa é minha gambiarra para ter um pouco de privacidade.

Digito:

Posso.

Instantaneamente, uma melodia começa a tocar. É uma chamada de vídeo do KakaoTalk. Seguro o celular acima do rosto e respondo, torcendo para que Manager Kong não ache estranho eu estar estirada sobre o carpete. Ela aparece na tela, sentada no que parece uma sala de conferência bem-iluminada. Diferentemente de quando a vi pessoalmente, ela não está usando maquiagem e está vestida de modo casual, com uma camiseta preta e um boné.

— *Annyeonghaseyo* — digo, me esforçando para levantar a cabeça como uma reverência.

— Olá, Candace — ela responde em coreano. — É bom finalmente falar com você.

Não sei como responder. Consigo entender coreano porque é como *umma* e *abba* sempre falaram comigo, mas sou péssima em formar frases por conta própria – sempre respondi meus pais em inglês.

Então digo apenas "*Neh*", que é um "sim" formal e serve como um termo coringa para completar todo tipo de frase.

— Fiquei impressionada com sua audição — a Manager Kong diz. — Você tem uma voz bastante única, pura.

— *Gamsamnida* — digo.

— Sua dança...

Dou uma risadinha sem graça.

— Ah, aquilo... Me desculpe — consigo dizer em coreano, com a voz trêmula.

Manager Kong sorri um pouco.

— Você não demonstrou nenhuma habilidade, mas apreciei seu esforço. Você mostrou seu charme.

Levanto a cabeça do chão em outra reverência.

— É claro, se você quiser debutar, vai precisar treinar bastante. Na S.A.Y., não procuramos jovens que já têm todas as qualidades de uma estrela. Procuramos jovens com potencial e os fazemos treinar, treinar e treinar. Muito em breve vamos debutar nosso primeiro *girl group*. Eu gostaria de te oferecer uma vaga em nosso programa de trainees. Já temos muitas trainees talentosas, mas nosso CEO acha que precisamos de outra garota coreano-americana. Dentre as mais de três mil que participaram das audições em Nova Jersey, você foi a única que se encaixou em nossos critérios. Então, o que você me diz?

Manager Kong fala incrivelmente rápido e vai direto ao ponto. Eu não entendo tudo o que ela diz, mas na minha cabeça completo com as palavras que eu *tenho certeza* de que ela está dizendo. Ela verifica seu relógio enquanto espera por uma resposta, sem perceber que virou meu mundo inteiro de cabeça para baixo.

Eu pigarreio e digo:

— Hmm... eu ainda estou na escola.

A realidade fria e dura atinge minha cabeça como uma bigorna de desenho: *umma* e *abba* jamais me deixariam pular um ano ou atrasar meus estudos, muito menos ir para a Coreia em uma jornada sem pé nem cabeça para virar uma *idol* de K-pop. Nem em um trilhão de anos. A única razão pela qual nossa família tem dinheiro para qualquer coisa extra, além das atividades esportivas de Tommy, minhas aulas idiotas de viola, o curso preparatório para o vestibular e computadores para fazer a lição de casa é que *umma* e *abba* estão economizando cada centavo para que eu e Tommy possamos estudar na melhor faculdade em que consiga entrar.

— Em que ano você está, segundo do ensino médio? — Manager Kong pergunta, impaciente.

— Sim.

— Estudantes americanos não têm férias de verão? Deve ser bom. Nosso CEO quer escolher os integrantes finais para os novos *boy* e *girl groups* no fim do verão. Claro, eu acho que treinar por apenas quatro meses antes do *debut* é muito pouco, mas alguns *idols* já fizeram isso. Se você não conseguir debutar, o que provavelmente vai acontecer — nada contra você pessoalmente —, pode voltar para os Estados Unidos e continuar seus estudos. Se você debutar, podemos conversar a respeito da sua educação. Existem escolas internacionais excepcionais em Seul. E então?

— Hmm — limpo a garganta. — Posso falar com meus pais e depois dar uma resposta?

— Tudo bem — ela suspira, aparentemente irritada por eu não ter concordado voar para o outro lado do mundo e vender minha alma para uma agência de entretenimento coreana na hora. — Podemos oferecer passagens de avião para Seul para você e um de seus pais e hospedagem... o dormitório das trainees para você e um apartamento da agência para o seu responsável. Ser uma trainee não vai te custar nada. Você pode pedir para seus pais me ligarem diretamente, se quiser.

Passo a língua sobre meus lábios ressecados.

— Há algum horário específico em que eu devo ligar?

— Ligue a qualquer hora. Ninguém na S.A.Y. dorme.

Tento ler seu rosto para ver se ela está brincando, mas ela já desligou.

Com a cabeça girando, me levanto. Passei a semana inteira pensando que minha vida seria perfeita se eu tivesse passado na audição. Agora que consegui, percebo que tenho uma missão ainda mais impossível: convencer *umma* a me deixar ir.

CAPÍTULO 4

Bae-jjae-ra

No dia seguinte, quando conto a novidade para Imani e Ethan depois da escola, eles reagem exatamente da forma como eu esperava. Os dois gritam a plenos pulmões. Ethan planta uma bananeira do nada. Imani me chacoalha freneticamente enquanto berra:

— Eu sabia, eu sabia, eu sabia, eu sabia!

Estamos no nosso lugar de costume no gramado do lado de fora do refeitório. O dia está lindo e quente e há gente espirrando por todo lado. Um grupo de alunos do Clube de Robótica está fazendo seus robôs lutarem a poucos metros de distância.

— Não se animem — digo. — Como eu disse no dia da audição, meus pais nunca vão me deixar ir.

— Amiga, me poupe — Imani diz. — Você sempre faz isso, Candace.

— Faço o quê?

— Autossabotagem — Ethan diz.

— O quê?

— Autossabotagem — ele repete. Com o rosto vermelho pelo esforço, Ethan volta a ficar de pé e muda para sua voz de monólogo teatral: — A Grande RuPaul define "autossabotagem" como a voz dentro da sua cabeça que traz seus medos à tona e te impede de tentar fazer as coisas que você realmente quer fazer.

— Ouça a Mãe RuPaul — Imani diz. — E o Ethan, pelo visto. Acho que sua autossabotagem interior está mais viva do que nunca.

— Você a mantém saudável com uma dieta de desculpas e baixa autoestima — ele brinca.

Meus amigos são ridículos.

— Ah, nada a ver — eu desconverso, mas sinto meu rosto esquentar. — Eu não sou assim.

— É mesmo? — Imani pergunta, curvando uma sobrancelha. — Então por que você não levou sua audição da S.A.Y. a sério?

— E por que você ainda está tocando aquela maldita viola?

— Vocês não entendem — digo. — Vocês não conhecem a minha mãe.

— Na verdade, eu conheço, e ela é uma verdadeira santa — Imani diz.

— Ela tem uma edição de *Grito de Guerra da Mãe-Tigre* com todas as páginas marcadas! — digo, balançando os braços, sem paciência.

Imani levanta os braços, rendendo-se.

— Não vou discutir com você sobre esse assunto — ela diz. — Já te arrastei para aquela audição. Mas não sou a amiga negra coadjuvante de *ninguém*. — Ethan emite um "*uhummm*", concordando. — Por outro lado — diz Imani, sorrindo —, se você decidir que quer tentar isso, tentar *de verdade*, vou te ajudar a convencer seus pais. Persuadir pessoas é meu superpoder.

— E pensa: se você for uma trainee na agência do SLK — diz Ethan —, você definitivamente vai conhecer o One.J!

Apesar das mensagens impacientes que estou recebendo da Manager Kong no KakaoTalk, é só depois do culto de domingo que resolvo falar com meus pais.

> Preciso saber logo.

> Uma oportunidade como essas não vai esperar para sempre.

> Você tem ideia de quantos jovens na Coreia morreriam para estar no seu lugar?

Depois da igreja, quando eles já tiraram seus melhores trajes de domingo e vestiram suas roupas normais, costuma ser o momento em que *umma* e *abba* estão mais bem-humorados. Como eles não têm vida social durante a semana, a igreja é meio que o recreio deles. Depois de horas rezando, comendo e rindo com todos os seus amigos, eles estão exaustos e felizes.

Reúno *umma* e *abba* na sala, anunciando que tenho uma coisa importante para contar.

Umma fica ressabiada logo de cara. Ela pergunta:

— Você não vai nos contar alguma coisa estranha, vai?

Honestamente, não posso dizer que não.

— Só senta do lado do *abba*, por favor.

Fico de pé na frente da TV, que está ligada ao meu computador, e respiro fundo antes de começar minha apresentação cuidadosamente ensaiada.

— Reuni vocês aqui hoje porque quero pedir uma coisa que talvez surpreenda a todos. É por isso que preciso pedir, com todo respeito, que prometam que não vão fazer perguntas ou falar até eu terminar.

— Prometo — *abba* diz logo de cara.

Umma puxa um fiapo de sua calça.

— *Umma*, estou olhando pra você. Diz que promete.

Depois que *abba* a cutuca com o braço, *umma* diz:

— Certo, Candace. Eu prometo.

— Obrigada — limpo a garganta. — Então, como o que vamos discutir é complexo e multifacetado, preparei uma apresentação pra dar uma ideia mais clara — ligo a TV. O primeiro slide do PowerPoint já está pronto. É uma foto minha adorável, aos cinco anos, em pé no palco da igreja com outras crianças da minha idade cantando "Noite feliz" em um evento de Natal da congregação.

Abba dá um sorriso largo e *umma* leva a mão ao peito. Por enquanto, tudo bem.

— Eu, Candace MinKyung Park, nasci em Newark, Nova Jersey, em 24 de agosto. E desde que me entendo por gente... — Passo para o próximo slide, com uma foto minha vestida como Rapunzel, de *Enrolados*, no Halloween, aos nove anos, cantando "Quando minha vida vai começar?". — ... no meu coração, eu sempre amei música, especialmente cantar. — Não estou olhando para *umma*, mas consigo *sentir* sua aura escurecendo. — Qualquer talento que eu tenha para o canto, devo a vocês, *umma* e *abba*. Sei que vocês já foram, e ainda são, músicos brilhantes.

Mostro uma foto minha aos seis anos chorando desesperadamente enquanto toco uma pequena viola – por algum motivo, *umma* e *abba* sempre acharam esse retrato genuíno da minha angústia adorável. Mesmo agora, eles não conseguem deixar de soltar um "*Owwwn*".

— Quando eu era bem novinha, eu podia cantar o que quisesse, com aquele tipo de alegria e inocência pura que só as crianças têm — digo, e essa fala é toda de Ethan. — Mas, em algum momento, perdi aquela alegria. A vida toda, fui fortemente desencorajada a cantar e, em vez disso, fui forçada a estudar viola, um instrumento para o qual eu não tenho talento nem paixão.

Mudo de slide para um retrato da orquestra no sétimo ano, no auge daquela fase esquisita da puberdade. Na foto, eu não poderia parecer mais infeliz enquanto segurava minha viola naquele uniforme horrível.

— Ser tão ruim em uma coisa que toma a maior parte do meu tempo fora da escola não só arruinou minha autoestima, mas provavelmente também prejudicou minhas chances de entrar na faculdade. Que tipo de universidade ficaria impressionada com o fato de eu ter gastado tanto tempo em uma atividade na qual não me destaco?

Meus olhos se dirigem ao rosto de *umma*. Ela parece atingida. Horrorizada. Digo a mim mesma que isso só quer dizer que meu plano está funcionando. Continuo:

— Ultimamente, meu coração tem gritado pelo desejo há muito tempo escondido de cantar — continuo, outra frase de Ethan. — Preciso confessar que semana passada desobedeci às suas regras, mas foi por um bem maior: faltei no cursinho pra ir a uma audição pra uma agência de K-pop em Palisades Park.

Meus pais têm um sobressalto. *Umma* diz:

— O quê…

— *Umma*, eu disse que vou responder a perguntas e comentários depois.

Passo o slide e mostro uma selfie de Imani, Ethan e eu no meio da multidão de jovens esperançosos no estacionamento do complexo.

— Sim, sei que foi errado, mas eu sabia que seria proibida, julgada e ridicularizada se tivesse contado. Eu cantei em frente a uma Manager da S.A.Y. Entertainment que veio lá da Coreia pra procurar talentos americanos. Na segunda-feira, ela me ligou pra dizer que, dentre três mil candidatas, eu fui a única que eles escolheram.

Explico a importância da S.A.Y. Entertainment, falo como é uma agência séria. Mostro uma foto do SLK – não uma das meio assustadoras e sexy, mas uma foto simpática dos garotos com uniformes escolares posando em uma sala de aula.

Mostro um slide com tópicos:

POR QUE CANDACE DEVE SER UMA TRAINEE DE K-POP NESTE VERÃO

- Candace vai aprender bastante coreano.
- Candace fará novas amizades com pessoas do mundo todo.
- Candace vai ganhar mais confiança vendo asiáticos se tornarem *idols* de sucesso. Ela não viu muito disso crescendo nos Estados Unidos.
- Candace já sofreu calada enquanto tocava viola por dez anos.
- A S.A.Y. vai fornecer passagens aéreas e hospedagem gratuita em Seul durante o verão.

O último tópico, que foi ideia de Imani, é tão decisivo que dou a ele um slide próprio:

> • Há uma crença entre os avaliadores de universidades que candidatos asiáticos não se destacam dos demais. Muitos deles tiram notas altas e tocam instrumentos clássicos muito melhor que Candace jamais tocará!
> Passar um verão como uma trainee de K-pop é uma experiência única que daria uma redação excelente.

Termino a apresentação com uma foto minha recebendo meu violão cor-de-rosa do *abba* no meu aniversário de doze anos. Meus olhos brilham de alegria e com as chamas das velas.

— Obrigada por sua atenção — digo, respirando fundo. — Algum comentário? Perguntas?

Silêncio. *Abba* bate palmas, sem jeito. *Umma* está olhando para o lado com os braços cruzados. Tudo bem. Eu já esperava resistência.

— *Umma*. Parece que você tem algo a dizer.

Umma diz, ríspida:

— *Bae-jjae-ra.* — Só por cima do meu cadáver. — Isso é ridículo.

A frase que ela usa em coreano para dizer "ridículo" – *maldo andwae* – significa, literalmente, "essas palavras nem existem".

Minhas bochechas estão queimando como carvão quente sob uma chapa de *galbi* escaldante.

— Por quê?! — grito. — O que é tão ridículo? Eu nunca te peço nada. Você nunca me deixou fazer o que eu quero de verdade e eu tiro notas boas e nunca reclamei.

— Você já reclamou bastante — *umma* responde.

— Por que Tommy pode ser quem ele quiser e ser uma estrela do esporte e você nunca disse nada? Eu tiro notas melhores. É por que ele é menino?

— Como você pode dizer uma coisa dessas? — *umma* pergunta. Há urgência em sua voz. — Não é por isso. É porque os esportes podem ajudar Tommy a entrar em uma boa faculdade. Ajudar seu futuro.

— Talvez cantar possa me ajudar também! — grito.

Umma morde os lábios. Ela mexe a cabeça, tentando se acalmar.

— Pra ser sincera, Candace — ela diz, suave, mas firme —, você tem uma voz decente, mas é tão difícil se destacar como cantora. Você tem ideia de quantos cantores e artistas incríveis existem na Coreia? Você é uma menina tímida, e esses *idols* têm tanto carisma e autoconfiança...

Fico sem palavras, chocada. Nunca fiquei tão magoada.

Abba finalmente se levanta.

— Candace — ele diz em coreano —, preciso admitir, estou preocupado também. Já li umas coisas no jornal sobre essas agências. Tem tanta corrupção, e esses trainees são tão maltratados... tem **contratos abusivos**, já ouvi falar de assédio...

Mal ouço *abba*. A raiva que sinto de *umma* toma conta de mim.

— Você é o motivo de eu não ter autoconfiança — falo para ela, com a voz trêmula; nem sei se isso é verdade, mas parece real nesse momento. — Você tentou tirar de mim minha única paixão, a única coisa que faz de mim especial. Se não for por ódio, por que outro motivo você faria algo tão cruel comigo? Você está brava *comigo* porque você nunca conseguiu se tornar uma cantora.

Umma está boquiaberta. Ela parece completamente devastada. O gosto amargo da culpa sobe pela minha garganta, mas eu o engulo.

— Isso é demais, Candace — *abba* diz. — Vamos conversar sobre isso depois.

— Ótimo!

Caminho furiosamente para meu quarto e bato a porta. Deito no chão e coloco os pés contra a porta. Ouço passos. Alguém gira a maçaneta, mas faço mais força com as pernas. Uma batida.

— Candace, abra a porta — *umma* pede, gentilmente.

— *Bae-jjae-ra*! — grito.

Sei que algum dia vou me arrepender de ter dito isso a *umma*. Mas encaro o teto, percebendo que não estou realmente brava com ela; estou brava comigo mesma. Isso não é sobre as aulas de viola, ou sobre não poder fazer parte do coral, ou sobre não ir à Coreia para treinar. É sobre ser honesta a respeito do que realmente quero uma vez na vida. É sobre ter coragem.

Esmurro a porta com meus pés. Grito ainda mais alto:

— *Bae-jjae-ra*!

CAPÍTULO 5

Olho do peixe

No jantar, *umma* traz a panela quente de *doenjang jjigae* para a mesa com as mãos nuas – a pele dela com certeza é feita de escamas de dragão. Quero pedir desculpas, mas lembro: essa é a primeira vez que declaro o que realmente quero. Não vou voltar atrás.

Abba traz um pargo-vermelho marinado fumegante, com cabeça, cauda e tudo mais. Talvez possa parecer nojento para a maioria das pessoas, mas Tommy e eu costumamos brigar para ver quem come o olho do peixe porque, quando éramos pequenos, *umma* nos disse que dava sorte. Hoje, porém, Tommy não tem concorrência. Ele arranca o olho cinza e gelatinoso do pargo com seus *jeotgarak* – nhac! – e o coloca na boca.

Todos mergulham suas colheres na mesma panela de *jjigae*, menos eu. *Umma* e *abba* elogiam Tommy que, junto com seu time de beisebol, venceu uma partida. Ou jogo. Sei lá.

Sento-me à mesa sem tocar na comida, encarando os três.

— Qual é o *seu* problema? — Tommy pergunta. — Você está mais esquisita do que o normal.

Sofro em silêncio enquanto *umma* me ignora com destreza. Como ninguém diz nada, respondo em voz alta:

— Meu *problema* é que *umma* e *abba* estão destruindo meus sonhos e arruinando minha vida.

— Eita. Que drama — Tommy diz. Ele pega um pedaço enorme de filé de peixe com a colher. — O que aconteceu?

— O que *aconteceu* é que eu me arrisquei pela primeira na vez na vida, fiz um teste pra fazer parte de um *girl group* de K-pop na agência do SLK, encarei todos os desafios, fui a única cantora entre milhares que passou na audição e agora *umma* não me deixa ir para a Coreia treinar.

Tommy congela no meio da mordida. Sua boca está cheia de comida e há um único grão de arroz grudado em seu lábio inferior.

— Sério? — ele pergunta.

Há um silêncio na mesa. De repente, meus olhos estão marejados e minhas bochechas ficam quentes como lava. Mais uma vez, a vergonha toma conta de mim. Ver minha família – perceber que agora eles sabem que acho que posso talvez me tornar uma *idol*, que sabem que *quero* uma coisa dessas – é tão vergonhoso.

— É idiota, eu sei — murmuro.

— Na real, acho da hora — Tommy diz.

— Sério? — encaro Tommy, cem por cento chocada.

— Sério. — Ele já devorou metade do pargo, que era mais ou menos do tamanho de um corgi. — Quer dizer, não me surpreende. É óbvio que você canta bem.

— É?

Acho que essa é a primeira vez que Tommy me elogia durante os meus quinze anos neste planeta.

— Canta, sim — ele diz. — Todo mundo sabe disso. Além do mais, eu te ouço pela parede o tempo todo. Aquela música que você escreveu... "expectativas e não sei o quê"... é meio brega, mas dá pra imaginar as pessoas pagando pra ouvir. Não muitas, mas algumas.

Umma finalmente acorda para a vida e tenta colocar um fim na conversa.

— Não encoraje essa bobagem — ela diz. — Essas agências coreanas de música são cruéis. Elas arruinam vidas. A maioria delas sequer paga os *idols* e faz eles morrerem de tanto trabalhar.

Imani me preparou bem para esse debate.

— As agências estão melhorando bastante nesse quesito — digo. — Além do mais, a S.A.Y. é a agência mais bem-sucedida na Coreia e consegue pagar seus *idols* quando eles debutam. Ela é conhecida por ser uma das boas agências. É só olhar para o SLK.

Umma aperta os lábios.

— Candace, você canta muito bem. Eu sempre soube disso. Mas por que cantar precisa ser algo além de um hobby? Você tem noção de como tem sorte de que a única coisa que precisa fazer é ir bem na escola? Isso é tudo que precisa fazer pra ter uma carreira em que seu valor está na sua inteligência e nas suas habilidades, diferente de *abba* e eu.

Ela abaixa a cabeça, triste. Eu me pergunto o que *umma* acha que é o seu "valor". Quero dizer a ela que, apesar das coisas que gritei na noite anterior, seu valor não tem nada a ver com o que ela faz. Ela é a pessoa mais importante do mundo inteiro porque ela é a *umma*.

Ela bate na mesa. Seu rosto instantaneamente volta para sua expressão determinada de todo dia.

— O fato, Candace, é que virar uma cantora não vai ajudar o seu futuro. Como eu disse ontem, é diferente do beisebol de

Tommy, que pode ajudá-lo a entrar em uma boa faculdade, o que vai ajudá-lo a conseguir um bom emprego. Seu *abba* e eu nos esforçamos pra que vocês possam fazer algo nobre e útil para os outros. É uma oportunidade que nunca tivemos.

Abba pigarreia. Há um sorriso triste e pensativo em seu rosto. Ele faz um carinho na mão de *umma*.

— *Yubboh* — ele diz. *Querida.* — Sabe, não é pra isso que nos esforçamos. Nos esforçamos pra que Tommy e Candace possam fazer o que os faz felizes de verdade. *Essa* é a oportunidade que nunca tivemos.

Mordo meus lábios para conter as lágrimas. Com uma mão, Tommy dá uns tapinhas no meu ombro, sem jeito, enquanto continua a se empanturrar com a outra.

— Candace, não chore — *umma* diz, séria. — Olhe pra mim. — Ela coloca os *jeotgarak* sobre o prato e procura meus olhos. — Essa é mesmo sua paixão?

Balanço a cabeça, concordando. Com o choro entalado na garganta, consigo colocar para fora o argumento que preparei:

— *Umma*, vai ser só durante o verão, por favor. A executiva da S.A.Y. disse que só faltam alguns meses para o *debut* do novo *girl group*. Aí, se eu não for escolhida, e claro que eu não vou ser...

— Você vai, sim — *umma* diz. — Se você for, é claro que eles vão te escolher. Quem é mais talentosa ou especial que você?

Por um segundo, fico totalmente abalada com esse voto inédito de confiança. Olho para *umma*, maravilhada.

Meu *abba* diz:

— Candace com certeza tem talento.

— Tá bom, tá bom, não vamos exagerar — Tommy diz.

— Mas, Candace — *abba* diz —, tem muita coisa que você não entende sobre a cultura e o jeito de pensar coreano.

Como uma garota americana, não tem como saber. As coisas estão difíceis para os jovens na Coreia agora. Entrar numa faculdade e conseguir emprego é tão concorrido lá. Vai ser a mesma coisa pra virar uma *idol*. Acho que você vai ficar surpresa ao ver o quanto um trainee coreano está disposto a se esforçar, tendo seu talento nato ou não. Pra eles, virar um *idol* pode não ser só um sonho ou uma paixão como é pra você. Pode ser a única esperança para o futuro.

— Eu vou me esforçar — digo. — Mais do que já me esforcei em toda a minha vida.

Umma segura seus *jeotgarak* novamente, pega o último pedaço de peixe e o coloca em minha tigela de arroz.

— Não estou dizendo sim — ela suspira. — Temos que pensar a respeito, e com certeza precisamos falar com alguém da S.A.Y.

— Claro — digo, concordando avidamente com a cabeça. Não consigo conter o maior dos sorrisos enquanto dou a primeira mordida no jantar.

CAPÍTULO 6

"Into The New World"

Ainda não ouvi um "sim", mas, na semana seguinte, *umma* e *abba* falam por horas com a Manager Kong no KakaoTalk à mesa da cozinha enquanto eu tento ouvir da sala. Depois das longas chamadas de vídeo, *umma* e *abba* falam sem parar sobre como ela é uma pessoa simpática. Isso me deixa confusa, porque Manager Kong me parece ser muitas coisas, menos simpática.

A S.A.Y. nos envia o contrato de trainee para que meus pais deem uma olhada. Os dois, especialmente *umma*, odeiam assinar contratos, e esse tem literalmente setenta páginas. *Umma* pergunta para as mulheres do grupo de estudo da Bíblia se alguém conhece um advogado na Coreia, e por acaso o irmão da esposa de um primo da diaconisa Min, mãe da minha amiga Jinny, entende os contratos supercomplicados da indústria de entretenimento coreana. Por KakaoTalk, *umma* o convence a ler o meu, e ele diz que é um contrato bem padrão. Sim, a empresa vai controlar totalmente meu tempo enquanto eu for uma trainee, mas não tenta dar nenhum golpe absurdo como algumas das empresas menores fazem.

O que realmente preocupa *umma* e *abba* é uma cláusula no contrato segundo a qual a S.A.Y. pode atrasar a decisão final sobre as selecionadas para o *girl group* para depois do fim de agosto e, durante esse tempo, eu ainda estarei presa como uma trainee. *Umma* e *abba* insistem em mudar a cláusula para que eu possa deixar a S.A.Y. se eles não tiverem decidido até 29 de agosto – um dia antes do meu primeiro dia de aula do terceiro ano na Fort Lee Magnet.

Certa noite, os dois ficam acordados até tarde para negociar esse ponto com Manager Kong e os advogados da S.A.Y., que fazem um escarcéu, dizendo que não podem concordar com isso, que nunca abriram uma exceção como essa para ninguém na história da empresa. Mas *umma* e *abba* insistem.

Ficamos sem resposta da S.A.Y. por uma semana inteira.

Por mais incrível que pareça, estou meio aliviada. É um pouco reconfortante poder continuar com a minha vida de sempre, sabendo que tenho talento, que a S.A.Y. me queria, sem ter que ir *de fato* para Seul para provar que consigo.

Mas sei também que há uma chama dentro de mim que não vai me deixar admitir isso em voz alta. Quando *umma* e *abba* perguntam como estou, querendo saber se ainda quero ir, continuo dizendo que sim.

Finalmente, em uma tarde de domingo, a S.A.Y. entra em contato com meus pais pelo KakaoTalk. Ainda com as roupas da igreja, eles me fazem sentar à mesa da cozinha.

— A S.A.Y. concordou com nosso prazo de 29 de agosto — *umma* diz, apertando os lábios firmemente — com uma condição: se você desistir do programa de trainee antes dessa data e eles ainda não tiverem escolhido as garotas que vão debutar, nós seremos cobrados pelo valor total do seu treinamento, que será de dezenas de milhares de dólares. Não estou falando isso pra te proibir de desistir antes. Se eles te maltratarem, ou se você estiver infeliz, queremos que você desista na hora. Vamos dar um jeito de pagar. Só queremos ter certeza de que você está levando isso a sério. De que esse é realmente o seu sonho.

Estou chocada. Nunca imaginei que daria certo. Balanço a cabeça devagar, concordando.

Fazemos um plano – na verdade, eles fazem, enquanto eu ouço, boquiaberta –: um dia depois da minha última prova, vou para Seul com *umma*. Ela vai ficar em um apartamento pago pela S.A.Y. durante todo o tempo em que eu estiver treinando. *Umma* vai usar esse tempo para cuidar de *harabuji*, que está piorando; ele provavelmente vai ter que ser internado. Durante o primeiro mês, não poderei vê-la ou sequer sair do complexo de treinamento enquanto me acostumo à vida de trainee. Depois desse período, poderei passar as noites de sábado e o domingo inteiro com *umma*, mas esse vai ser o único tempo de descanso que vou ter. *Abba* vai tomar conta da loja sozinho com a ajuda de Tommy, que vai ficar em Jersey no verão para treinar com seu time.

— O que você acha? — *abba* pergunta.

De repente, desabo em lágrimas. Entre soluços, digo, em coreano:

— É tudo o que eu poderia querer.

Umma e *abba* ficam chocados com minha reação.

— Por que você está chorando? — *abba* pergunta.

— Estou chorando porque estou muito feliz — respondo, mesmo que não seja exatamente a verdade. Estou chorando porque não consigo acreditar que eles me deixaram fazer isso. Estou chorando porque não consigo acreditar que pensei que *umma* me impedia de cantar porque ela não me amava o suficiente.

Umma dá a volta na mesa e apoia minha cabeça contra seu corpo:

— Só queremos que nossa Candace seja feliz — ela diz.

Tenho um ataque de pânico por noite durante as três semanas seguintes pensando em tudo que minha família está sacrificando para que eu possa ir para a Coreia. Meus pais estão indo contra tudo que acreditam sobre criar filhos e revogando o sonho americano. Estou tão grata e ao mesmo tempo me sinto tão indigna que, na maioria das noites, choro até dormir. Não consigo deixar de pensar que um grande motivo para *umma* ter concordado com isso é poder cuidar do meu *harabuji* na Coreia. Não há nada de bom na doença de *harabuji*, mas a condição dele está, *sim*, contribuindo para que tudo isso pareça real. A culpa que vem com esse pensamento é demais para mim.

Estudo para minhas provas finais como nunca estudei antes e acabo gabaritando todas, até mesmo a de cálculo avançado, a prova que mais me preocupava. Tiro dez nas provas de biologia avançada e literatura. Faço horas extras na loja e até chego a praticar um pouco de viola.

Antes de viajar como voluntária para cavar latrinas no Paraguai durante o verão, Imani me ensina mais sobre a história do K-pop, falando sobre o começo da era moderna do hip-hop, com H.O.T. e S.E.S. e Shinhwa dos anos noventa. Pratico o máximo de coreano que consigo, assistindo a K-dramas com *umma* e *abba* depois do jantar quase todas as noites – antes disso tudo, eu não assistia a eles nem que me pagassem.

Quando a S.A.Y. manda um pacote com letras de cinquenta músicas que eu preciso saber antes de ir para lá (doze delas são músicas de artistas dos Estados Unidos: três da Ariana Grande, graças a Deus), *umma* passa a me ajudar com elas nas horas de pouco movimento na loja.

— Você precisa entender o significado de cada palavra pra saber como se apresentar — ela diz enquanto dissecamos as letras de "Into The New World", o *single* do *debut* do Girls Generation, de 2007. — Essa música é sobre começar uma jornada que com certeza será longa e cheia de incertezas, mas ainda assim prosseguir com coragem, sabendo que seu coração está cheio de esperança e amor.

— Nossa, sério?

Já assisti ao MV de "Into The New World" com Imani. Ela me disse que é um clássico dos *girl groups* e eu provavelmente terei que cantar várias vezes como trainee. Mas achei que era só uma música pop chiclete cantada por nove garotas adoráveis e sorridentes que pareciam estar na quinta série. Não fazia ideia de que era tão profunda.

— Você precisa pensar no significado dessa música quando for cantar o refrão — *umma* diz. Então ela pigarreia e canta os versos para mim.

Fico sem palavras. A vida toda, só a ouvi cantar algumas vezes. Ela mal canta mais alto que um sussurro durante os hinos na igreja. Sua voz encantadora passeia por meus ouvidos e me causa arrepios. Estou tão feliz por ela estar embarcando comigo nessa jornada, como diz a música.

Logo que ela termina de cantar, uma mulher loira de aparência cansada entra para comprar Advil e um *bubble tea* de *taro*. *Umma* faz o chá para ela como se nada tivesse acontecido.

***

Tommy, *abba*, Imani e Ethan vão para o aeroporto de Newark para se despedirem de nós. Quase desejo que não tivessem vindo. E se tudo der completamente errado e eu tiver que voltar em uma semana, morta de vergonha? Quer dizer, tenho quase certeza de que vou me dar mal: meu coreano é terrível e não sei dançar!

Mas ainda mais assustadora é a possibilidade de eu ser escolhida. Será que vou ter que me matricular em uma escola internacional na Coreia em setembro? Será que essa vai ser a última vez que vou ver essas pessoas em muito, muito tempo?

Depois que despachamos as duas malas gigantes de *umma* – uma está cheia de coisas aleatórias que nossos parentes coreanos querem e que são melhores e mais baratas nos Estados Unidos, como grãos de café do Starbucks, multivitamínicos e pilhas –, é hora das despedidas. Tommy se inclina para me abraçar com seus longos braços. Como sempre, ele cheira a suor e desodorante.

— Você vai voltar como um pesadelo maligno do K-pop? — ele pergunta.

— Provavelmente — digo.

Imani e Ethan trouxeram presentes para mim. Imani me dá um livro encadernado manualmente com o título *Dicionário avançado de K-pop da Imani*, decorado com glitter e adesivos.

— Já que você não vai ter internet lá, esse é seu Google do K-pop, com um toque da Imani.

Ethan me dá um estojo fofo coberto de fotos do SLK, Blackpink, QueenGirl, Twice, 2NE1 e Girls Generation.

— Pra te ajudar a visualizar e incorporar quem você vai ser um dia — ele diz.

— Como vou sobreviver lá sem vocês dois? — pergunto, piscando sem parar.

— Moleza — Imani diz. — Quando você estiver passando por um momento difícil, pergunte-se: "O que a Imani faria?".

— Isso. E lembre-se de silenciar sua autossabotagem — Ethan diz.

Imani sorri para mim, orgulhosa.

— Vamos dar um último Abraço da Diversidade?

Nos aproximamos e encostamos nossas testas. Vou sentir muita falta desses dois ridículos.

Agora é hora de me despedir de *abba*.

— Arrase lá, mas não muito — ele brinca, cutucando meu nariz. Todos dizem que temos o mesmo nariz. — Divirta-se e aprenda bastante, o.k.?

— O.k., *abba*.

Coloco meu violão nas costas. *Umma* e eu seguramos as alças da minha mala, que está estufada – metade dela é só MulKogi – enquanto subimos na escada rolante. Olho para as pessoas que estou deixando para trás e sinto um aperto no coração. Imani e Ethan estão pulando, animados, fazendo o sinal da paz com os dedos como *fangirls*. Tommy está com um braço sobre o ombro de *abba*, que está esfregando os olhos com a manga da camisa.

Umma segura meu braço de repente, parecendo tão insegura como eu me sinto por dentro.

— Candace — ela diz, ofegante —, você disse que essa experiência vai dar uma boa redação para a faculdade, né? Estou fazendo a coisa certa deixando você ir?

— É claro — digo, forçando um sorriso confiante. — Vou dar conta.

CAPÍTULO 7

Coreanos em todo canto

Já estamos há algumas horas em Seul e acho que meu cérebro vai explodir de sobrecarga sensorial. *Umma* parece estar igualmente extasiada – qualquer coisinha a faz arregalar os olhos, da ponte quilométrica que cruzamos de táxi para sair do aeroporto de Incheon ao majestoso horizonte que se estende a distância. Ela não para de repetir:

— A cidade está tão diferente da última vez que a vi.

Eu, por outro lado, não consigo superar o quão *coreano* tudo é. Coreanos, há coreanos em todo canto. A parte de Nova Jersey onde moro já é um dos lugares mais coreanos dos Estados Unidos, mas aqui, é tão estranho saber que, aonde quer que eu vá, não há chance alguma de eu ser uma minoria. Passamos pela região que, segundo *umma*, é Gangnam – da música do PSY! – e, para qualquer lugar que olhamos, há outdoors de mulheres perfeitas e sorridentes, em propagandas de maquiagem, marcas de roupas, *soju* e cirurgia plástica.

Então eu o vejo.

— *Umma*, olha! — digo, apontando para o céu.

Na lateral de um prédio, há um painel de LED enorme mostrando um comercial de One.J segurando uma bebida energética chamada Elektro Hydrate. O rosto dele deve ter uns trinta metros de altura. Ele dá um sorriso radiante que queima minhas retinas. Sinto que virei o iogurte mais cremoso e refrescante que existe. One.J não poderia ser mais perfeito.

— *Nah-lee ga nasseo* — *umma* diz, exausta. *Todo mundo é louco por ele.*

Vejo grupos de crianças em uniformes escolares, a maioria com o clássico corte de cabelo tigela dos estudantes coreanos, rindo e fofocando. Queria saber sobre o que eles estão falando. Talvez sobre seus *idols* favoritos ou sobre como seus professores são chatos – assim como eu e meus amigos. Penso em como elas se parecem comigo, mas, ao mesmo tempo, são tão diferentes – em como eu facilmente poderia ser uma delas se as coisas tivessem acontecido de outro jeito.

Quando finalmente chegamos à casa em que *umma* vai ficar, noto que a vizinhança não é tão requintada quanto Gangnam. Eu imaginava que os apartamentos corporativos da S.A.Y. fossem um pouquinho melhores, mas ficam em pequenos prédios cinza que foram escurecidos pela poluição. Por dentro, vemos que o apartamento é pequeno, de apenas um quarto, com piso adesivado imitando azulejos e sem espaço para uma mesa de jantar. Mesmo assim, é aconchegante o suficiente.

Assim que colocamos nossas malas no chão, *umma* sorri e bate as mãos:

— Enfim! Chegamos! O que vamos fazer primeiro? Podemos ir a uma cafeteria diferente. A Coreia tem as melhores cafeterias do mundo. Podemos fazer compras em Myeong-dong ou conhecer o Palácio Gyeongbokgung. Podemos até ir ao Lotte World!

Digo que não estou com muita vontade de sair. Só quero aprender as cinquenta músicas aprovadas pela S.A.Y. e ficar perto dela – se formos para qualquer lugar, só quero ver *harabuji*, que foi internado em um hospital. Temos menos de 24 horas antes que eu tenha que me apresentar na sede da S.A.Y.; Manager Kong não para de nos mandar mensagens no KakaoTalk, dizendo que, quanto mais demoramos, mais tempo precioso de treino eu perco.

Umma parece aliviada e surpresa.

— Com tanta diversão nessa cidade, você quer ver seu *harabuji* primeiro? Que boa neta.

Antes de irmos para o hospital, *umma* arruma o cabelo, passa um batom e se certifica de que estou vestindo uma blusa passada – é a primeira vez que vemos meu *harabuji* pessoalmente em muito, muito tempo. Pegamos o metrô limpo e iluminado para chegar ao hospital onde ele está, que é cheio de enfermeiros simpáticos e médicos estressados. Por mais idiota que pareça, ainda não consigo acreditar em como *todas as pessoas* que vi no caminho são coreanas.

Quando chegamos ao quarto de *harabuji*, ele imediatamente grita:

— São vocês!

Umma corre até ele e o abraça com carinho, evitando os tubos em seu nariz.

— *Abba*! — ela exclama, enxugando as lágrimas.

Harabuji ri e diz, com sua voz grave e áspera:

— Por que você está chorando? Ver vocês duas me deixa muito feliz.

Ele vira para mim. A parte de seus olhos que deveria ser branca está com um tom vivo e chocante de amarelo, mas seu sorriso ainda é animado e cheio de energia. Fazemos todo o nosso ritual "Nah-neun nu-gu-jee?", o mesmo que fazemos todas as semanas desde que me entendo por gente.

— Você é o *harabuji*! — digo — Eu sou a Candace!

Umma dá notícias de Tommy e *abba* e diz a ele que estou aqui para virar uma *gasu* — uma cantora —, o que, pelo visto, é novidade para ele. Ele olha para mim, maravilhado.

— *Wah*! — ele diz — Igual a sua mãe. Sua mãe é a melhor cantora do mundo, sabia?

— Ah, *abba*, isso foi há tanto tempo — *umma* diz, envergonhada.

— Candace! Cante alguma coisa para o seu *harabuji* — ele diz, batendo palmas.

Rio, sem jeito. Odeio ser o centro das atenções assim, mas acho que preciso me acostumar a isso se quero ser uma trainee. E como posso dizer não a meu *harabuji* doente? Fecho os olhos e canto alguns versos de "Into The New World".

Os olhos amarelados de *harabuji* estão brilhando quando termino.

— *Wah*, que incrível. Você até cantou em coreano. Sim, esse seu talento é de família. Sim, você vai ser uma *gasu* famosa e muito amada. Tenho certeza.

Ele balança a cabeça, totalmente certo disso, e agradeço com uma reverência. Espero que o pessoal da S.A.Y. seja tão fácil de impressionar quanto *harabuji*.

Depois de uma noite sem dormir – eu na cama, *umma* no sofá –, o dia chega. No café da manhã, *umma* já está perguntando o que quero de almoço. Ela se oferece para cozinhar um banquete das minhas comidas favoritas ou para me levar a um restaurante de *jokbal*. Mas não quero nada muito caro. De qualquer forma, meu estômago está revirado de nervosismo.

— Que tal *jajangmyeon*? — digo.

Começo a enfiar todas as minhas roupas na minha mala gigante, mas *umma* tira todas elas para dobrá-las.

— Faça direito — ela diz.

Começo a reclamar, mas paro – sei que, em breve, vou sentir saudade desses puxões de orelha da minha mãe.

— Ah, antes que eu me esqueça — *umma* diz. Ela vai até a cozinha e traz uma pilha de *yakgwas*, embaladas caprichosamente em plástico azul e amarradas com um laço. — Não consegui dormir ontem à noite, então fiz isso. Seus favoritos. — Ela os enterra em minha mala, bem debaixo de todas as minhas roupas.

— Acho que não posso levar isso para lá — digo, me lembrando do aviso de Imani sobre as dietas rígidas do K-pop.

Umma afasta minhas preocupações.

— Diga a eles que são uma lembrança de casa. Tenho certeza de que vão entender.

Tiro os *yakgwas* da mochila e os coloco dentro do meu violão – dentro do buraco *mesmo*, atrás das cordas, onde espero que ninguém vá encontrá-los.

Quando saímos do apartamento, carrego meu violão nas costas e *umma* puxa a mala para mim. Ela aperta minha mão em silêncio durante toda a viagem de metrô, que nos leva à outra margem do rio Han.

Quando descemos na estação Hongik, dá para ver que é uma vizinhança descolada. Há jovens agitados por toda a parte: casais apaixonados com roupas combinando passando por nós em motos, cafeterias de jogos de tabuleiro, salas de karaokê, lan-houses, dezenas de cafeterias adoráveis

– incluindo uma com temática de cocô com canecas em formato de privada! –, boutiques de *skincare*, artistas de rua e lojas de discos vintage, todas empilhadas uma em cima da outra para qualquer direção que você vá.

Encontramos um restaurante especializado em *jajangmyeon* imediatamente – tem, tipo, sete em cada quarteirão. Não conseguimos olhar uma para a outra porque sabemos que podemos começar a chorar.

Em vez disso, encaro meu celular. Lá do Paraguai, Imani me mandou uma mensagem por KakaoTalk com um link para um artigo do Koreaboo. Ao que tudo indica, QueenGirl, meu *girl group* favorito, está envolvido em um escândalo enorme que está deixando os fãs de K-pop em surto: "ISEUL DO QUEENGIRL ADMITIU ESTAR NAMORANDO HYUNTAEK DO RUBIKON!".

Respondo:

Ugh, e daííííí.

Durante todo o meu tempo acompanhando K-pop, uma coisa que nunca entendi é a obsessão dos fãs com namoro entre *idols* e por que isso sempre é considerado um escândalo, não importa o quão inocente a relação seja. Leio o artigo, que especula o futuro do QueenGirl e do RubiKon, uma *boy band* menos conhecida, dizendo que os grupos estão em risco. Até WooWee, a melhor vocalista, Center do QueenGirl e provavelmente a *idol* mais bonita do K-pop no momento, pode perder seu contrato – tudo porque sua colega de grupo Iseul e HyunTaek foram pegos de mãos dadas em público. São dois adultos ridiculamente atraentes e muito bem capazes de escolher por si próprios, e o QueenGirl está fazendo o maior sucesso agora. Qual é o problema?

Umma me traz de volta à realidade.

— Mesmo que eles não me deixem te ver durante o primeiro mês — ela diz — lembre-se de que eu estou a apenas uma viagem de metrô de distância. De qualquer forma, o primeiro mês vai passar voando. Você vai aprender tanto e fazer tantas novas amizades que nem vai sentir a minha falta.

Umma balança a cabeça firmemente. Sei que ela está tentando convencer mais a si mesma do que a mim.

Caminhamos até Sangam-dong. A sede da S.A.Y. não é difícil de encontrar. Eu já esperava um prédio moderno, mas não imaginava que seria um arranha-céu gigante, com vidros brilhantes, indo até a atmosfera, partindo do meio de um aglomerado de outros arranha-céus de vidro.

O nó que senti na garganta durante o dia inteiro está praticamente me sufocando quando entramos na recepção, que está lotada de homens em ternos caros e mulheres em trajes pretos superempresariais, todos andando rápido e digitando em seus celulares. Dezenas de telas exibem noticiários, números da bolsa de valores, K-dramas e MVs do SLK. Há uma longa fila em frente a uma cafeteria futurista chamada Café Tomorrow.

Uma mulher emerge de dentro da multidão e caminha em nossa direção.

— Candace? — ela pergunta.

Não a reconheço de primeira. *Umma* deixa escapar uma exclamação de surpresa, e nós duas fazemos uma reverência. Manager Kong não está usando maquiagem, mas sua pele é perfeita e brilhante. Ela está vestindo um conjunto preto casual (mas ainda chique) e um boné de beisebol, ambos estampados com a logo da S.A.Y.

— Bem-vinda, Candace. Bem-vinda, sra. Park — ela diz, com um sorriso largo. — Fico feliz que tenham chegado em segurança. Você está pronta, Candace?

Com certeza não. Tenho a impressão de que tudo aconteceu rápido demais.

— Manager Kong, Candace e eu podemos conversar por um momento? — *umma* diz, gesticulando para mim.

— É claro — Manager Kong responde. Seu sorriso desaparece enquanto ela se afasta para digitar furiosamente em seu celular.

Umma segura meu rosto com ambas as mãos.

— Candace — ela morde os lábios para não chorar. Eu faço o mesmo —, tenho uma última coisa pra te dizer, o.k.? — Ela encara meus olhos com atenção, prestes a desabar. — Se alguém aqui te incomodar ou te machucar, por favor dê um jeito de me contar. — Tento sair de seus braços; não quero desabar bem aqui na recepção, mas ela aperta minhas mãos com ainda mais força. — Espero que eles saibam que eu e seu *abba* estamos deixando nosso coração neste prédio. — Ela gesticula para o teto alto da recepção. — Faça com que eles te tratem como se você fosse a pessoa mais importante da vida de alguém. É o que você é.

— Certo, *umma*. — Eu me afasto e pego minha mala novamente. Se eu não correr para dentro agora, vou segurar nas pernas de *umma* e não vou soltá-las por nada, como fiz no meu primeiro dia na pré-escola. — Vou ficar bem. Eu te amo.

Umma passa os dedos pelo meu cabelo uma última vez.

— Você é tão preciosa — ela diz. — Ninguém aqui pode mensurar seu valor. — Eu balanço a cabeça e corro para encontrar Manager Kong, que me passa pela catraca com o cartão que ela usa ao redor do pescoço. Ela explica para um segurança que sou a nova trainee, que estou aqui para entregar meu celular. Entregar minha liberdade.

Dou meu celular para ele como se fosse meu próprio coração. Vou sentir saudades de todos aqueles episódios de *Friends* e *Queer Eye* que me ajudaram a aguentar o voo de catorze horas. Enquanto o segurança inspeciona minha mala e o estojo do meu violão cuidadosamente, examinando minhas roupas de baixo e camisetas, prendo a respiração – mas, para meu alívio, ele não olha *dentro* do violão. Ele desaparece em um quarto com meu celular. Viro para trás uma última vez e vejo *umma* parada, sozinha. Ela parece ser a única pessoa de verdade nessa recepção, que é tão sem vida como uma estação espacial, com todos esses monitores, luzes piscantes e pessoas importantes andando de um lado para o outro com pressa. Seus olhos estão marejados; ela está com uma mão sobre o peito.

Entro no elevador espelhado. Manager Kong aperta o botão do nonagésimo oitavo andar. Encosto no canto, imaginando *umma* voltando sozinha para aquele pequeno apartamento escuro. Forço todos os músculos do rosto para não chorar.

— Não fique triste — Manager Kong diz. Ela parece quase entediada. Seu reflexo olha para o meu. — A melhor coisa que qualquer pessoa pode fazer por sua família é se tornar alguém. É pra isso que você está aqui.

Parte 2

A vida de trainee

CAPÍTULO 8

As *unnies*

Somos recebidas no nonagésimo oitavo andar pelo logo gigante da S.A.Y. e fotos enormes de cada membro do SLK, com o rosto perfeito de One.J brilhando no meio. Por um segundo, esqueço minha tristeza e nervosismo – é como se o olhar de One.J abaixasse a temperatura e me deixasse com um tremendo frio na barriga. A realidade de que estou entre os corredores sagrados que transformaram One.J no ser perfeito que ele é toma conta de mim.

Balanço a cabeça para me livrar do feitiço de One.J e corro para alcançar Manager Kong enquanto ela me guia para além dos escritórios e salas de conferência com paredes de vidro onde pessoas superdescoladas e bem-vestidas trabalham. O prédio é ridiculamente legal, o que eu não esperava – Imani me disse que mesmo alguns dos *idols* mais famosos treinavam em porões sujos. Manager Kong responde minha pergunta antes mesmo de eu ter a chance de falar.

— Somos parte da ShinBi Unlimited — ela diz —, e é por isso que estamos neste prédio incrível. Você tem muita sorte de ser uma trainee na S.A.Y. e não em outro lugar.

Ela explica também que a ShinBi Unlimited é dona de centenas de outras empresas: redes de TV, cadeias de supermercado, estúdios de cinema, linhas de eletrodomésticos e todo tipo de indústria, até mesmo mísseis e tanques para o exército coreano. Os escritórios e o centro de treinamento da S.A.Y. ocupam os três últimos andares da sede da ShinBi Unlimited porque, conforme ela me diz orgulhosamente, trainees são os bens mais preciosos da ShinBi – não porque o K-pop dá mais dinheiro, mas porque *idols*, especialmente o SLK, são a imagem da empresa, representando-a não apenas diante da Coreia, mas também de todo o planeta.

Meu corpo inteiro está formigando. Eu juro que achava que ser um *idol* era apenas cantar músicas chiclete e parecer poderosa em MVs, não representar uma corporação bilionária e um país inteiro.

— É por isso que nossos padrões para o comportamento dos *idols* são tão altos — Manager Kong diz — e porque nossa regra número 1 para trainees é: namoro é absolutamente proibido. Não podem namorar outros trainees, garotos normais, ninguém.

— Entendi — digo, ofegante, enquanto Manager Kong me guia para mais uma revista de segurança.

Ela continua:

— Na Coreia, *idols* pertencem aos fãs, ao país. Imagine que você está em um relacionamento sério com seus fãs. Não é como Hollywood, onde pegar geral e se comportar mal são coisas celebradas. Imagine como sua reputação diante do seu grupo, diante de toda a empresa, seria arruinada se você fosse pega traindo o povo coreano. Você deve sempre manter uma imagem pura.

Uau. O.k., entendi – os coreanos são fãs intensos. Isso explica por que o fandom está surtando tanto com a notícia do namoro de Iseul e HyunTaek.

Os ***Dating Bans*** do K-pop não são um grande problema para mim, já que nunca namorei um garoto antes – a menos que dê para contar quando, no primeiro ano, eu "namorei" Ethan por uma semana antes de ele se assumir. Não vou começar a fazer isso enquanto estiver trancada em um dormitório feminino por três meses.

— Este é o andar corporativo da S.A.Y., onde ficam todos os escritórios. Você virá aqui apenas para as aulas de coreano, reuniões especiais e avaliações mensais. Este também é o andar onde os trainees mais novos praticam.

Paramos ao lado de uma grande sala de treinamento onde dezenas de criancinhas bizarramente adoráveis estão fazendo passos fofinhos de K-pop. Sério, cada uma delas deve ter sido escolhida em uma agência de modelos infantis.

— É obvio que as crianças vão para uma escola normal e moram com suas famílias. Muitas das suas colegas estão na S.A.Y. desde que tinham a idade desses pequenos. Os dois andares acima de nós são o centro de treinamento para os mais velhos, é lá que você vai morar e treinar. Esses andares são separados no meio, o lado norte é para os garotos e o sul é para as garotas. Cada um tem escadarias, elevadores e seguranças separados. É impossível ir de um lado para o outro, então nem ouse tentar. Pense nesses andares como dois pedaços de tofu que foram cortados ao meio com uma faca.

— Entendi, Manager Kong — digo em minha voz mais obediente.

— A única interação que você terá com os garotos será com alguns deles em suas aulas de coreano, mas mesmo lá você será supervisionada de perto pela professora Lee, que é extremamente rígida. Entendido?

— Entendido — digo.

Para me acalmar, aceno para uma das pequenas trainees. Seu rosto todo se ilumina. Ela e suas amigas correm para perto da parede de vidro para se curvarem e acenarem para mim animadamente. Meu coração se derrete... e se parte um pouquinho.

— Não é fofo? — Manager Kong pergunta, sorrindo. — Elas acham que você é alguém importante.

Aceno em despedida para as trainees adoráveis enquanto Manager Kong me guia por uma porta sem sinalização. Se ela não tivesse mostrado, eu nem a teria notado.

— Atrás dessa porta fica o que chamamos de Fábrica da Fantasia. Temos um time completo com alguns dos mais talentosos estilistas, figurinistas, cenografistas e outros artistas lá dentro criando conceitos para MVs e tours internacionais para os nossos artistas, além dos dois novos grupos que ainda nem foram escolhidos. Eles são os responsáveis por garantir que nossas estrelas tenham os conceitos mais inovadores e fantásticos que o mundo já viu.

Balanço a cabeça, impressionada.

— *Wah*!

Ela me leva até uma escadaria escura. É tanta informação nova que estou ficando tonta.

— Há cinquenta garotos esperando debutar no SLK 2.0 — ela diz — e cinquenta garotas tentando debutar em nosso primeiro *girl group*. Isso depois de já termos cortado centenas de trainees. As garotas são divididas em dez times de cinco trainees cada. Cada time tem elementos que o CEO Sang quer na seleção final, mas ele vai escolher apenas as melhores das melhores. A cada mês haverá uma avaliação dos trainees, nas quais o CEO Sang tomará decisões importantes.

No topo das escadas há uma robusta porta de metal – ela parece fazer parte de um submarino ou do cofre de um banco – com o número 99 marcado em rosa. Leio as palavras em coreano escritas embaixo do 99 e percebo que dizem "femininas candidatas-prática". Ou "garotas trainees". Manager Kong escaneia seu cartão de identificação e eu preciso ajudá-la a abrir a porta – que é superpesada.

O nonagésimo nono andar é muito menos requintado que o andar corporativo. Parece um pouco com um dormitório de faculdade: um corredor de portas decoradas com nomes de garotas e fotos.

— Você vai ficar no Time 2 — Manager Kong diz. — Você tem sorte. Até pouco tempo, eu não ficaria surpresa se o CEO Sang decidisse transformar o Time 2 no grupo final. Todos sabem que ele tem alguns dos talentos e Visuais mais promissores. Mas então perdemos uma garota.

Uma expressão sombria toma conta do rosto de Manager Kong.

— Perderam ela? Como perderam ela? — pergunto.

Ela muda de assunto.

— Não importa. Enfim, em vez de simplesmente transferir outra trainee para o Time 2, decidi recrutar uma garota totalmente nova. O grupo sabe que é especial, e as garotas estão ficando acomodadas. Eu queria encontrar alguém que as desafiasse.

Não estou entendendo mais nada. O que na minha audição fez a Manager Kong achar que eu seria um *desafio* para as melhores trainees?

— Você estará nas melhores mãos com o Time 2. Eu administro cinco dos times, então não poderei supervisionar tudo. Você é a *maknae*, então vai aprender bastante com suas *unnies*. Tem até outra garota americana no time.

Antes que eu possa perguntar qualquer coisa, chegamos ao dormitório do Time 2. Manager Kong bate na porta duas vezes e a abre antes que alguém responda.

O dormitório é menor que meu quarto em casa, mas mesmo assim há duas beliches, uma outra cama, e nenhuma janela. Parece que uma bomba superfeminina explodiu, espalhando montes de tops, calcinhas, maquiagem e produtos para a pele por todo lugar.

No meio da pilha de coisas estão três das mais belas criaturas que já vi. Elas se levantam apressadas e se curvam para cumprimentar Manager Kong.

— Garotas, prestem atenção — Manager Kong diz. — Deem boas-vindas para sua nova colega de time, Park Candace.

Faço uma reverência profunda, curvando meu corpo em noventa graus. Digo "*annyeonghaseyo*", a palavra formal para "oi".

A garota no canto mais distante, que parece um pouco uma personagem de desenho, me dá um sorriso brilhante. Ela está usando delineador forte e tem duas tranças volumosas com mechas em azul e rosa que parecem ter saído diretamente de um anime. A garota que está arrasando de batom e boné pretos com o inexplicável texto "POWER PUP", levanta o queixo em minha direção; ela ocupa a cama de solteiro. E a mais bonita de todas, com longas mechas de cabelo tingidas com um tom delicado de ruivo-claro, mal olha para mim enquanto resmunga "*annyeong*".

— Candace é sua *maknae*, sua irmã mais nova, e ela tem muito a aprender com vocês. Sei que vocês provavelmente estão pensando nela como sua nova concorrente, mas se forem boas *unnies* pra ela, isso vai apenas refletir suas qualidades. Entendido?

— Sim, Manager Kong — as garotas respondem em uníssono.

Manager Kong olha ao redor do quarto:

— Onde está Aram?

— Ela está no meio da rotina de beleza dela — a garota com boné responde, sorrindo e revirando os olhos, apontando a cabeça na direção de uma porta nos fundos do quarto.

Manager Kong revira os olhos também e diz:

— Claro que está. Enfim, estejam na sala de treino 24 em dez minutos. Sejam gentis com Candace. E, *jebal*, arrumem este quarto!

E assim, Manager Kong me deixa sozinha com minhas novas *unnies*. Eu me sinto tão intimidada que tenho medo de me mexer.

— Aquela é a sua cama — diz a garota de boné, apontando para a parte de cima do beliche da princesa ruiva. Jamais imaginaria que aquela cama estava livre, já que está cheia de tralhas.

Eu me curvo para ela. É estranho me curvar diante de garotas que são só um pouco mais velhas do que eu. Nos Estados Unidos, só uso linguagem formal com coreanos da idade dos meus pais e, mesmo assim, eles não se incomodam se minhas reverências não forem perfeitas. Mas *umma* e *abba* me avisaram que, em uma agência de K-pop, devo sempre usar honoríficos e me referir a trainees mais velhas como *unnie*. Ninguém vai pegar leve comigo só porque sou estrangeira.

Subo pela escada do beliche e cuidadosamente encontro um espaço no colchão para colocar meu violão. Olho para a princesa ruiva.

— Desculpa incomodar — digo, com uma voz suave. — Alguma dessas coisas é sua?

Ela não olha para cima. Está sentada na cama, com as pernas pálidas e brilhantes esticadas à sua frente, superfocada em suas unhas, que estão pontudas como garras, cada uma com um tom diferente de neon com glitter.

Eu pigarreio.

— *Unnie*, não quero mexer em nada se for seu.

Nenhuma resposta. Ao lado de sua cama, vejo todos os sete livros da saga *Harry Potter*, além de *A coragem de ser imperfeito*, de Brené Brown, e *A mágica da arrumação*, de Marie Kondo. Estico a cabeça. Essa deve ser a norte-americana.

Ela parece o tipo de garota que me ignoraria nos corredores se frequentássemos a mesma escola, mas não consigo expressar meu alívio por estar dividindo o quarto com alguém com quem posso conversar em inglês. O fato de ela gostar de bruxos e livros de autoajuda é a cereja do bolo.

Aponto para o livro da Marie Kondo.

— Já li esse — digo, em inglês. — Se não for incomodar, eu preciso te pedir, *unnie*, pra "arrumar" sua cama só um pouquinho pra eu ter onde colocar minha mala.

Rio nervosamente da minha própria piada idiota. A princesa ruiva olha para mim com uma expressão confusa.

— Desculpa, você estava falando comigo? — ela pergunta, em voz alta e em coreano.

Ela tira os fones de ouvido. Eu não os tinha visto embaixo de sua cortina de cabelo.

— Ah, sim, desculpa. Só estava admirando seu gosto pra livros. Eu já li todos esses. *Harry Potter* é ótimo.

Ela se afasta de mim como se eu fosse algum tipo de lunática.

— Você está falando comigo em inglês?

— Ah, desculpa — gaguejo, voltando a falar em coreano. — É que eu vi que você tinha livros em inglês, e...

— Você era órfã e foi adotada por americanos ou algo do tipo? — ela pergunta, com uma sobrancelha levantada. — Seu sotaque é tão... misturado.

— Não — digo, nervosa dos pés à cabeça. — Sou dos Estados Unidos, mas meus pais são coreanos. E vivos.

A garota de boné interrompe:

— Não liga para a Helena; ela está tirando uma com a sua cara — ela sorri. Então a princesa ruiva tem um nome. — A Helena não poderia ser mais americana. Ela é de um lugar da Califórnia chamado Newport Beach.

Seu sotaque coreano é tão forte que parece que ela está falando "Newport Bit".

— Meu nome é Binna, aliás — ela diz.

— E eu sou JinJoo! — a garota de tranças que estava treinando escalas vocais diz. Ela tem uma voz ótima.

Não consigo expressar como sou grata a Binna e JinJoo por serem legais comigo. Eu me curvo pela, sei lá, vigésima vez desde que entrei no quarto.

— Não falo nada de inglês, na verdade, mas entendo bastante coisa — diz Binna, com uma voz distintamente grave.

— Meus pais falam comigo em coreano, então eu entendo bem — explico —, mas cresci respondendo a eles em inglês, então não sou a melhor falante.

Binna balança a cabeça. Segundo os padrões coreanos, Binna é a menos atraente das três – sua pele não é branca como leite e ela tem um maxilar robusto e quadrado –, mas, de certa forma, é a que mais chama a atenção. Ela tem uma aura que faz com que eu me sinta instantaneamente calma.

— Bom, nos disseram pra não falar em inglês com você — Binna eplica. — A Helena é do tipo que segue regras. Quer dizer, quando é conveniente pra ela.

Bem na hora, outra garota sai do banheiro com o rosto reluzindo. Deve ser Aram. Ela diz:

— Então, quando é que a nova ocidental chega?

Binna olha para Aram, e ela percebe, surpresa, que estou bem aqui. Imediatamente faço uma reverência profunda e, quando me levanto, consigo vê-la diretamente pela primeira vez. Fico boquiaberta.

Essa é, sem dúvidas, a garota mais maravilhosa que já vi na vida. Dois segundos atrás, eu teria dito isso sobre Helena, mas a beleza de Aram é de outro universo. Se, por um lado, Helena seria a menina mais linda de qualquer escola, Aram é a rainha de contos de fada, a rival asiática mais nova e mais bonita da Malévola. Com maçãs do rosto afiadas, pele de mármore e **circle lenses** azuis-cristalinas, é impossível saber quantos anos ela tem – ela poderia ter qualquer idade entre dezesseis e trinta.

— Aram, esta é Park Candace — Binna diz.

Aram me examina dos pés à cabeça com seus olhos de husky siberiano. Ela solta um ronco como se dissesse "*ah, então eu não tinha motivo para me preocupar*" e se vira sem dizer uma palavra, o que faz seu cabelo preto e sedoso flutuar no ar. De repente, sinto vontade de me esconder e ligar para *umma* vir me buscar.

Binna suspira e solta um riso abafado.

— Você vai ter que desculpar essas garotas, Candace. A trainee que ocupava a sua cama foi como uma irmã pra nós nesses últimos dois anos. Ela foi expulsa da empresa ontem, o que foi um choque. Vai levar um tempo para a gente se acostumar com a nova dinâmica.

— *Ontem*? — pergunto, chocada. Manager Kong não me contou essa parte. — Por que ela foi expulsa?

— Acho que não foi nada específico — Binna diz, desconfortável. — EunJeong era ótima dançarina, ótima cantora...

— Ah, uma cantora muito boa mesmo — JinJoo completa.

— Ela também era muito esforçada — Binna fala. — Ela era uma trainee que todo mundo achava que ia debutar, sem dúvidas. Mas, em algum momento de abril, foi como se o fogo dela tivesse se apagado, como se ela tivesse perdido a paixão. Foi muito sutil, mas todo mundo percebeu. Só que nenhuma de nós achava que eles iam simplesmente expulsá-la. Foi brutal.

Faço algumas contas mentalmente e percebo que a S.A.Y. anunciou as audições em Jersey em abril. Por que Manager Kong achou que eu teria alguma coisa para oferecer que essas garotas não têm?

Binna finalmente vem até mim e empurra as coisas de Helena para fora da minha cama.

— Ei! — Helena diz.

Coloco minha mala gigante sobre a cama. Eu me sinto tão grata por Binna que poderia chorar.

CAPÍTULO 9

Um grande problema

Eu mal fechei os olhos para dormir e me acordam às quatro da manhã.

— Rápido — Binna diz. — Já devíamos estar na academia.

— Sério? — Pisco diante das fortes luzes fluorescentes. Não estou exatamente cansada; ainda sinto a adrenalina e o estresse de ontem, mas, mesmo assim, a última coisa que quero é sair da cama para fazer exercícios.

Eu me arrasto para o andar de cima atrás de Binna até a academia no centésimo andar, que é espaçosa, mas, ainda assim, está lotada com cinquenta garotas se alongando, fazendo agachamentos e correndo em esteiras. "Fire-Eyed Girl", do SLK, está tocando. Essas garotas estão treinando com *tudo*. Algumas de nós, inclusive eu, parecem zumbis, mas outras, como Aram, parecem ter dormido por onze horas em uma banheira cheia de leite de coco e pétalas de rosa.

Bem no meio da academia está um garoto com uma camiseta laranja fazendo supino, grunhindo alto a cada movimento.

— Binna — sussurro, alarmada. — Como um garoto entrou aqui?

Binna olha ao redor, intrigada, então ri quando percebe de quem estou falando.

— Ele não é um trainee. Aquele é JiHoon-*oppa*. Ele é um dos aprendizes de manager. Ele ajuda Manager Kong e Manager Shin — ela completa, sussurrando com tanta suavidade que parece até ASMR. — Tome cuidado com esse aí, ele é um babaca.

— Por que há um garoto aprendiz de manager no lado das garotas? — pergunto.

Binna dá de ombros:

— Eu acho que JiHoon-*oppa* tem contatos na agência ou algo do tipo.

JiHoon não parece ser muito mais velho do que nós, embora provavelmente seja. *Oppa* é a versão masculina de *unnie*, a forma como garotas devem chamar seus irmãos mais velhos ou qualquer garoto que seja mais velho que elas. Mas *oppa* pode ter outro significado dependendo da forma como é usado; o único equivalente no qual consigo pensar é *contatinho*, algo que uma garota poderia usar para chamar um garoto com quem estivesse flertando. Não preciso olhar JiHoon duas vezes para perceber que ele é do tipo que adoraria ter cinquenta meninas bonitas o chamando de *oppa* um pouco mais do que o necessário. Prometo a mim mesma nunca dar essa satisfação a ele.

Binna me manda fazer um exercício em que eu me inclino e rastejo com minhas mãos no chão.

— Isso é pra melhorar sua força e flexibilidade — ela diz.

JiHoon caminha em nossa direção.

— Você é a novata — ele diz para mim.

Não consigo me curvar para ele – há algo nesse cara que não me agrada nem um pouco. Aceno levemente com a cabeça. Ele anda em círculos ao meu redor, respirando com dificuldade pela boca. Consigo sentir seu olhar se arrastando sobre mim.

— Você não está acima do peso — ele declara —, mas não tem curvas.

Como é que é? Binna suspira fundo enquanto se abaixa em um espacate, mas não fala nada.

Tenho vontade de responder JiHoon: "olha só, você tem o formato de um orelhão — é esse o corpo ideal para garotos?". Mas é cedo demais na minha carreira no K-pop para criticar um superior, então me levanto e deixo JiHoon me mandar fazer tantos agachamentos que sinto que minha bunda está prestes a cair.

Por mais que esteja suada, nem consigo tomar um banho depois do treino porque, como *maknae* do Time 2, sou a última a usar o banheiro e Aram gasta vinte minutos inteiros em sua rotina de beleza. Quando finalmente sai, tão glamorosa e jovial como uma modelo de um comercial da Glossier, ela diz:

— É sua função limpar o ralo depois que todas tomarem banho.

Quero retrucar "limpa você, querida!". Mas, em vez disso, me curvo humildemente.

Nosso banheiro é pequeno e o chuveiro não é separado por uma porta ou sequer uma cortina. A água simplesmente respinga pela pia e privada e molha tudo, incluindo o papel higiênico, então o cômodo todo está sempre tão úmido quanto um pântano da Flórida, e há um ralo no meio do chão, entupido por um monte enorme de cabelo preto e ruivo. Ainda que provavelmente cheire a shampoo florido, aperto o nariz e prendo a respiração enquanto pego o amontoado de fios e o jogo na privada.

O refeitório fica no centésimo andar, o último da sede da ShinBi. O ambiente é dividido no meio por uma parede de vidro – a faca que corta o tofu –, para que os garotos e garotas possam se ver durante as refeições. Uma vez ou outra os trainees se cumprimentam através do Vidro do Gênero, mas, na maior parte do tempo, eles se ignoram porque estão todos mortos de cansaço e os aprendizes de manager, incluindo um ainda suado JiHoon, estão de olho.

Para o café da manhã, temos batata-doce e ovos cozidos – bem diferente do meu café da manhã favorito, que é um sanduíche McGriddles com linguiça, ovos mexidos e queijo. Mesmo que os aprendizes de manager nos vigiem como falcões, podemos pegar a quantidade que desejamos. Apanho uma batata-doce e dois ovos. JiHoon faz uma careta de braços cruzados ao lado da fila, como se nos desafiasse a pegar mais.

Meus olhos encontram Binna e JinJoo, que acenam para mim. Elas estão sentadas com duas meninas que ainda não conheço. Observo o quanto as outras garotas estão comendo. JinJoo tem apenas metade de uma batata-doce e nenhum ovo em seu prato. Binna tem uma batata-doce e dois ovos, assim como eu.

Binna e JinJoo me apresentam às outras duas garotas. BowHee é do Time 1. Ela é tão baixinha quanto eu e tem dentes salientes, o que lhe dá uma vibe meio andrógina, apesar de seus longos cachos de cabelo violeta.

— Oi! Você deve ser a americana! Em que ano você nasceu?

Hesito um pouco, mas *abba* me disse que é normal entre os coreanos perguntar sua idade logo que te conhecem

– assim eles sabem como falar com você, se devem usar linguagem formal (*jondaetmal*) ou informal (*banmal*) e como te tratar de forma geral.

— Ah, então você é a *maknae* dessa mesa! — BowHee exclama, rindo. Para uma pessoa tão pequena, sua voz é surpreendentemente grave e alta. Por algum motivo, consigo imaginá-la chutando garotos na canela no parquinho de uma escola.

A última garota faz uma reverência silenciosa para mim. Ela tem um cabelo tigela, óculos grossos e me lembra uma tartaruga fofinha de desenho – ela não se parece nem um pouco com uma *idol*, o que me faz gostar dela logo de cara.

— Essa é a RaLa! — BowHee diz. — Ela é do Time 6 e nunca diz nada!

Através do Vidro do Gênero, vejo os garotos comendo em sua metade idêntica do refeitório, exceto pelo fato de que seu café da manhã parece bem melhor que o nosso: mingau, ovos mexidos e linguiça – mesmo que suas porções sejam pequenas também. Por um instante, meus olhos encontram os de um garoto superfofo, mais alto do que todos os outros a seu redor. Nem todos aqui se parecem com *idols* ainda, mas esse definitivamente parece. Posso estar errada, mas ele balança a cabeça em minha direção.

Rapidamente olho de volta para minha batata-doce, pensando em Iseul e HyunTaek – suas carreiras promissoras em risco só por terem sido flagrados de mãos dadas.

Pergunto a Binna por que diabos a parede é transparente – por que nos expor à tentação, nos deixando ver os garotos, mas nos proibindo de falar com eles? Binna dá de ombros e diz que provavelmente é porque a agência pensa que as garotas vão comer menos se os garotos estiverem olhando.

Penso em como isso é errado. Mas não tenho dúvidas de que Binna está certa.

Vejo Helena e Aram em uma mesa com as garotas que, suponho, são as mais bonitas dos outros times.

— Aquelas são as Poderosas? — pergunto.

Todas as garotas na minha mesa riem. Graças a Deus elas já viram *Meninas malvadas*.

— Nós as chamamos de "Mesa das Visuais" — JinJoo diz, escondendo o riso atrás das mãos.

Pisco, confusa. Então lembro que Imani me explicou que todo grupo tem uma Visual, aquela integrante que a empresa considera ser a mais bonita.

Olhando ao redor do refeitório, percebo que as garotas na minha mesa são as que menos se parecem com *idols* típicas; se essa é a escola do K-pop, nós somos as nerds. Deve ser por isso que me sinto tão à vontade.

Uma aprendiz de manager deixa minha agenda semanal sobre a mesa. Levo um susto.

CANDACE (TIME 2), AGENDA DE TERÇA-FEIRA

04:00 – 5:00: ACADEMIA/ BANHO

05:00 – 05:30: CAFÉ DA MANHÃ SAUDÁVEL

05:30 – 11:30: AULA DE LÍNGUA COREANA

11:30 – 12:30: ALMOÇO SAUDÁVEL/ TEMPO AO AR LIVRE

12:30 – 19:30: TREINO EM GRUPO DO TIME 2

19:30 – 20:30: JANTAR SAUDÁVEL/ TEMPO AO AR LIVRE

20:30 – 00:00: TREINO EM GRUPO DO TIME 2/ TREINO INDIVIDUAL

Minha agenda muda um pouco de acordo com o dia – algumas vezes tenho uma tal de "Aula de Comportamento e

Boas Maneiras" e aos sábados tenho "Aula de Dança com a sra. Yoon" por cinco horas –, mas as seis horas de aula de coreano, as nove horas de treino e a quantidade inumana de sono são diárias, exceto pelo domingo.

Se não sei nem como vou sobreviver a uma semana dessa rotina, quem dirá três meses. Fico supermal-humorada quando durmo menos de oito horas e estou realmente com medo de que Manager Kong tenha, de alguma forma, esquecido como eu danço mal. E, quando eu penso no tanto que eu perderia se falhasse, o quanto meus pais sacrificaram para eu estar aqui e em como meus amigos estão entusiasmados...

BowHee dá um tapinha no meu ombro, compreensiva:

— As primeiras semanas são as mais difíceis! Mas você vai se acostumando.

— Sim — JinJoo diz, animada. — Eu tive tantas crises no meu primeiro mês, mas olha pra mim agora. — Eu mal entendo o que ela está dizendo, porque sua boca está cheia com sua própria trança. Sua metade de batata-doce continua intocada.

Na minha primeira aula de coreano, todos nós, os estrangeiros, falantes não nativos, entramos em uma sala de aula iluminada sem janelas no andar corporativo. Garotos e garotas são guiados separadamente por aprendizes de managers. A sala está literalmente dividida ao meio por uma Linha do Gênero: dois pedaços de fita adesiva – um rosa e outro azul –, garotas de um lado, garotos de outro.

Sou colocada em uma mesa bem na frente. Logo além da divisão entre meninos e meninas, ao meu lado, está um garoto que precisa se sentar de lado porque suas pernas são muito compridas para caber debaixo da carteira – é o cara bonito do refeitório. Ele me dá um sorriso amigável; desvio o olhar rapidamente, lembrando da palestra de Manager Kong sobre como fazer amizade com um menino vai arruinar meu futuro, destruir a agência inteira e causar o apocalipse.

A professora Lee entra na sala, cumprimentando os alunos com uma voz animada demais para cinco e meia da manhã. Todos se levantam apressados para fazer uma reverência.

— Bom dia, professora Lee.

A professora, que mal parece ser mais velha que alguns dos trainees, faz um gesto para nos sentarmos.

Logo de cara, ela me passa uma *vibe* de professora do jardim de infância. Ela tem um rosto inocente, com covinhas, e veste uma roupa que parece ter sido tirada de uma boneca em tamanho real: um vestido xadrez com gola boneca e tamancos com meias na altura do joelho. Quando ela me vê, diz:

— Ah, sim, temos uma aluna nova hoje, não temos? Park Candace, certo?

Balanço a cabeça e encaro minha carteira. Não sinto o nervosismo do primeiro dia assim desde... nunca.

— Bem-vinda, Candace-*shi*. Porque você não se levanta e nos diz o ano em que nasceu, de onde você veio, sua principal habilidade de K-pop e... seu prato favorito?

Eu me levanto e olho ao redor da sala pela primeira vez. Há duas filas únicas de carteiras. Quatro garotos e seis garotas, incluindo eu... e Helena. Do fundo, ela me lança um olhar maligno sem qualquer razão aparente.

Meu coração dispara; todos vão rir do meu péssimo coreano. Pela primeira vez na vida, fico brava com *umma* e *abba* por não me forçarem a ir para as aulas de coreano aos sábados.

Começo com uma reverência:

— Olá a todos. Meu nome é Candace. Sou de Nova Jersey e tenho quinze anos. E... não sei quais são minhas principais habilidades de K-pop ainda. Estou treinando há menos de vinte e quatro horas. — Nessa parte, ouço algumas risadas baixinhas. — Mas gosto de cantar e tocar violão. E qual era a última? Ah, sim. Meu prato favorito é... *jokbal*.

Mais risadinhas ao redor da sala. O garoto de pernas longas aplaude minha resposta:

— Uma garota americana que ama pés de porco — ele exclama —, estou apaixonado!

Todos riem. Corando, me sento novamente, e a professora Lee diz:

— *Wah*! Candace, seu coreano não é tão ruim como me disseram. Você só precisa de um pouco mais de confiança.

Olho para ela e sorrio. Não consigo imaginar por que Manager Kong me alertou sobre a professora Lee ser muito rígida.

O resto da turma se levanta para se apresentar para mim também. No lado das meninas, há ShiHong, uma andrógina com corte de cabelo pixie de Shanghai; Luciana, uma linda coreano-brasileira com o cabelo mais grosso, brilhante e digno de se transformar peruca que já vi; uma garota das Filipinas chamada Zina; e uma de Osaka. E, claro, Cho Helena, de Newport Beach. As principais habilidades de Helena, de acordo com ela, são "dança, canto, rap, Visual *e* carisma". Manga é sua comida favorita.

Na vez dos meninos, escuto enquanto mantenho os olhos fixos na mesa até a vez do garoto de pernas compridas, cujo nome é YoungBae. Ele tem a mesma idade que eu, é de Atlanta e está treinando há dois meses.

A aula começa. Não é uma aula de idiomas comum como em uma escola; tudo é abordado pensando em nossas futuras carreiras como *idols*. A professora Lee pergunta:

— Helena, se eu fosse uma jornalista que quer saber onde você estudou, o que você diria? — (Helena responde em coreano perfeito e polido que fez o ensino fundamental em uma ensolarada escola particular perto do oceano.) Depois, a professora pergunta a YoungBae: — Se eu fosse uma fã que pergunta qual foi seu primeiro emprego, como você responderia? — ("'Bom, querida fã, primeiramente muito obrigado por ser uma fã. Não há nada que eu ame mais que meus fãs'. Depois eu diria que trabalhei em um cinema. 'A melhor parte do trabalho foi poder assistir a *Velozes e furiosos 8* dezesseis vezes em um verão'.")

Sendo bem sincera, eu não sabia a palavra para "cinema" até que YoungBae a usou em contexto com seu sotaque americano, que é tão forte quanto o meu. Anoto não só o novo vocabulário, mas também, por alguma razão, escrevo "YoungBae ❤❤❤❤❤❤❤❤❤ *Velozes e furiosos*" e sublinho.

— Candace, sou a apresentadora de um programa de variedades que pergunta onde seus pais trabalham — diz a professora Lee. — O que você diz?

Congelo. Vasculho meu cérebro à procura da palavra para "loja de conveniência" — obviamente já ouvi *umma* e *abba* a dizerem milhares de vezes, mas não consigo lembrar.

— Eles são donos de um lugar que vende coisas — respondo, como uma criança de três anos. — Um lugar que vende coisas e também vende *bubble tea*.

— *Daebak* — exclama YoungBae —, eu amo *bubble tea*.

As seis horas de aula passam surpreendentemente rápido. Depois das primeiras duas horas, Helena e alguns dos trainees mais fluentes saem para praticar. Na última hora, YoungBae e eu, os menos avançados, ficamos sozinhos na sala.

Nos últimos quinze minutos, a professora Lee nos deixa bater papo em coreano, já que nós provavelmente temos "muito sobre o que conversar" porque somos ambos dos Estados Unidos. Nós a encaramos, incrédulos; tanta interação assim entre um garoto e uma garota definitivamente não é permitido. Mas ela apenas aponta para o próprio olho, depois para a porta.

E neste instante decido que a professora Lee é minha adulta favorita na S.A.Y.

Pela primeira vez, consigo olhar para YoungBae de perto e diretamente. Mesmo sob a horrível luz fluorescente, seu rosto brilha. Ele tem lábios cheios, com um leve formato de coração, e um corte de cabelo moderno, raspado nos lados, mas cheio e meio bagunçado em cima. Ele está usando uma camisa branca que está metade enfiada em seus jeans rasgados.

Tudo isso para dizer: YoungBae é *young* e totalmente *bae*.

E ele definitivamente não é tímido.

— Então, Candace-*shi*… é com esse nome que você quer debutar?

Dou de ombros.

— Não sei. Acho que não tem outra Candace no K-pop, então provavelmente sim.

— Legal. Tem alguns outros *idols* chamados YoungBae, então acho que a agência vai me fazer mudar.

— Você pode usar seu nome americano, se tiver um.

Ele sorri.

— Sem chance de usar meu nome americano. É horrível. É tão ruim que prefiro ser chamado de YoungBae até nos Estados Unidos.

— O.k., agora você *precisa* me contar qual é.

— Promete que não vai rir?

— Prometo.

— O.k. — ele pausa. — É Albert.

Caio na gargalhada.

— Você prometeu que não ia rir!

— Desculpa! É que Albert não parece nem um pouco ser um nome de *idol*.

— É, é péssimo. Qual é a dos pais coreanos americanos, com essa mania de dar nomes de gente velha pras crianças?

Pela primeira vez, esqueço que estou em um centro de treinamento e até que estou falando em coreano. Descubro que YoungBae e eu temos muito em comum: nós dois tocamos violão; nós dois gostamos de *jokbal*; nós dois frequentamos grandes igrejas coreanas nos Estados Unidos. Inclusive, YoungBae foi descoberto quando um recrutador da S.A.Y. encontrou um vídeo em que ele estava fazendo um rap sobre Jesus na banda da igreja.

Um barulho de sinos sai das caixas de som na parede, marcando o fim da aula. A professora Lee se despede acenando animadamente e diz:

— Bom trabalho hoje, Candace!

YoungBae enfia seus livros em sua mochila.

— Prazer em conhecê-la, Candace.

De repente, a professora Lee bate em sua mesa, fica vermelha e grita:

— VOCÊS DOIS, PELA ÚLTIMA VEZ, NADA DE CONVERSA!

Eu quase tenho um infarto. Faço uma anotação mental: cuidado com a professora Lee, porque ela é claramente uma psicopata duas-caras.

Mas então percebo que o manager de YoungBae e Manager Kong chegaram para nos levar até nossas próximas aulas. Na saída, eu me viro na direção da professora Lee quando eles não estão olhando. Ela sorri e dá de ombros, se desculpando.

Manager Kong assiste à minha primeira sessão de treinamento com o Time 2. Nós nos sentamos no chão, de pernas cruzadas, enquanto ela escreve nossos nomes no quadro branco ao lado de um colchete. Então ela escreve a palavra "PROBLEM", em inglês, com letras enormes, no topo. Por um segundo, tenho certeza de que ela está se referindo a mim, o grande PROBLEMA.

— Meninas, essa é a música que vocês vão apresentar na sua próxima avaliação mensal — ela diz. — "Problem", de Ariana Grande e Iggy Azalea.

Ouço um grito de entusiasmo.

— *Daebak*! — Binna diz.

Aram parece horrorizada.

— Outra música em inglês? Já apresentamos "Worth It" no mês passado.

— Bom, já que é a primeira avaliação da nossa amiga americana, imaginei que seria bom fazer alguma coisa em sua zona de conforto — Manager Kong diz.

Aram me dirige um olhar maravilhosamente penetrante. Eu me curvo para me desculpar, mas, devo admitir, estou aliviada.

— Bom, essa música é bem desafiadora de se cantar e, por ter tanta energia, a dança também precisa ser rápida e intensa — Manager Kong diz.

Ah, *droga*. Como uma idiota, não tinha pensado na possibilidade de cantar *e* dançar ao mesmo tempo, mesmo que isso seja literalmente o trabalho de um *idol*.

— Dito isso — Manager Kong continua —, quem quer ser a Center?

Quatro mãos imediatamente se levantam. Noto que as garotas cobrem suas axilas em sinal de discrição.

— Candace, você não está interessada?

Balanço a cabeça negativamente. Imani me ensinou que a função de Center é muito importante. Ela deve personificar a essência da música de um jeito indescritível. Em um MV ou em uma apresentação ao vivo, é o rosto do Center que vai ser o foco da câmera do começo ao fim. Não tenho qualquer confiança na minha capacidade de conduzir uma performance dessa ou de qualquer outra música.

— *Mesmo*? Hum — Manager Kong diz.

Mantenho a cabeça baixa e a balanço novamente.

— Como quiser. Binna, você foi a Center em "Worth It", então vamos dar a chance pra outra pessoa. Aram, você estava agora mesmo reclamando da música ser em inglês, então abaixe sua mão. Helena e JinJoo, vamos fazer um duelo de canto pra decidir.

Eu me inclino para a frente, ansiosa para ver do que essas garotas são capazes. Helena e JinJoo se levantam em um pulo para cantar um verso da parte mais difícil da música, o pré-refrão. A voz de Helena é clara como um sino, mas ela trapaceia ao fazer um falsete nas notas altas. JinJoo canta o mesmo verso, mas com muito mais força. Ela tem um forte sotaque coreano, mas sua voz é poderosa e lembra grandes divas como Christina Aguilera ou Mariah Carey quando atinge as notas altas.

— *Wah*, acho que Ariana combina muito bem com JinJoo — Manager Kong diz. — JinJoo, você será a Center desta vez.

JinJoo faz uma dancinha animada. Helena parece *furiosa*.

— Candace — Manager Kong pede —, cante o mesmo verso. Só pra sabermos com o que estamos lidando.

Sinto gotas de suor frio escorrendo pelas minhas axilas. Com exceção da minha audição, nunca cantei na frente de estranhos. Além disso, estou acostumada a cantar só um pouco mais alto que um sussurro no meu quarto; com uma música da Ariana, ou você canta no volume máximo ou não canta. Eu me levanto, escondendo minhas mãos trêmulas atrás das costas. *Lá vai*. Fecho os olhos e solto uma música que já ouvi milhares de vezes, mas nunca cheguei a cantar.

Abro meus olhos e vejo todas boquiabertas. Binna, JinJoo e até mesmo Aram aplaudem lentamente. Helena parece mais furiosa do que nunca.

— *Daebak*, é por isso que eu te escolhi, Candace — Manager Kong comenta, fazendo um sinal de positivo.

Uma explosão de emojis com olhos de coração detona em meu cérebro enquanto volto para meu lugar. Manager Kong distribui as outras posições no quadro branco.

JinJoo: Center, vocalista principal, dançarina de apoio
Binna: Líder, dançarina principal, rapper principal, vocalista de apoio 3
Helena: Dançarina líder, rapper líder, vocalista de apoio 1
Aram: Vocalista de apoio 2, Dançarina de apoio
Candace: Vocalista Líder, Dançarina de apoio

Não consigo nem descrever minha euforia em palavras quando vejo meu nome no quadro com posições definidas

– lembro a mim mesma que "principal" está acima de "líder" na linguagem do K-pop, o que é super confuso, mas, mesmo assim, fazer parte de um grupo real é emocionante. Deve ser assim que Tommy se sente como jogador de um time esportivo.

Meu entusiasmo desaparece logo, porque Manager Kong diz que devemos focar em montar a coreografia antes de adicionar as vozes.

A música sai pelas caixas de som e Binna tenta fazer alguns passos de dança na frente do espelho, improvisando uma coreografia. O resto das garotas fica atrás e tenta copiar o que ela está fazendo, o que parece impossível para mim. Não consigo acreditar que ela está criando uma coreografia tão incrível na hora. Depois de ouvir a música apenas três vezes, ela já montou toda uma sequência de passos.

— Parece bom — Manager Kong diz, antes de ir embora para acompanhar os outros times.

— O.k., meninas — Binna diz. — Vamos tentar!

O que vem depois são as sete horas mais torturantes de toda a minha vida. Não é só o cansaço físico de contorcer meu corpo em posições que nunca tentei antes ou usar músculos que eu nem sabia que existiam. O que realmente acaba comigo é a humilhação pura de não conseguir fazer as coisas mais simples. O primeiro movimento da coreografia, antes de a batida começar, consiste em todas nós colocando as mãos nos quadris e os empurrando para a frente – uma simples pose do *America's Next Top Model*. Mas na mesma hora Binna percebe, pelo espelho, que estou fazendo tudo errado.

— Oh, Candace, você está errando o compasso — Binna diz.

— Estou? — pergunto.

— Sim. Só três, dois um, JOGA! JOGA esse quadril, garota. Ah. Seu quadril não quer se jogar? Tudo bem, vamos tentar de novo. O.k., agora você está um pouco adiantada. Dá uma exagerada nesse movimento. JOGA! Ai, Deus. Não é assim também.

Sem brincadeira, passamos uma hora inteira começando e parando a música enquanto Binna tenta me ajudar a acertar aquela pose. Aram está puxando seu cabelo preto lustroso, frustrada. Helena me fuzila com o olhar. JinJoo está perdida em seu próprio mundo, olhando para seu reflexo, maravilhada, contemplando seus próprios poros.

Toda vez que Manager Kong volta para ver como estamos, ela fica impressionada com minha incapacidade de progredir.

— A Candace ainda não acertou o primeiro movimento? Eu não sabia nem que isso era possível.

De alguma forma, é possível, sim. Não consigo explicar por que sou péssima. Assim como meus dedinhos grossos não foram feitos para dedilhar cordas de viola, meu corpo não foi feito para dançar. Eu simplesmente desligo, dissociando minha mente do meu corpo, deixando meus braços caírem e meus quadris fazerem qualquer coisa, exceto se JOGAREM.

Depois de algum tempo, Helena e Aram colocam seus fones de ouvido e praticam sozinhas. JinJoo não se mexe há horas e até Binna, que pelo visto tem a paciência de Madre Teresa e Michelle Obama combinadas, começa a ficar um pouco frustrada.

— O que está havendo, Candace? Pode me falar.

— Não sei — digo, em voz baixa, deixando meu cabelo cobrir meu rosto. — Eu simplesmente não consigo.

— Vamos lá. Levanta a cabeça. Se olha no espelho enquanto estiver se mexendo. Como seu cérebro vai saber o que seu corpo está fazendo se você não olhar?

Consigo me sentir murchando. Não suporto olhar para o meu corpo ridículo desse jeito. Se meu corpo é meu instrumento, ele está claramente quebrado. A música que eu costumava amar já está parecendo a trilha sonora do meu destino trágico; o verso que diz "eu tenho um problema a menos sem você" começa a soar como um demônio sussurrando no meu ouvido.

Pareço idiota, como se houvesse alguma coisa muito errada comigo. Não sei explicar por que não consigo fazer uma coisa tão simples. Pulamos para outros passos, mas nada dá certo. Não consigo. Talvez eu devesse apenas me desligar em todos os treinos de dança para que eles me expulsem. Se eles me eliminarem antes de eu desistir, meus pais não vão ter que pagar minhas despesas como trainee. Vir até aqui foi um grande erro.

Ao fim da sessão de treino de sete horas, Manager Kong vem nos ver mais uma vez. Helena diz:

— Não conseguimos treinar como um grupo por causa dela. Não podemos trocá-la com alguém de outro time?

Manager Kong a ignora e fixa seu olhar em mim, intensamente.

— Candace. Olhe pra mim.

Tiro meus olhos do chão.

— Você quer mesmo ser uma *idol*?

Balanço a cabeça, concordando, mesmo que eu não tenha mais tanta certeza. Acho que não consigo sobreviver a outra sessão de sete horas de treino depois do jantar antes de ir para a cama a uma hora da manhã.

— Dê um jeito de melhorar — Manager Kong diz. — Se não... *kun-il-nasseo*. — *A coisa vai ficar feia.*

CAPÍTULO 10

Daebak

Acho que, durante minha primeira semana, não consigo dormir mais de três horas por noite. Mesmo assim, eu não diria que estou cansada. O pânico me mantém alerta o tempo todo. Sempre que penso em *umma* ou *abba* ou Imani ou Ethan ou até mesmo em Tommy, sinto uma pontada de dor real, física, no meu peito.

Por sorte, não tenho muito tempo para pensar neles. A cada minuto preciso me preocupar com uma nova enxurrada de coisas. Novas palavras em coreano, novas gafes que preciso evitar, novos passos de dança que não consigo fazer, pessoas para quem preciso me curvar, novos adultos gritando comigo por qualquer coisinha que eu faça de errado.

Certa manhã, gritam comigo no refeitório por aparecer vestindo um top velho de alça fina todo esfarrapado e minhas calças de pijama xadrez confortáveis – meu look "queria estar dormindo". Manager Kong, que fica andando de um lado para o outro fiscalizando o quanto estamos comendo, olha para mim e grita "Você não tem vergonha, não?", me empurrando até o corredor enquanto as outras garotas nos olham com as mãos sobre a boca. Primeiro acho que é porque peguei três ovos cozidos. Mas então ela grita:

— O que você tem na cabeça? Mostrando seus ombros e seu peito quando os garotos podem ver tudo pelo vidro?

Todas as garotas e até alguns garotos no outro lado do Vidro do Gênero se viram para encarar a cena. YoungBae olha para mim, alarmado.

Eu me sinto tão humilhada e confusa. Pelo visto, é totalmente aceitável que as garotas usem saias minúsculas – tão curtas que o refeitório oferece as "mantas da modéstia" para que elas cubram o colo quando se sentam. Mas usar um top de alça fina é inaceitável? Não é como se eu tivesse muita coisa para mostrar.

Há várias outras coisinhas que me deixam abismada. Não temos absorventes internos, só externos (quando eu pergunto para uma das aprendizes de manager, SeoHyun-*unnie*, se não temos absorventes internos, ela olha para mim como se eu tivesse pedido um preservativo ou coisa do tipo). Além disso, os interruptores ficam do lado de fora do banheiro. Alguém sempre desliga a luz quando estou lá dentro; suspeito que seja Helena, implicando comigo sem motivo.

Outra coisa estranha: sempre que subo na minha cama para dormir, encontro lixo no meu travesseiro. Cascas de banana, miolos de maçã, embalagens de absorvente. Deve ser algum tipo cruel de trote coreano. Meu beliche fica bem do lado do banheiro, então dá mais trabalho subir na minha cama do que simplesmente jogar tudo na lata de lixo. Mais uma vez, Helena é minha principal suspeita.

Estou tão estressada que, mesmo sabendo que meu estômago está vazio, nem sinto minha barriga doer de fome. Nossas refeições do dia a dia são:

Café da manhã: ovos cozidos, batata-doce.
Almoço: salada sem molho, iogurte grego.
Jantar: bolinhos de peixe, sopa de rabanete, arroz negro.
Sobremesa: fruta à escolha.

As garotas podem pegar *uma* fruta do refeitório depois do jantar como sobremesa – uma maçã, uma tangerina ou uma banana. Fazemos uma fila de acordo com a idade, então sempre sou uma das últimas. Como as bananas são as frutas que dão a maior sensação de saciedade, são as mais populares e, quando chega a minha vez, já acabaram. Geralmente tenho que me contentar com uma pequena tangerina, que chupo em segundos assim que chego no quarto. Depois jogo a casca na lata de lixo, como uma pessoa civilizada.

Os ensaios de dança não melhoram nem um pouco. Manager Kong continua repetindo "A coisa vai ficar feia, Candace" sempre que me vê errar um passo. Em certo momento, Binna precisa continuar ajudando as outras garotas a aprenderem a coreografia completa, enquanto eu simplesmente fico parada no canto da sala, sabendo que não tenho a mínima condição de acompanhá-las. De vez em quando, Binna vem ver como estou, levantando o punho e gritando "*Hwaiting*, Candace, *hwaiting*!".

Demoro um pouco para entender o que ela está dizendo, mas depois descubro que ela está dizendo "*fighting*", "lutar" em inglês – não existe som de F no alfabeto coreano. Então, basicamente ela está me dizendo "Força!" ou "Você consegue!".

Levanto o punho e resmungo "*hwaiting*" de volta, mas a palavra parece não ter significado quando sai da minha boca.

Meus surtos nas aulas de dança estão atrapalhando todas as minhas outras atividades. Costumo ser uma boa aluna, mas, na aula de coreano, toda vez que a professora Lee me pergunta "Candace-*shi*, você consegue dizer o nome de todas as províncias da Coreia do Sul?", tenho que dizer "Desculpa, não sei". A ansiedade tem me deixado distraída demais para prestar atenção em qualquer uma das minhas aulas. Fico imaginando como e quando vou ser expulsa da agência.

Visualizo a curva nos lábios de *umma* quando ela descobrir que estava certa – que realmente não tenho futuro como cantora.

Até mesmo YoungBae parece preocupado.

— Ei, está tudo bem? — ele sussurra do outro lado da Linha do Gênero um dia quando a professora Lee está de costas para nós. Faço que sim, ainda que eu esteja mordendo as juntas dos dedos com tanta força que elas estão sangrando.

A única coisa mantendo minha sanidade, além das minhas breves conversas com YoungBae, é nosso momento diário ao ar livre no terraço do prédio, depois do almoço e do jantar. O lugar é demais. Há trilhinhas de pedra, flores de lavanda (ou será que são lilases?), árvores em vasos para fazer sombra e vários bancos de madeira. Mas o verdadeiro destaque é a espetacular vista panorâmica de Seul, com o rio Han e as montanhas verdes ao redor. Elas têm um formato diferente de qualquer coisa que já vi nos Estados Unidos – é como se tivessem sido escritas no céu em um alfabeto totalmente diferente.

Uma parede de três metros de acrílico nos separa de Seul, para que ninguém caia ou se jogue, eu acho. A única coisa feia aqui é um muro de concreto, mais uma vez separando a metade dos garotos da metade das garotas – o topo da faca cortando o tofu. Há uma porta bem no meio do muro, mas é feita de metal enferrujado e fica trancada com um mecanismo a cartão. Às vezes ouvimos os garotos gritando no outro lado, provavelmente jogando handebol ou coisa do tipo.

BowHee gosta de chamar Binna, JinJoo, RaLa e eu para praticar taekwondo, mas não tenho forças para participar de outra atividade que exija movimentos coordenados, então eu acompanho as quatro meio sem vontade enquanto conversamos.

— Candace, de que parte dos Estados Unidos você é? — BowHee pergunta, golpeando o ar com seu punho.

— Nova Jersey.

O rosto de BowHee se ilumina.

— *Daebak*! Não é bem do ladinho de Nova York?

— É, não fica muito longe de lá — respondo.

Na verdade, vou para Nova York umas três vezes por ano, no máximo. E geralmente só para o bairro coreano enquanto *abba* faz alguma coisa chata, como comprar uma nova caixa registradora.

— *Daebak*. Eu sou a Carrie Bradshaw — BowHee diz, rindo. Ela chuta o ar com a força de um avestruz zangado e grita "KYAHHHH!". Eu mal levanto a perna.

— Não me leve a mal — digo —, mas tem uma coisa que quero perguntar desde que cheguei aqui: o que significa *daebak*? Todo mundo fala isso.

Elas acham graça na pergunta. Binna responde:

— É uma palavra muito importante para os jovens na Coreia. *Daebak* significa... — ela passa a falar em inglês e faz um sinal de positivo com as duas mãos — "muito, muito excelente".

Eu rio. É tão bom rir; sinto um pouquinho da ansiedade paralisante sair do meu corpo. Já gosto tanto dessas garotas. Mesmo RaLa, que nunca ouvi dizer uma palavra, me passa uma sensação boa.

— Bom, nesse caso — digo —, vocês são todas *daebak*.

Talvez o apoio que recebo dessas novas amigas e de YoungBae na aula de coreano será o suficiente para me dar motivação para sobreviver até a avaliação. Então, logo depois, vou poder visitar *umma* pela primeira vez.

"Eu consigo!", penso, socando o ar.

— Ei, belo golpe, Candace! — BowHee grita. — Você finalmente acordou!

CAPÍTULO 11

A General

Ninguém na Coreia tira folga aos sábados, muito menos trainees. Para meu desespero, é minha primeira sessão de treino com a sra. Yoon, também conhecida como General. Binna me explicou que a General fez parte do StarLady, um *girl group* dos anos noventa que ajudou a lançar a onda do K-pop. Agora, ela é a coreógrafa e principal professora de dança da S.A.Y. Foi ela quem criou a dança de "Unicorn", do SLK, que viralizou no mundo inteiro. Em outras palavras, ela meio que é muito importante.

Quando chegamos lá, a General está terminando uma sessão com um time dos garotos. Nos amontoamos do lado de fora da porta de vidro para assistir.

Meu coração palpita quando vejo YoungBae bem no centro do grupo. A General grita a batida enquanto os garotos dançam *e* fazem o rap de "Ridin", do Chamillionaire. Todos os cinco são incríveis, mas YoungBae é o melhor dançarino, quase tão bom quanto Binna. Ele está se entregando à coreografia, esmurrando o ar com os punhos e fazendo seus tênis deslizarem pelo chão como um borrão branco. Ele faz até o rap completo, com letras ousadas e tudo, sem perder uma batida. Definitivamente não é um rap sobre Jesus.

Quando o ensaio termina, os cinco abraçam a General como se ela fosse um deles. YoungBae está pingando de suor. Ele está vestindo uma regata tão fina e folgada que é como se estivesse sem camisa. Seus ombros são largos e sua cintura é fina, formando um V – o torso dele tem basicamente a forma de um Doritos. Embora ele tenha tanquinho, sua pele parece ser macia ao toque. E, mesmo com seu cabelo encharcado, ele ainda tem aquela mecha perfeitamente ondulada caindo sobre a testa.

— Candace, fecha a boca. Dá pra ver você babando.

Dou um pulo, assustada. Passo as costas da mão pelos lábios, mas eles estão secos. Helena sorri maliciosamente. Aram tenta segurar uma risada.

Quando os garotos saem da sala de treino, nos cumprimentamos com uma reverência.

Eles sussurram desculpas por estarem tão suados.

— Oi, Candace-*shi* — YoungBae diz, usando linguagem formal.

Minhas bochechas estão queimando e não ouso encará-lo.

— Meninas, vamos começar. Rápido! — a General grita, batendo as palmas.

A sala de treinamento ainda cheira a suor de garoto, mas é bem mais requintada que as salas do outro andar. O ambiente tem um pé-direito de nove metros e fotos gigantes na parede das maiores estrelas da S.A.Y., o MegaloMaxx, um duo de hip-hop; e JinKo, um cantor solo de músicas românticas superfamoso que meus pais amam. As únicas mulheres são atrizes de primeira linha da divisão de televisão da S.A.Y., incluindo Jeon

DanHee, a estrela de um K-drama superpopular chamado *My Spiky Pearl*, que eu achei na Netflix antes de vir para Seul. É sobre uma mulher do interior sem papas na língua que se casa com o membro de uma família rígida dona de um ***chaebol***. Superfofo.

Obviamente, o SLK ocupa a maior parte da parede, maravilhosos como sempre. O rosto de One.J é maior do que três de mim. Em minha mente, peço desculpas a ele antecipadamente porque sei que logo mais vou estar que nem uma palhaça em sua presença.

— Venham cá, meninas — a General ordena. Ela realmente parece um sargento, com sua regata preta, cinto cravejado e postura militar. — Como sabem, a data do *debut* está próxima. CEO Sang vai escolher cinco garotas dentre as cinquenta trainees. É hora de pegar firme nos treinos. Até agora, só estávamos brincando.

Olho para minhas colegas de time, seus olhos brilhando com determinação. Eu duvido muito que elas estivessem brincando.

A General nos conta que nossa próxima avaliação mensal não vai ser realizada na tradicional sala de conferências principal, e sim no estúdio do *Popular 10*, no terceiro andar. As garotas dão um suspiro de espanto; *Popular 10* é um Music Show de um dos canais da ShinBi, YNN. Ele exibe os dez MVs mais populares de cada semana e várias apresentações ao vivo. Depois, ela diz que, além dos outros trainees – incluindo os garotos – que vão assistir às performances uns dos outros, algumas pessoas muito importantes estarão na plateia.

Todas nós damos gritinhos de empolgação. Antes que eu possa me impedir, estou pulando também. Sei o que todas estão pensando: vamos conhecer o SLK!

— Sim, é bom vocês ficarem animadas mesmo — a General diz, andando de um lado para o outro com os braços cruzados atrás das costas. — Os garotos do SLK vão fazer uma pausa na turnê mundial pra avaliar vocês para o CEO Sang. Além disso, essa informação não pode sair daqui, mas, como One.J está preparando seu segundo ***comeback*** solo, pode ser que ele escolha uma de vocês pra aparecer no MV.

Helena grita. Os joelhos de Aram e JinJoo tremem. Binna e eu seguramos as mãos uma da outra.

— Isso quer dizer que vocês precisam se esforçar mais do nunca — a General declara.

— SIM, SRTA. YOON! — gritamos em uníssono.

— Isso significa não desistir mesmo diante da dor e da insegurança.

— SIM, SRTA. YOON!

— Certo, meninas. Vamos ver quanto vocês estão pesando.

Meus braços e pernas congelam. Minhas colegas caminham até o canto, onde há uma balança digital. Não estamos prestes a nos pesar uma na frente da outra, né?

Mas é exatamente o que acontece. Helena sobe primeiro. A balança mostra um número em quilogramas – não sei fazer a conversão de quilos para libras, mas sei que é um valor baixo. Eu me recuso a dizer o peso exato dela aqui, porque não é da conta de ninguém, mas a General elogia o "autocontrole" de Helena. O número de Aram é ainda menor, o que a General diz ser muito bom, mas que gostaria de vê-la ganhar mais força e definição em seus braços e pernas. Binna pesa um pouco mais que as outras duas, mas não muito. A General diz que ela está ficando muito musculosa e que precisa correr mais e levantar menos peso.

JinJoo tem mais curvas do que as outras garotas. Nos Estados Unidos, muitas pessoas diriam que ela tem a silhueta mais sexy de todas nós. Mas sei que, de acordo com os padrões do K-pop, ela é considerada gorda, o que, francamente, é ridículo demais.

— JinJoo — a General diz, séria, quando o peso dela aparece. — É sério que ainda estamos nessa? O que o CEO Sang pensaria? Você está mostrando pra ele que não está comprometida com uma das responsabilidades mais importantes de um *idol*: cuidar de sua parte Visual.

JinJoo está prestes a chorar.

— Eu não sei como é possível. Eu me cuido tanto com a comida. Não bebi nem água hoje. Fico cuspindo o tempo inteiro só pra perder um pouco mais de peso.

Estou chocada em níveis shakespearianos – estou estarrecida. É tão desumano que adultos possam julgar garotas adolescentes com base em seu peso e sem nenhuma preocupação com sua saúde física ou mental. Imagino como minha orientadora em Fort Lee Magnet ficaria horrorizada.

Quando chega a minha vez, porém, não faço o monólogo emocionado que criei na minha cabeça. Todas as minhas colegas se viram na minha direção. Não tenho escolha: subo na balança e prendo a respiração. Não tenho ideia do que a General vai dizer. Minha família tem metabolismo rápido, mas não me considero nem magra nem acima do peso. Uma das maiores alegrias de *umma* e *abba* é ver Tommy e eu comendo bastante, então nunca pensei em fazer dieta.

Meu número não significa nada para mim, mas a General faz um estalo com a língua.

— Você é a garota nova, certo? — ela diz.

Respondo que sim do jeito mais formal que conheço.

— Tecnicamente, seu peso não é horrível, mas, como você é muito baixa, nossa meta deve ser perder dois quilos até o mês que vem.

Quero perguntar: "Isso é uma opinião médica?". Cubro meu estomago com os braços. Para completar minha humilhação, a General diz:

— Além do seu peso, suas proporções não são boas. Você não vai ficar bem dançando. Precisamos dar um jeito de fazer você parecer mais alta e mais bonita.

Eu nem tenho tempo de digerir isso, porque, do nada, a General dá um assobio ensurdecedor. Ela nos faz amarrar pesos de cinco quilos que parecem pequenos pacotes de dinamite em volta dos nossos tornozelos.

— Treinamos com eles pra que, na hora da performance, você se sinta livre e leve — a General me explica. Como aquecimento, ela nos faz correr em círculos ao redor da sala cantando "Into The New World" a plenos pulmões. Sem qualquer aviso, ela grita um dos nossos nomes e lança uma bola medicinal pesada na nossa direção para que tenhamos que parar e pegá-la. É para melhorar nossa "estabilidade" enquanto cantamos.

Enquanto corremos e gritamos a letra – ainda bem que *umma* treinou essa música comigo –, a General explica:

— Quando você está se apresentando ao vivo, tem que realizar várias tarefas ao mesmo tempo com maestria. Precisa saber pra qual câmera olhar, precisa dominar uma coreografia complexa e suas expressões faciais. Se você tiver sorte, pode ficar distraídas com os milhares de fãs enlouquecidos. Durante tudo isso, você não pode se esquecer da respiração e do canto. Por enquanto, não se preocupem em soar bem. Só não deixem nada tirar a atenção da respiração de vocês.

Essa forma cruel de tortura combina três das atividades que mais odeio: dança das cadeiras, queimada e correr em círculos com pesos amarrados nos meus tornozelos.

Binna e Helena são profissionais nisso: pegam as bolas com facilidade e sem parar de gritar as letras da música. JinJoo machuca o dedo na primeira pegada e Aram para de cantar completamente sempre que é a vez dela.

— ACORDE, ARAM! — a General brada.

A corrida por si só já me deixa tão ofegante que mal consigo pronunciar as palavras. No começo, os pesos não fazem muita diferença, mas depois de apenas um minuto mal consigo tirar os pés do chão. Na primeira vez que a General grita "CANDACE!", há uma expressão tão feroz em seu rosto que parece até que ela está tentando me matar, então em vez de parar para pegar a bola, eu grito e desvio dela. A bola atinge a parede atrás de mim. A General marcha na minha direção e grita, na minha cara:

— Qual é o seu problema, *geopjaengi*?! Por que você não tem energia alguma?

Enquanto ela está bem perto de mim, sussurro:

— Desculpa falar sobre isso, mas estou com cólicas daqueles dias do mês...

Não é mentira. *Umma* me ensinou exatamente como dizer isso em coreano para o caso de eu precisar que um professor pegue leve comigo.

Mas essa é a professora errada para usar essa tática.

— EU TAMBÉM, *GAROTA*! — a General grita bem na minha cara. — VOCÊ ACHA QUE *IDOLS* NUNCA ESTÃO NAQUELES DIAS DO MÊS DURANTE OS *COMEBACKS*?! NUNCA MAIS USE ESSA DESCULPA COMIGO. E NÃO FIQUE TÃO SURPRESA DE SABER QUE EU AINDA PASSO POR ISSO. AINDA SOU UMA MULHER JOVEM.

Helena e Aram riem baixinho por trás das mãos.

"Into The New World" toca mais dez vezes e, a cada vez que a música para, fujo da bola e levo uma bronca da General. Na única vez em que não desvio rápido o suficiente, a bola me atinge diretamente nas costelas. Todo o ar sai dos meus pulmões e desabo no chão, sufocando e tossindo. A General para a música. Todas se reúnem ao meu redor.

— Você está bem? — Binna pergunta.

Pisco diante dos rostos acima de mim. Uma gota do suor de alguém cai no meu rosto. Estou vendo pontinhos, minhas pernas estão queimando e estou com falta de ar.

— Estão vendo isso, meninas? Venham cá — a General diz para Helena e Aram. — É isso que acontece quando o espírito de uma garota comum sai do corpo, abrindo espaço para o espírito de uma *idol*. É uma visão patética, não é?

— É sim, sra. Yoon — Helena diz.

Ah, cala a boca, Helena! é o que eu diria se tivesse ar nos pulmões.

A General continua:

— É um processo doloroso. Que Candace seja um exemplo do quanto vocês já mudaram e do quanto ainda precisam crescer.

Enquanto levanto, eu me pergunto: "é isso que Manager Kong quis dizer quando falou que fui recrutada para motivar as outras garotas? Será que sou um exemplo de como elas eram fracas e de tudo que elas *não* devem ser se quiserem ser *idols*?".

Do alto da parede, o rosto de One.J me encara. Não consigo deixar de pensar que ele está me julgando em silêncio, se perguntando quem eu penso que sou para achar que posso atingir sua grandeza.

Depois dos nossos exercícios, Binna mostra à General a coreografia que criou para "Problem". A General gosta, mas adiciona passos extras e faz mudanças nas nossas formações para deixar a coreografia ainda mais complexa.

Quando o restante de nós se levanta para se juntar a elas, a General está na minha cola como abacate na torrada (bem que eu aceitaria uma torradinha com abacate agora).

"EI, *GAROTA*, POR QUE VOCÊ NÃO RESPONDE? É ALGUM PROBLEMA COM O IDIOMA? PRECISO TRAZER UM INTÉRPRETE?

VOCÊ CHAMA ISSO DE JOGADA DE CABELO? EU JÁ VI O CABELO DO SEU PRESIDENTE SE MOVER MAIS GRACIOSAMENTE!

CANDACE, O QUE O CHÃO TEM DE TÃO INTERESSANTE? OLHE PRA CIMA, *GAROTA*!"

Ao final da sessão de cinco horas, estou destruída. Não só meu corpo e meu cérebro estão exaustos, mas também todo o meu senso de identidade. Eu sinto como se nunca tivesse feito nada certo e que nunca vou fazer nada certo de novo. Eu quase quero dizer a elas que não sou sempre tão inútil – sou uma boa aluna, ajudo na loja dos meus pais, sou uma boa amiga e até que sou eloquente quando falo em inglês. É só nessa coisa específica que sou um completo fracasso.

Manager Kong chega para nos levar de volta ao dormitório. A General a atualiza na mesma hora:

— Isso aqui não vai dar certo com a Candace. Acho que você terá que dizer ao CEO Sang que foi um erro trazê-la até aqui, ainda mais tão em cima da hora. — A voz dela é rouca e áspera. — Já trabalhei com muitas trainees sem habilidade alguma, mas nenhuma sem força de vontade. Se ao menos eu conseguisse ver um brilho nos olhos dela, uma vontade de melhorar..., mas nem isso eu vejo.

Manager Kong suspira.

Eu daria tudo para desaparecer agora.

Até Helena e Aram parecem preocupadas; isso é ruim.

— Candace — Manager Kong diz —, preciso mesmo ir até o CEO Sang e admitir que cometi um erro ao ir até os Estados Unidos e realizar uma audição cara só pra te encontrar? Ele vai me matar, talvez eu perca meu emprego…, mas faço mesmo assim, se significar que você não vai mais desperdiçar o tempo precioso de nossas trainees e professoras. O Time 2 merece mais que isso.

Eu desabo. Lágrimas e muco explodem do meu rosto como um tsunami destruindo uma represa. Não sei o que dizer. Tudo o que eu diria é "desculpa, desculpa, desculpa", mas estou soluçando tão violentamente que chego a tremer — a cada suspiro por ar, sinto uma pontada forte nas costelas onde fui atingida pela bola. Não consigo falar.

Então sinto uma mão nas minhas costas.

— Manager Kong, eu vou treinar com a Candace. É minha falha como líder não ter passado mais tempo com ela.

Eu olho para cima, chocada. Binna balança a cabeça, resoluta.

— Você acha mesmo que isso vai ajudar em algo? — Manager Kong pergunta.

— Sim. Acredito que o único problema da Candace é que ela acha que não consegue. Mas ela é muito inteligente e tem capacidade… consegui ver isso no tempo que passei com ela.

Seco meu rosto nas mangas da blusa e olho para Manager Kong.

— Prometo me esforçar e melhorar — choramingo.

Manager Kong dá um meio sorriso quase simpático.

— Agradeça a sua *unnie* por estar disposta a te ajudar. Ela é a melhor dançarina e líder na agência.

Binna seca o restante das minhas lágrimas com seus polegares e coloca uma mecha de cabelo atrás da minha orelha. Percebo que é a primeira vez que alguém me toca desde que eu cheguei aqui. O que fiz para merecer tanta gentileza?

CAPÍTULO 12

Domingo

Estou em estado de choque depois daquele treino. Vazia. Como um pão sem miolo.

É fim de tarde, nem chegou a hora do jantar, e estou deitada no meu beliche, virada para a parede, enquanto as outras garotas arrumam as malas. Há cascas de fruta e embalagens de máscaras faciais coreanas na minha cama, mas não me dou ao trabalho de jogá-las no lixo; apenas me deito entre a sujeira.

As trainees que têm família por perto, que são quase todas, podem passar as noites de sábado em casa e não precisam voltar até o começo da noite de domingo. Todas as células do meu corpo estão desesperadas para segui-las até o lado de fora do prédio para ver *umma*, mas agora entendo por que não me deixam sair daqui durante o primeiro mês – se eu saísse agora, jamais teria vontade de voltar.

Alguém me cutuca e eu me viro. Binna está usando seu boné com a frase "POWDER PUP".

— Aproveite para descansar bastante — ela diz — porque, quando eu voltar, nós duas vamos treinar até cairmos mortas. Entendido?

Ela pisca. Balanço a cabeça e sorrio suavemente.

Aram e JinJoo também arrumam suas coisas e saem, deixando Helena e eu sozinhas no quarto. Imagino que ela não tenha para onde ir, já que a família dela está na Califórnia. Helena está bem embaixo de mim na cama inferior do beliche. Ela está com fones de ouvido, mas o volume da música está tão alto que consigo perceber que está ouvindo Post Malone. Quero me aproximar e dizer alguma coisa, qualquer coisa. "Também gosto de Post Malone." "Qual é seu episódio favorito de *Friends*?". "Você tem irmãos?".

Enquanto ainda estou criando coragem para interromper sua música, ela se levanta e sai. Provavelmente para treinar por horas e horas sozinha. O que eu realmente queria perguntar para ela, como outra trainee estrangeira, é: "Quando fica mais fácil?".

Quando acordo, são quatro da manhã de domingo. Como é possível eu ter dormido tanto tempo? Durante todo o caos da minha primeira semana, esqueci que ainda estou sofrendo com o *jet lag*. Passei uma semana inteira sem dormir direito. Quando meus pés tocam o chão, de repente as dores da semana toda me atingem de uma só vez. Meus tornozelos e joelhos estão ardendo. Minhas pernas e braços estão tão rígidos que mal consigo movê-los o suficiente para andar. Minha cabeça está explodindo.

A metade do refeitório das garotas está vazia, exceto por JiHoon, Helena e Luciana, da aula de coreano. A maior parte das luzes nem está ligada. Quando me aproximo da mesa de Helena e Luciana, os olhos de Helena brilham como um par de adagas, então faço um desvio e levo minha bandeja de arroz, salada e quatro bolinhos de peixe frios até uma mesa vazia, bem ao lado do Vidro do Gênero. Sentada no refeitório escuro e frio, um vazio toma conta de mim. Será que vou sobreviver a um verão inteiro assim?

É aí que YoungBae coloca sua bandeja sobre uma mesa a poucos centímetros de mim. Cumprimentamos um ao outro com um aceno de cabeça, mas nada mais. Olho fixamente para a frente, mas praticamente consigo sentir o calor do seu corpo através do Vidro do Gênero que nos separa. Ficamos sentados lá o máximo que podemos – fico feliz só de poder vê-lo pelo canto dos olhos. Bem quando estou me levantando com minha bandeja, YoungBae subitamente pressiona sua boca contra o vidro, infla as bochechas como um baiacu e revira os olhos.

Caio na gargalhada. Ele é tão idiota e fofo – superconsigo imaginá-lo como aquela criança brincalhona que pressiona a boca contra os tanques de água na excursão da escola ao aquário. Mas JiHoon precisa vir correndo para estragar o momento. Ele dá uma batida no vidro no lugar onde a boca de YoungBae está e grita:

— Pare com isso, *imma*!

Superconsigo imaginá-lo como o valentão da escola que bate nos tanques de água para assustar os peixes na excursão.

Aquele breve momento me anima o suficiente para eu decidir fazer algo meio arriscado – quase uma loucura.

Saio procurando por Helena depois do jantar com uma arma secreta escondida no bolso do meu blusão. Caminho pelo corredor das salas de treino, olhando por cada janela até que a encontro ensaiando o *dance break* de “Problem” sozinha.

Bato na porta até que ela finalmente me ouve. Ela vira para mim com um sorriso resplandecente, como se estivesse esperando uma amiga – sou pega de surpresa por sua beleza e bom humor inesperado –, mas o sorriso desaparece quando ela vê que sou eu. Entro mesmo assim.

— Oi, *unnie* — digo timidamente, abaixando a cabeça. — Imaginei que talvez você precisasse de um descanso.

Estou segurando um chá gelado de cevada que trouxe do refeitório e o estendo na direção dela com ambas as mãos. Ela arranca a bebida de mim.

— Não preciso de tanto descanso como você — Helena diz.

Aceito a resposta rude com outra humilde reverência. Estou decepcionada por ela ainda se recusar a falar em inglês comigo, mesmo quando estamos sozinhas.

— Posso aprender muito com sua ética de trabalho — digo. — Espero conquistar seu respeito gradualmente.

— Hmph — ela diz enquanto sorve o chá em um gole só.

Respiro fundo, tentando me acalmar.

— Acho que começamos com o pé esquerdo, *unnie*.

— E qual é o problema? Estamos aqui pra treinar, não sermos melhores amigas. Tem alguma coisa em você que eu não gosto, só isso.

Eu estremeço. Há muitos jeitos de dizer que você não gosta de alguém em coreano, mas as palavras que ela escolheu — "*nae maumae ahn dureo*" — soam estranhas para mim. Posso estar errada, mas acho que as palavras significam, literalmente, algo como "você não se encaixa no formato do meu coração".

Eu pigarreio.

— Pode ser, mas eu pensei que, como nós duas somos dos Estados Unidos, talvez tenhamos algumas coisas em comum. Podemos ajudar uma a outra.

Helena revira os olhos.

— Você não entende, não é? Não faz sentido nós nos aproximarmos. Eles nunca vão debutar mais de uma garota americana no grupo.

— Eu não acho — digo, sem qualquer base. — Tenho certeza de que a empresa vai escolher garotas de acordo com nossos talentos individuais, não com a nossa origem.

Helena estala suas unhas coloridas impacientemente.

— Você é muito inocente se acha isso. O CEO Sang quer que o grupo tenha um apelo global. Ele vai querer que a maior parte do grupo seja coreana, o que significa três garotas. Eles vão querer uma do Japão ou da China ou do sul asiático para agradar os outros principais mercados do K-pop. Já são quatro. O CEO Sang é obcecado pela ideia de conquistar os Estados Unidos, mas ele só precisa de uma de nós pra fazer isso – o SLK fez sucesso por lá sem americano algum. Então vai ser você ou eu.

Eu não aceito esse argumento. Não pode ser tão simples assim.

— O Girls' Generation não tinha duas americanas?

— Sim, mas o Girls' Generation tinha nove integrantes. E só havia espaço pra uma, no final das contas.

— Bom, nós podemos ser diferentes — digo. — E, além disso, se eles tivessem que escolher só uma, é claro que escolheriam você. Eu só quero que as coisas sejam melhores entre a gente.

Helena me lança um olhar fulminante. Isso é um risco, já que ela não é do tipo que quebra regras, mas tiro o pacote de *yakgwas* caseiros de dentro do bolso do meu blusão.

Helena dá um passo para trás.

— O quê?! Não podemos comer isso.

— Eu sei — digo rapidamente. — Se você quiser que eu jogue fora agora, eu jogo. Mas... foi minha mãe que fez. São meus favoritos e minha única lembrança de casa.

Desembrulho meus preciosos *yakgwas* e os estendo para ela, usando toda a minha força de vontade para não os devorar sozinha. Helena pensa, hesitante, então pega um pedacinho e o coloca na boca, mastigando avidamente. Ela fecha os olhos.

— Você quer mais? — pergunto.

— Não. É muito bom, mas eu não deveria ter feito isso. Vou ter que dançar por mais uma hora pra queimar essas calorias.

Faço uma reverência e embrulho os *yakgwas* novamente, esperando que esse seja um passo rumo à paz entre nós.

— Se você quiser mais, é só pedir. Eles ficam guardados dentro do meu violão.

Quero dividir um segredo com ela, caso isso nos aproxime.

Helena zomba, colocando seus fones de volta.

— Não vou querer mais. *Eu* tenho autocontrole.

Faço uma reverência e caminho até a porta.

— Ah, Candace? Essa é a segunda vez que você me interrompe enquanto estou com fones de ouvido. Não faça isso de novo.

CAPÍTULO 13

Comendo bolinhos de arroz deitada

— **Vamos direto ao ponto:** você não tem talento algum pra dança, e nunca terá — Binna diz, olhando dentro de meus olhos com as mãos sobre os meus ombros.

Cruel, Binna.

— Uau, obrigada. A General já deixou isso bem claro.

Estamos em uma das salas de treino menores para nossa primeira aula particular de dança. Este lugar mal tem espaço para duas pessoas dançarem sem atingir o rosto uma da outra.

— Não, Candace, estou falando como amiga. O que eu quero dizer é: não posso te dar o talento, mas posso te ajudar a desenvolver algumas habilidades. Habilidades nunca vão te deixar na mão.

Concordo com a cabeça, mas tenho minhas dúvidas. Muitos já tentaram me ensinar habilidades de viola e falharam; por que isso seria diferente?

— Segunda coisa. Se é pra eu realmente te ajudar, você não pode ter medo de parecer ridícula na minha frente.

Dá pra perceber que é disso que você tem medo quando estamos dançando com o grupo. Sei que nós não nos conhecemos há muito tempo, mas, se vamos debutar juntas, precisamos avançar na nossa amizade. Você pode até usar *banmal* comigo, se isso ajudar.

Fico boquiaberta. Aprendi que, para os coreanos, é um grande passo receber permissão para usar *banmal* com um amigo mais velho.

— *Unnie*, nem sei como...

— Certo, tudo bem, só me promete que vai confiar em mim como uma amiga — Binna diz, oferecendo o mindinho.

Entrelaço meu mindinho com o dela.

— Prometo.

Binna coloca "Problem" no sistema de som, que tem todas as cinquenta músicas aprovadas pela S.A.Y. pré-carregadas. Passei a odiar essa música; o saxofone que toca durante toda a faixa começou a soar como o mensageiro do meu apocalipse.

— Se solta, Candace! — Binna grita. — Mexe o corpo!

Balanço a cabeça. Transfiro meu peso de um pé para o outro e já fico morrendo de vergonha.

— Vamos lá! — Binna diz. Ela começa a mexer seus braços e pernas loucamente e empinar a bunda. Ela deve estar se esforçando para dançar mal, mas ainda assim fica incrível.

Olho para minha imagem constrangedora no espelho. Digo a mim mesma para balançar meus braços como uma idiota, mas não consigo explicar, é fisicamente impossível. Estou convencida de que, se eu agir como idiota, serei a mais idiota de todos os idiotas. Qualquer coisa que eu fizer vai estar errada. Binna vai olhar para mim e dizer "Esquece, eu desisto. Não há *nada* que eu possa fazer".

Binna pausa a música.

— Hmm. Isso tudo é um bloqueio mental, Candace. Me diz: o que você fez na sua audição? Claramente, Manager Kong viu *alguma coisa*.

Minhas bochechas ficam vermelhas.

— Ah, aquilo. Não, aquilo foi sorte. Eu me fiz de palhaça e caí de bunda.

— Então faça isso de novo, agora.

— Não consigo. Acho que só consegui fazer aquilo na hora porque já tinha desistido. Eu só fingi que estava dançando com meus melhores amigos. Aqui, tudo é tão...

— Qual é o nome dos seus amigos?

— Imani e Ethan.

Sinto meu peito doer de saudade.

— Feche os olhos e finja que eu sou Imani e Ethan — Binna pede.

Fecho os olhos. Estou de volta ao meu quarto. Imani está devorando *kimchi* direto do pote. Ethan está todo exagerado, como sempre. Procuro "Problem" no YouTube. Imani está jogando o cabelo. Ethan está rebolando na minha cama. Então ele faz um *duck walk*. Estou pulando ao redor do quarto, fazendo meus passos fajutos de *vogue*, interpretando a letra sempre que posso. Quando o saxofone toca, finjo estar com ele nas mãos e toco apaixonadamente.

Quando abro os olhos, a música terminou e Binna está rolando no chão, rindo.

Eu sabia. Ela pode até ter dito eu deveria dar uma de idiota, mas, quando ela realmente me viu, foi demais para ela.

Ela esfrega as lágrimas e olha para mim.

— Candace, isso foi ótimo.

Faço uma careta e chacoalho a cabeça.

— Não, é sério! Você manda bem e tem bastante carisma. Aquele saxofone... nossa, você precisa fazer isso no ***stage***. Vai arrasar. E dá para ver que você gosta de fazer movimentos de *vogue* e *waacking*. Esse estilo não é comum em coreografias de K-pop, mas posso colocar um pouco na nossa apresentação.

Começamos os trabalhos. Ela me incentiva a ir em frente e extravasar – "liberar geral", ela diz. Toda vez que quase acerto o rosto dela com meu braço, ou caio enquanto dou um giro, ela grita "*Orlchi!*", como se eu estivesse fazendo o maior favor do mundo para ela.

— Podemos até colocar energia demais em uma boa performance — ela explica —, mas não podemos fazer uma performance sem energia alguma.

Durante nossa sessão de cinco horas, ela grita repetidamente:

— Estamos nos divertindo! Estamos nos divertindo!

E, depois de um tempo, isso vira verdade. Estou me divertindo.

No fim, desabamos no chão, exaustas. Binna me dá um *high five*.

— Logo, logo, você vai arrasar nessa coreografia. Vai ser como comer bolinhos de arroz deitada.

— O quê? — pergunto.

— Ah, acho que você não conhece esse ditado. Quer dizer que tudo isso vai ser fácil pra você um dia.

— Ah, entendi. Tem um ditado parecido lá onde eu moro. Nós só dizemos "mamão com açúcar".

— Hmm — ela parece intrigada. — Mamão *só* com açúcar? Mais nada?

Solto uma risada.

— Hmm, é uma boa pergunta.

CAPÍTULO 14

A arma secreta

Para minha primeira aula de comportamento e boas maneiras, Manager Kong me leva até o quinquagésimo andar do prédio, onde fica o escritório enorme e iluminado de madame Jung. No elevador, Manager Kong explica que madame Jung é a diretora de comunicações globais da ShinBi.

Madame Jung é o ser humano mais elegante que já vi. Eu diria que ela é mais velha que *umma* e *abba*, mas é difícil dizer – seu rosto não tem rugas e está coberto por uma maquiagem tão branca que a deixa parecendo uma vampira. Ela está vestida de preto dos pés à cabeça.

Madame Jung mal levanta a cabeça quando entro na sala. Ela está respondendo a e-mails em sua mesa imaculadamente organizada. Atrás dela há uma vista de tirar o fôlego do horizonte de Seul.

— Entre, senhorita Park — ela diz. — Sente-se.

Sento-me com as mãos dobradas modestamente sobre o meu colo. Tento ficar o mais ereta possível e cruzo as pernas, joelho sobre joelho.

— Odeio tudo no jeito como você está sentada — Madame Jung diz, suspirando. — Você é desleixada como qualquer americano. E por que suas pernas estão cruzadas? Pernas cruzadas não são nada elegantes. Ugh, não quis dizer que você deve afastar as pernas. Grude seus joelhos e tornozelos e gire seus pés para um lado, qualquer lado. Não está ótimo, mas melhorou.

Madame Jung então me ignora pelo que parece uma eternidade. Ela digita sem parar em seu teclado e atende duas ligações. Continuo absolutamente imóvel, congelada na mesma posição. Minhas costas e meus ombros começam a doer. Eu me pergunto se são apenas meus músculos de garota coreana educada ficando mais fortes.

— Quando você está com uma pessoa importante ou em uma aparição pública como *idol* — ela começa, e levo um segundo para perceber que ela está falando comigo de novo —, você está representando não apenas a si mesma, mas também a esperança do povo coreano. Você é a manifestação do melhor que esse país pode produzir. — Ela tira os olhos do computador e me olha cuidadosamente dos pés à cabeça. — Você precisa se dedicar mais à sua aparência. Não estamos nos Estados Unidos, onde você pode andar por aí toda desleixada. Manter a sua melhor aparência é um sinal de respeito e caráter, entendeu?

— Sim, madame Jung — respondo, com a voz levemente trêmula.

Madame Jung tira uma sacola debaixo de sua mesa.

— Felizmente, sua pele é naturalmente bem clara, mas um *idol* deve ter uma pele branca, o mais próximo do ideal possível. — Ela tateia o interior da sacola e tira de lá um elegante tubo branco que me faz pensar em Gwyneth Paltrow. — Da próxima vez que você vier, use essa combinação de

BB cream e base. Cosméticos coreanos são os melhores do mundo, não acha?

— Sim, madame Jung — digo, me lembrando de todos os tutoriais de dez passos de K-beauty que vi no YouTube com Imani e Ethan.

— Este produto é bastante requintado — madame Jung continua, orgulhosa. — É fabricado pela linha de cosméticos da ShinBi, GlowSong. É maquiagem e tratamento para a pele em um produto só. É tão eficiente que não preciso mais usar nenhuma outra maquiagem. O que você acha disso?

Fico boquiaberta. O que eu estou realmente pensando é "Senhora, seu pescoço é no mínimo três tons da Fenty mais escuro que seu rosto. Sem maquiagem, é? Hm... dá para perceber". Em vez disso, consigo murmurar:

— É incrível, madame Jung.

Com um sorriso satisfeito, madame Jung estende o tubo em minha direção. Eu me inclino para recebê-lo com uma reverência, mas ela o arranca de volta.

— Ora, tenha modos. Na Coreia, recebemos presentes com as duas mãos.

— Desculpe-me, madame Jung — murmuro, enquanto me levanto para receber o tubo com as duas mãos. Mas então ela o arranca novamente.

— Sério? Você vai simplesmente aceitá-lo? Assim mesmo?

Madame Jung só pode estar de brincadeira comigo. O que diabos estou fazendo de errado?

Ela suspira.

— É tão rude que você aceite minha gentileza assim tão fácil. Você deveria recusar minha generosidade três vezes. Diga "não posso aceitar!", "isso é um presente e tanto!". Porque, sendo sincera, este é *mesmo* um presente e tanto. Vamos!

Eu me sento novamente e digo:

— Oh, meu Deus, não posso aceitar um presente tão refinado. Por favor, ofereça-o a alguém que realmente o mereça.

Madame Jung suspira impacientemente.

— Eu insisto. Você deve usá-lo pra ficar mais bonita.

Depois de recusar mais duas vezes, eu me levanto, faço uma profunda reverência e estendo as duas mãos.

— Eu usarei este requintado presente diligentemente para que um dia eu seja tão bonita quanto a senhora.

Madame Jung gargalha:

— Tá bom, tá bom, não exagere.

Balanço a cabeça, tentando parecer atenta, mostrar que estou ouvindo cada palavra.

— Por que você está me olhando desse jeito? Ocidentais são tão agressivos com seu contato visual. É muito desconcertante, parece que você quer algo de mim. Quando falar com um superior, só faça contato visual dez por cento do tempo. Olhe pra baixo.

Outros quinze minutos torturantes se passam.

— O.k., isso é tudo por hoje. Na próxima semana, venha com um rosto mais bem-cuidado. E, *jebal*, use um vestido ou uma saia.

Faço uma reverência e caminho o mais rápido possível para a área onde devo esperar Manager Kong para que ela me leve de volta para o dormitório. Fecho os olhos e repito as últimas palavras que *umma* me disse na recepção: "Você é tão preciosa. Ninguém aqui pode definir seu valor".

Nossa primeira aula formal de canto só acontece na sexta-feira da segunda semana. Acompanhadas pela Manager Kong, entramos em um estúdio de gravação de ponta no andar corporativo, completo com uma iluminação especial, isolamento acústico nas paredes, cinco suportes para partitura com microfones e fones de ouvido alinhados em círculo e uma cabine de mixagem de som onde os produtores ficam.

Estou entusiasmada e nervosa. Entusiasmada porque é um lugar onde eu realmente posso brilhar, e nervosa porque o nome do nosso instrutor de canto é Clown Killah. De acordo com Manager Kong, ele é o braço direito do principal produtor da S.A.Y., Chang-y, e é o principal diretor musical das gravações dos trainees. Com um nome desses, imagino que ele tenha um rosto todo tatuado ou algo do tipo. Mas Clown Killah na verdade faz o tipo nerd descolado, com sua camisa abotoada até a garganta, óculos *hipster* e um chapéu branco e moderno – alguém que você poderia apresentar para os seus pais.

Da cabine do produtor, Clown Killah diz:

— Antes de começarmos a trabalhar em "Problem", vocês gostariam de ouvir o que Chang-y e eu estamos preparando para o próximo *comeback* do SLK?

Todas nós surtamos.

— Sim, produtor Clown Killah!

Ele toca dez segundos de uma batida muito boa. A faixa é densa e rica, literalmente como dinheiro – como sacos com moedas de ouro sendo jogados sobre uma mesa várias vezes. As outras garotas fazem de tudo para expressar seu entusiasmo.

— Senhor Clown Killah, isso com certeza vai ser o próximo ***Perfect All-Kill*** número 1 do SLK — Helena diz. — Espero que possamos gravar um hit que seja um décimo tão maravilhoso como esse se tivermos a grande sorte de debutar!

Clown Killah ri e distribui nossas folhas com as letras, que estão todas marcadas para mostrar quem canta cada parte. Como vocalistas principal e líder, JinJoo e eu cantamos a maioria das estrofes e pré-refrões, enquanto as outras harmonizam. Depois Binna e Helena dividem a parte do rap da Iggy Azalea, para a qual elas escreveram uma letra que mistura coreano e inglês – "Konglish".

Quando canto meus primeiros versos, meu corpo inteiro formiga. Minhas colegas de time arregalam os olhos, chocadas; Binna faz um sinal de positivo. Nunca ouvi minha voz em uma música produzida profissionalmente, e é como se meu cérebro estivesse mergulhado em meu refrigerante favorito.

— Candace, isso foi muito, muito bom — Clown Killah diz. — Você se encaixa perfeitamente na harmonia que elas aperfeiçoaram por anos. Eu estava preocupado com esse time depois que perdemos EunJeong, mas agora acho que você pode ser a arma secreta do Time 2. Sua voz tem um carisma muito especial. Muitas pessoas conseguem imitar Mariah Carey, como a JinJoo, mas nem todas as vozes são… únicas como a sua.

Olho para JinJoo como que pedindo desculpas. Ela parece estar em pânico.

Cantamos a música pelo menos mais vinte vezes, começando e parando bastante, na maior parte das vezes para que Clown Killah corrija o tom de Aram ou peça para Binna cantar com mais força. Cada momento é como o paraíso para mim. Deve ser assim que Tommy se sente no campo de beisebol e Binna em uma pista de dança. Então é assim que é saber que você é boa em alguma coisa e que todos podem ver isso também. Não consigo deixar de me ressentir com *umma* por ter me privado desse sentimento todos esses anos.

— Uau — Clown Killah diz ao final da sessão, piscando maravilhado. — Uau, uau, uau. Preciso perguntar: não seria melhor se nós trocássemos a vocalista principal e a vocalista líder?

— Eu não poderia, JinJoo está fazendo um ótimo trabalho — digo, ofegante, enquanto faço uma reverência. — Obrigada, produtor Clown Killah.

Manager Kong, que estava no canto olhando seu celular, levanta a cabeça e sorri para mim.

— Escutem, meninas — ela diz. — Assim como Binna lidera os treinos de dança do grupo, Candace é sua nova líder no quesito vocal. Quando vocês não estiverem com um produtor, podem pedir conselhos a ela.

Olho para o rosto pálido de JinJoo novamente. Ela parece totalmente atordoada, como se seu mundo tivesse virado de cabeça para baixo. Sinto uma mistura complexa de entusiasmo por mim mesma e culpa por JinJoo – ela tem sido tão legal comigo até agora, mas nesse momento me pergunto se ela está amaldiçoando o dia em que pisei na sede da S.A.Y.

Ao lado dela, Helena me encara com tanta intensidade que parece estar tentando fazer minha cabeça explodir com sua mente.

Mesmo que ela seja assustadora, eu me forço a encará-la de volta até que ela desvie o olhar primeiro.

CAPÍTULO 15

Tortura de esperança

Na segunda-feira seguinte, eu consigo sobreviver ao treino em grupo sem que Manager Kong grite comigo. Eu treinei sozinha o dia inteiro no domingo. Ainda não consigo acompanhar as partes mais difíceis da coreografia, mas melhorei o suficiente para que Aram diga "Bom trabalho!" no final, o que, vindo dela, me faz sentir tão bem como se me dissessem que eu fui escolhida para aparecer no MV solo do One.J.

Mas JinJoo passa o treino inteiro mole, arrastando seus braços e pernas como macarrão a ponto de Binna ter que gritar com ela para que se recomponha ou saia. JinJoo consegue melhorar um pouco, mas está prestes a chorar o tempo todo.

Parece que toda a confiança que ganho está sendo sugada de JinJoo, como se eu fosse um tipo de parasita.

À noite, durante nosso tempo ao ar livre, Binna e eu ficamos na parede de acrílico, olhando as ruas de Seul. Está ridiculamente abafado aqui fora – é a temporada das monções na Coreia –, mas a vista ainda é incrível. Garotas conversam e cantam atrás de nós, mas vejo JinJoo sentada em um banco sozinha, olhando para o chão.

— Ela vai ficar bem? — pergunto.

— Sim — Binna diz. — Todas nós passamos por momentos difíceis. Horas em que dá vontade de desistir.

— Eu me sinto tão culpada. Depois do que Clown Killah disse...

— Não se culpe. Esse é seu sonho também.

Olhamos mais uma vez a silhueta de JinJoo – ela está curvada, com uma aparência trágica.

— Eu amo a JinJoo — Binna diz. — Treino com ela há muito tempo. Mas às vezes sinto que não a conheço direito também. Ela é uma criança K-pop. A mãe dela, que a criou sozinha, é uma daquelas mães extremistas do K-pop. Antes mesmo que ela pudesse andar ou falar, já foi matriculada em academias intensas para *idols*. A mãe dela até a levou pra fazer cirurgia plástica assim que ela fez catorze anos.

— *Sério?*

— Sério. Tipo, é insano. JinJoo é coreana, mas é como se ela fosse mais estrangeira pra mim do que estrangeiras de verdade, como você ou a Helena. Ela treinou tão intensamente pra ser uma *idol* a vida inteira que não sabe de coisas que todo mundo deveria saber, como o partido do nosso presidente. E ela nunca fez certas coisas normais que todos costumam fazer –, tipo ir ao cinema com amigos ou algo assim. Olha, eu sou uma trainee há dez anos, mas faz só um ano que moro aqui. Antes disso, terminei o ensino médio e morava com meus pais. Mas o caso da JinJoo é diferente. Imagina a intensidade disso aqui, mas durante sua vida inteira.

Estou chocada.

— Binna. Você é trainee há *dez* anos?

— Não na S.A.Y. Mas, contando tudo, sim. Comecei em uma agência pequena, mas nunca consegui debutar. Depois de alguns anos, eu fui para uma das outras quatro principais agências e treinei pra debutar com o QueenGirl, na verdade. Fui escolhida pra debutar com elas, mas, no último segundo, a empresa recrutou a WooWee e ela pegou o meu lugar.

Fico boquiaberta. WooWee, Center e Face do QueenGirl? Tento imaginar Binna no QueenGirl em vez de WooWee, mas não consigo. WooWee é minha *ultimate* **bias** das *idols* e tenho me preocupado pensando no que vai acontecer com ela se o QueenGirl acabar por causa do escândalo envolvendo Iseul e HyunTaek.

— Depois disso — Binna continua —, fui transferida para a S.A.Y. logo que eles começaram a aceitar garotas como trainees, quando ainda era uma agência pequena. Foi antes do SLK debutar e a S.A.Y. ser comprada pela ShinBi.

— Não consigo nem imaginar como é treinar por tanto tempo — digo —, estou aqui faz só duas semanas e já parece uma vida inteira.

Binna se vira para olhar para mim, seu cabelo preto flutuando ao vento.

— Sabe qual é a sensação? É como *hwemang gomun*.

— O que isso quer dizer?

Binna explica cada parte da frase e entendo que significa algo como "tortura de esperança".

— Você nunca sabe se uma empresa vai te escolher pra debutar, ou dizer que você não tem o visual certo, ou se vão te escolher, mas cancelar o *debut* do grupo no último minuto — Binna diz, encarando o horizonte. — Todas essas coisas aconteceram comigo. Eles mantêm sua esperança viva, dizem "se esforce mais, perca um pouco de peso, faça cirurgia plástica". E o tempo todo, você não tem qualquer certeza sobre o seu futuro, e a cada ano que passa, é menos provável que você debute.

Um peso se forma no meu peito. Eu me sinto tão indigna, como se não tivesse sofrido o suficiente. Mas sei que quero estar aqui também.

Enquanto isso, me comprometo a ser uma boa amiga para JinJoo. Vou até ela para me sentar ao seu lado no banco. Pergunto qual é seu rap favorito do Wookie – seu *bias* do SLK, o que é uma *escolha* e tanto – e ela se anima imediatamente. Parece que ela tem muito a dizer se você tirar um tempo para perguntar.

CAPÍTULO 16

Pepero

Na última hora da aula de coreano, estamos só eu e YoungBae na frente da sala depois que todos os alunos mais avançados já saíram. A professora Lee está ensinando como devemos falar com o CEO Sang na nossa avaliação.

— Vocês dois são os que mais me preocupam em termos de se envolverem em um *sago*.

Sempre achei que *sago* significasse "acidente de carro", mas, pelo visto, também significa "passar por um momento constrangedor em público". Não deixa de ser um tipo de acidente, eu acho.

A professora Lee nos diz que, em caso de dúvida, devemos falar com o CEO Sang usando estrutura frasal indireta. É uma forma humilde e super-respeitosa de falar. Se ele por acaso me elogiar, não devo simplesmente dizer "Me esforcei bastante e estou orgulhosa de mim mesma". Ela faz um X com seus antebraços.

— Não digam isso. Kanye West pode até falar coisas desse tipo nos Estados Unidos, mas, na Coreia, nossos *idols* diriam algo como "Parece que talvez eu tenha mesmo me esforçado bastante, e parece que estou feliz que nossa apresentação pareça ter sido boa".

Minha caneta está deslizando sobre as linhas do caderno. Meus olhos se voltam para YoungBae. Pelo amor de Deus, como ele é lindo. Seus olhos estão inchados, mas isso só faz ele parecer mais devastador, e aquela mecha de cabelo na testa dele sempre acaba comigo. Enquanto a professora Lee está escrevendo frases no quadro, YoungBae tira uma caixa do bolso de seus jeans.

É uma caixa vermelha de Pepero, um doce popular coreano que vendemos na loja da minha família. São longos biscoitos em forma de palito mergulhados em chocolate. *Deliciosos*. Como foi que YoungBae conseguiu uma caixa deles?

Com os olhos ainda nas costas da professora Lee, ele estica seu longo braço através da Linha do Gênero para oferecê-los a mim. Eu lanço um olhar na direção dele. *Não posso aceitar*. Mas ele chacoalha a caixa uma vez, insistente. Eu me viro e olho para a porta para ter certeza de que nenhum executivo ou manager está passando – a barra está limpa – e pego a caixa, mais para que ela não fique à vista do que qualquer outra coisa. Eu a coloco no estojo que Ethan me deu e a professora Lee vira para nós bem no momento em que o fecho.

— Alguma dúvida? — ela pergunta, sorrindo alegremente para nós.

— Não, professora Lee! — YoungBae e eu respondemos em uníssono.

À noite, depois que as outras garotas caem no sono, eu acendo a luzinha que fica presa à grade da minha cama e abro meu estojo, fingindo que estou fazendo minha lição de casa de coreano como sempre. Meu coração dispara quando vejo que o Pepero ainda está lá; não foi uma "ilusão de trainee" – uma alucinação – sobre a qual eu já ouvi outras garotas falarem. Eu abro o pacote, praticamente sentindo o gosto delicioso e não muito doce dos Peperos.

Mas nenhum cookie sai da caixa, que é surpreendentemente pesada. Em vez disso, um cartão plástico com um longo cordão preso a ele – um desses crachás de identificação que os managers usam ao redor do pescoço – cai na minha mão. Depois, um celular. Um daqueles celulares antigos que as pessoas usavam antes de eu nascer.

Onde ele conseguiu essas coisas?

Mordo meu punho para não gritar. O crachá pertence, ou pertencia, a um aprendiz de manager de cara ranzinza chamado Pak DongHo. É muita ousadia de YoungBae roubar um desses. Não consigo imaginar a confusão em que vou me meter se alguém encontrar esses objetos contrabandeados.

Apesar de eu não estar entendendo nada, fico animada para caramba. Um garoto lindo gosta de mim! Acho que isso nunca aconteceu comigo antes (a menos que você conte o tempo em que Ethan e eu namoramos por uma semana). Um garoto não passa uma caixa extremamente proibida de Pepero para uma garota através da Linha do Gênero a menos que goste dela.

O celular antigo é daqueles que abrem, o que é meio fofo. Encontro o botão de ligar. O celular faz um barulhinho de sino quando acende. Aram se vira em sua cama e eu cubro a cabeça com meus lençóis enquanto olho as duas novas mensagens na minha caixa de entrada!

(1/2) oi candace. aqui é youngbae o trainee. n tenho carregador p/ esse cel estranho entao pfvr abra ele só 1x por dia

(2/2) o cartao abre a porta do terraço. vou te mandar mensagem qdo for seguro te encontrar. esse lugar tá me deixando louco kkkk

Estou tão entusiasmada que prendo a respiração. Escrevo uma resposta – demoro uma eternidade para digitar no teclado numérico. Queria que houvesse emojis nesse celular antigo para que eu pudesse me comunicar direito, mas...

Como você conseguiu essas coisas? Por que me deu elas?

A chance de ele estar com seu próprio celular contrabandeado aberto agora é pequena, mas espero por um tempo para o caso de ele me responder de cara. Eu checo a bateria, que está quase metade vazia. Ou metade cheia, sei lá.

O celular vibra duas vezes. Abafo meus gritinhos animados com MulKogi.

(1/2) muitos trainees morreram p/ conseguir esses itens. zuera, mas quase. dei eles p vc porque parecia que vc precisava de 1 amigo aquela vez q eu te vi

(2/2) no domingo no refeitorio. vc parecia aquela menina do chamado. eu sei como é isso kkkk entao...

Um amigo? Então ele só sente pena de mim. Meu coração murcha um pouquinho. Eu amo Binna e JinJoo e algumas das garotas dos outros times, mas, como um trainee novo dos Estados Unidos, YoungBae é o único que *realmente* sabe o que estou passando. Digito:

Entendi. Animada. :)

E, imediatamente, ele responde:

Ok desliga o celular. ligue ele 1x toda noite. boa noite.

Eu digito "bons sonhos", o que é literalmente a coisa mais brega que já escrevi em uma mensagem. Culpo o celular esquisito e o desligo. Enrolo a alça do crachá em volta dele e guardo os dois em cima do azulejo no teto alguns centímetros acima da minha cabeça.

CAPÍTULO 17

Mãos educadas

Às cinco para a meia-noite, checo o corredor das salas de treino para ter certeza de que o caminho está livre. Como sempre, Helena está treinando em uma delas, mas ela está ocupada demais praticando expressões faciais – piscando e fazendo biquinho em frente ao espelho – para perceber eu me esgueirando por aí. Dou uma olhada para atrás de mim para ter certeza de que JiHoon não está espreitando os corredores como um capanga de *Missão impossível*.

Essa é a *última* coisa que eu deveria estar fazendo em uma noite tão perto da avaliação. Se eu for pega, acabou para mim. Mas, por alguma razão, *não* ver YoungBae não é uma opção. Prendo a respiração e subo a escada que vai até o terraço. Minhas mãos estão suadas quando as coloco dentro das minhas roupas de baixo para pegar o crachá – que não coloquei no bolso das calças para o caso de eu encontrar um aprendiz de manager no corredor e ele me mandar revirar os bolsos ou algo do tipo... o que literalmente nunca aconteceu, mas esse lugar deixa qualquer um paranoico.

Aproximo o crachá do scanner, ainda prendendo a respiração. A porta se abre com um clique. Lá fora, no ar abafado da noite, espero um alarme alertar todos os guardas no prédio inteiro, e eles virão atrás de mim com lanternas e armas de eletrochoque. Mas, sem dezenas de garotas conversando, o jardim tem uma atmosfera misteriosa e está quase todo escuro – só vejo sombras projetadas pelas luzes da cidade abaixo de nós. Tudo o que ouço é o zumbido distante do trânsito.

Fico olhando a porta de metal enferrujado no meio do Muro do Gênero de concreto. Está quente aqui fora, mas estou tão nervosa que, na verdade, sinto um pouco de frio. Eu poderia ser descoberta por um aprendiz de manager ou por um segurança a qualquer momento.

Tenho checado o celular toda noite, e geralmente há uma mensagem de YoungBae dizendo "hoje ñ. o manager está no meu pé. ñ responda, economize bateria", mas, na noite passada, ele finalmente escreveu "ok podemos nos ver amanhã meia-noite, yay".

Mas depois de vinte minutos esperando, imagino que alguma coisa deva ter dado errado. Eu me viro para voltar para o dormitório quando ouço um clique alto. O scanner no Muro do Gênero brilha em verde. A porta abre e uma silhueta alta atravessa a porta. Eu me preparo para correr no caso de ser um adulto…

— Mano, você conseguiu — diz a sombra, em inglês.

— YoungBae? — sussurro.

— Fiquei com medo de você amarelar.

YoungBae pisa em um feixe de luz laranja, que reflete em seu cabelo ondulado e ilumina seu maxilar afiado. Sinto suor escorrer por minha testa enquanto meu coração dispara.

— Eu é que estava te esperando — sussurro. — Isso é loucura.

— Desculpa o atraso. Estou cheio de problemas com meu manager agora. É por isso que estamos aqui. Recebi outra advertência.

Ele desenrola uma mangueira escondida atrás de um vaso de bonsai.

— Como assim?

— Quando recebo uma advertência antes do almoço, me fazem limpar o banheiro, o que é horrível. Quando recebo uma advertência depois do almoço, me fazem regar as plantas do terraço. — Ele mostra seu próprio crachá de identificação. — O sr. Jeon, um dos zeladores, me empresta o dele.

— E o meu? — pergunto, olhando a foto ranzinza de DongHo.

— Um dos meus colegas de time, WooChin-*hyung*, encontrou esse crachá faz um tempo e o entregou para mim quando foi cortado do programa de trainees no mês passado. Nunca foi desativado, pelo jeito. Esses celulares antigos e baratos WooChin trouxe de fora pra mim. Você não vai querer saber o que eu tive que fazer pra ele como agradecimento...

— Ah, não — digo. — O quê?

Ele faz uma cara de quem vai vomitar.

— Tive que massagear os pés dele toda noite.

— Ugh, eca! — digo, rindo. Agora sei o que YoungBae teve que fazer por mim. Os pés de qualquer trainee ficam nojentos e estourados; quer dizer, é só olhar para os meus. Voltei a ter esperanças de não estar na *friendzone*.

É incrivelmente libertador estar falando em inglês. Eu me sinto livre e leve, como quando tiro os pesos dos tornozelos depois de um dos exercícios da General. Conversamos sobre os treinos absurdos que estamos fazendo antes da avaliação, que vai acontecer em alguns dias. Eu descubro que ele, assim como eu, é o *maknae* de seu time e que seus *hyungs* – a versão masculina de *unnies* – o atormentaram no começo também.

— Que tipo de coisa suas *unnies* têm aprontado? — ele pergunta.

— Bom, duas delas continuam jogando lixo no meu travesseiro todo dia.

YoungBae ri.

— Putz, que saco. Meus *hyungs* fizeram isso comigo no começo também. É um tipo de regra esquisita dos coreanos que o *maknae* tem que jogar o lixo fora para os mais velhos. Mas no seu travesseiro? Isso é cruel demais. Meus *hyungs* pelo menos tinham a decência de colocar o lixo no meu armário.

— Como você fez eles pararem?

— Conquistei o respeito do time depois de um tempo.

— Como?

— Primeiro, eu ganhei do meu *hyung* mais cruel, YoonSoo, em uma partida de queda de braço, e agora estamos de boa.

— Acho que isso não vai dar muito certo comigo.

— A outra coisa foi a minha primeira avaliação mensal. Eu fiz uns passos novos, o que pareceu causar uma boa impressão. Quando perceberam que eu estava levando o treinamento a sério e não estava só de brincadeira, eles pararam de me atormentar.

— Ah. Bom, minha manager e a General me disseram que sou a pior dançarina que elas já viram. Elas me deixam no canto sem fazer nada enquanto as outras garotas treinam o *dance break*.

YoungBae acidentalmente derrama água sobre o colo.

— Droga!

Eu rio e ele joga água em mim por rir. Eu grito e saio correndo.

— Para com isso!

— Mil desculpas, minha mão escorregou — ele diz, fazendo uma reverência profunda. Ao terminar de regar as plantas, ele recolhe a mangueira.

— Não sei o que fazer — digo —, eu realmente acho que vou ser expulsa depois dessa avaliação.

— Bom, não podemos deixar isso acontecer — YoungBae responde, coçando o queixo. — Se você não é a melhor dançarina, precisa pensar em alguma outra coisa que te ajude a se destacar.

— Acho que o melhor que posso fazer é deixar a dança engraçada. Fazer umas caretas divertidas e coisas do tipo. Mas nossos *stages* são tão planejados. Acho que as managers e as *unnies* não vão gostar se eu fizer isso.

— Deixa pra lá e se divirta na apresentação. Meio tipo isso — ele diz. Sem qualquer aviso, ele vai ao chão e faz um *windmill*, com suas pernas cortando o ar como hélices e seu pé quase raspando meu queixo. Ele volta a ficar de pé como se nada tivesse acontecido, sem nem mesmo ficar ofegante.

Aplaudo e YoungBae faz uma reverência.

— Faça suas caretas — ele diz. — A gente está tentando ser *idols*, e não, sei lá, advogados ou coisa do tipo. Todo mundo espera que você seja meio exagerada, de qualquer jeito, por ser americana e tudo mais.

Faço uma nota mental: SEJA ORIGINAL.

Eu paro e olho para ele.

— Por que você está parado desse jeito?

Agora que ele terminou de regar as plantas, Young-Bae está estático com os braços cruzados e suas pernas compridas afastadas, como se ele estivesse secando seu colo molhado.

— Aprendi isso na aula de Comportamento e Boas Maneiras. Se chama Pernas Educadas.

Ele explica que, como é muito alto, seu professor de Comportamento e Boas Maneiras – que, para a sorte dele, não é Madame Jung –, lhe diz que é educado, quando ele estiver conversando com uma mulher, ficar parado desse jeito para que ele não fique muito acima dela como se fosse um gigante assustador. Pernas Educadas.

Sinceramente, eu até que gosto. Ele ainda fica mais alto que eu, mas acho fofo que ele esteja tentando. Com seus ombros largos, ele parece um X gigante.

— Ele também me ensinou uma coisa chamada Mãos Educadas.

— Ah, eu sei tudo sobre Mãos Educadas — digo.

Já vi fotos de *idols* homens posando com fãs mulheres em **Fansigns**. Eles colocam seus braços ao redor das garotas, mas não as tocam de fato – suas mãos apenas pairam alguns centímetros sobre os ombros delas, ou sobre suas costas se eles estiverem "se abraçando".

— Isso não é quase mais rude do que apenas tocar alguém? — digo. — É como se você achasse que garotas são radioativas ou algo do tipo.

— É, tem muita coisa que eu não entendo sobre etiqueta coreana — YoungBae concorda.

Ele abre mais as pernas. Suas Pernas Educadas ficam ainda mais educadas, e agora estamos quase da mesma altura. Assim que me concentro olhando para o rosto dele, devo ser atraída por uma força gravitacional vinda de seus lábios ou algo assim, porque me inclino para a frente – eu juro, é totalmente por acidente. Antes que meus lábios possam tocar os dele, ele me pega e ri:

— Você está bem?

— Sim — digo, levando as mãos à cabeça. Estou um pouco tonta. — Acho que só estou com fome.

Ele ainda está parado com as Pernas Educadas, mas colocou um braço ao redor das minhas costas e uma mão sobre o meu ombro. Minha mão está repousada sobre seu peito; ele não se moveu nem um pouco depois que caí em cima dele – se manteve completamente firme. É tão bom.

Ele sorri e nós fazemos contato visual por um longo segundo. Seus olhos estão virando uma daquelas adoráveis linhas retas. Mas então ele subitamente me empurra de volta para uma posição normal e levanta as palmas para o ar.

— Ah, esqueci minhas Mãos Educadas. Mãos Educadas!

Nós rimos, mas, por dentro, penso que não vou me importar se ele resolver usar Mãos Mal-educadas da próxima vez. Ou Lábios Mal-educados.

Ou talvez seja minha vez de deixar a etiqueta de lado.

CAPÍTULO 18

Avaliação

Os absorventes costurados às axilas do meu uniforme escolar da S.A.Y. estão realmente cumprindo seu papel. São sete da manhã do dia da avaliação e estamos no estúdio do *Popular 10* no terceiro andar. Dá para pegar a tensão no ar com um par de *jeotgarak*. Eu assisti a vários episódios de *Popular 10* no YouTube antes de vir para a Coreia – é um dos lugares favoritos do SLK para seus *comeback stages*. Normalmente, o estúdio é cheio de luzes que ficam piscando enquanto Kim SeungBum, estrela de cinema e apresentador, anuncia as músicas mais populares da semana com seu bordão "Nóóóóóós somos populares!". Mas agora o palco está totalmente escuro, com uma *vibe* de parque de diversões abandonado ou algo assim.

Todo mundo está olhando ao redor do estúdio escurecido para ver se o SLK está mesmo aqui. Eu vejo YoungBae no outro lado do auditório, sentado com seu time. Ele está adorável e sexy – uma combinação confusa, eu sei – em seu uniforme da S.A.Y., que é composto por um blazer azul-marinho, uma gravata xadrez roxa e calça justa cinza.

Estou sentada entre Binna e Aram, suando bastante nos absorventes, que foram ideia de Binna para dar um jeito no meu problema de transpiração. Manager Kong nos avisou que a avaliação inteira duraria de treze a dezesseis horas. Já estamos acordadas há três horas. CEO Sang aparentemente não gosta de garotas com muita maquiagem, então acordamos às quatro da manhã para tentar usar maquiagem o suficiente para parecer que não estamos usando nada.

Às oito da manhã, uma batida estrondosa de música apocalíptica soa no estúdio. As luzes do palco se acendem. Os trainees gritam de pavor e depois aplaudem. A porta no fundo do palco se abre devagar, com muita dramaticidade. Faíscas ofuscantes chovem do teto enquanto um homem emerge da porta. Todos se levantam rapidamente. O homem tem um cabelo escorrido brilhante e artificialmente preto penteado para fora da testa. Apesar de ter provavelmente quase a mesma idade que meu *harabuji*, ele está vestindo as roupas mais descoladas que já vi – óculos de sol em formato de meia-lua, jeans preto apertado, uma camisa feita de dois padrões de xadrez contrastantes e sapatos prateados brilhantes. Todas as pessoas reunidas no estúdio estão gritando, pulando de cima para baixo, como se ele fosse o próprio One.J.

Esse só pode ser o CEO Sang.

— Obrigado, obrigado — ele diz, gesticulando para que todos se sentem. — Trainees, em nome da S.A.Y., gostaria de agradecê-los por todo o seu esforço durante este período intensivo de pré-*debut*. Sei que alguns de vocês estão no limite, mas preciso pedir que se esforcem ainda mais nos próximos meses. Só para que vocês saibam o quanto isso é sério, deixe-me começar dizendo que o primeiro *girl group* da S.A.Y. será o mais caro, mais *hypado* e terá o mais ambicioso *debut* da história. Não só de grupos de K-pop, mas de qualquer grupo musical no planeta. Com o sucesso esmagador do SLK, que segue quebrando recordes, podemos investir para chocar o mundo com o melhor *girl group* que a Coreia pode produzir. Este será o grupo que vai destruir todos os outros *girl groups*. É por isso que o conceito do *debut* de nosso novo *girl group* será... — ele faz uma pausa dramática — dominação mundial.

Uma cena aparece na tela de projeção gigante atrás do CEO Sang. É uma imagem de satélite da Terra, mas o planeta inteiro está sendo apertado como uma bola de estresse na palma de uma mão feminina com unhas perfeitas. No fim de cada dedo longo e delgado há uma unha afiada pintada em uma cor vibrante diferente – há a silhueta de uma garota desenhada sobre cada unha, representando as futuras cinco integrantes.

Ouço um "*Wahhhh!*" coletivo de entusiasmo e suspiros ao redor do estúdio. Meu estômago revira – é uma imagem forte, poderosa, icônica. Examino os desenhos para ver se alguma das silhuetas se parece comigo, mas nenhuma delas é de uma garota baixinha com pernas atarracadas – são todas figuras femininas idealizadas, com longas pernas, em poses estilo Sailor Moon.

Ouço Helena a dois assentos de mim.

— *Daebak*, é minha mão! — ela sussurra. — Bem que eu estava curiosa pra saber por que o pessoal da área de criação queria me fotografar apertando uma bolinha!

Ugh. De repente, gosto um pouco menos da imagem.

— Estivemos avaliando o progresso de vocês de perto para ver o quão bem vocês se encaixam nesse conceito — o CEO Sang continua. — Como esse vai ser o melhor *girl group* de todos, que vai dominar todas as categorias, vamos quebrar todas as regras. O primeiro *single*, que nosso produtor principal Chang-y e nosso aprendiz de produtor Clown Killah estão aperfeiçoando há meses, na verdade era para ser a música do próximo *comeback* do SLK.

A reação a essa notícia é ainda mais expressiva.

— Sim, vocês ouviram direito. Estou atrasando o *comeback* mais esperado da história do K-pop para me certificar de que o *debut* desse *girl group* quebre recordes. Seus ***sunbaenims*** do SLK graciosamente sacrificaram esse hit que é garantia de um *Perfect All-Kill* para o bem do grupo e da agência. Por que vocês não agradecem seus *sunbaenims* agora?

Aram aperta o meu braço. Eu aperto o de Binna. Nós nos viramos para o fundo do auditório, onde cinco figuras em roupas escuras aparecem sem ninguém notar. Não conseguimos enxergar seus rostos, mas meu coração explode como uma pipoca em um micro-ondas. Não consigo acreditar que estou no mesmo ambiente que o SLK. Nos curvamos na direção do grupo para agradecer suas sombras profusas.

— Agora, sem mais delongas, vamos começar! Espero que essa revelação do que está por vir motive todos vocês, trainees, a dar o melhor de si nesta apresentação. Este é o seu teste mais importante até agora.

Com isso, a avaliação finalmente começa. As garotas são as primeiras, e os times estão se apresentando em ordem reversa, começando com o Time 10. CEO Sang se senta em uma plataforma elevada no centro da plateia, no estilo *American Idol*.

Estou fascinada ao ver as habilidades dos outros grupos pela primeira vez. O Time 10 apresenta uma versão perfeita de "I Am The Best", do 2NE1. Luciana, a amiga brasileira de Helena da aula de coreano, é a Center e Visual do time.

Seu estilo de dança é poderoso e sedutor. RaLa, do Time 6, arrasa no rap de "Up & Down" do EXID – agora entendo por que ela está aqui.

Será que sou capaz de fazer o que essas garotas estão fazendo? Estou fascinada pelo talento. Nervosa, mas entusiasmada.

Depois que os grupos se apresentam, o CEO Sang chama cada integrante do time para subir ao palco sozinha e ser avaliada na frente de todos. Eu logo percebo que ele é brutal, mais ou menos como o Simon Cowell, do *The X Factor*, só que depois de muito esteroide. Ele não fala apenas das habilidades das trainees ("SooJung, se eu tivesse pagado para ver seu show, eu não apenas pediria meu dinheiro de volta, como entraria com um processo por danos morais"), mas também faz comentários cruéis sobre a aparência das garotas, o que me deixa completamente horrorizada ("MunHee, você comeu alguma coisa salgada noite passada? Por que seu rosto está tão inchado?"). Ele faz algumas garotas subirem em uma balança, que exibe seu peso exato na tela grande para que todos possam ver. Inclusive o SLK. Esse processo todo leva horas – alguns dos garotos, sabendo que ainda falta muito tempo para se apresentarem, pegam no sono –, mas minha revolta me mantém tão acordada quanto uma lata de Red Bull cheio de açúcar.

Fecho as mãos com força enquanto uma dezena de defeitos que ele pode apontar no meu corpo rodeiam meu cérebro, roubando o foco que eu deveria dedicar à coreografia.

Antes que o Time 3 suba ao palco para apresentar "Abracadabra", do Brown Eyed Girls, Manager Kong nos chama para irmos com ela até os bastidores para nos prepararmos. No camarim, Aram retoca a maquiagem. JinJoo aquece a voz. Binna e Helena se alongam.

De repente, a realidade insana do que estou tentando fazer me atinge de uma só vez. Nunca dancei na frente de uma plateia de verdade antes. Nunca me apresentei na frente de um assustador CEO coreano. E eu *definitivamente* nunca me apresentei na frente da *boy band* mais popular do mundo.

Caminho até Binna e a puxo pelo pulso:

— Binna — sussurro, preocupada. — Vou fazer alguma coisa errada. Tenho certeza. Vou estragar tudo.

Ela me agarra pelos ombros e me olha diretamente nos olhos:

— Não, você não vai — ela diz.

— Eu vou! Se você me perguntar agora mesmo qual é o primeiro passo da coreografia, eu não vou saber te responder.

— Você vai saber quando a música começar. A gente ensaiou bastante.

— É, você está certa — digo, sem ar.

— Além disso — ela diz, com um meio sorriso —, se nos sairmos mal, fazer o que, né? Não é o fim do mundo, certo?

"Tente dizer isso para o CEO Sang ou para a Manager Kong", eu penso em dizer.

Formamos uma fila na coxia. Um pouco antes de Manager Kong nos dar o sinal para entrarmos, Binna pisca para mim e sussurra:

— Estamos nos divertindo!

Pode ser só a minha imaginação, mas sinto que os aplausos que recebemos quando subimos no palco são mais altos do que os outros que ouvimos até agora. Aceno. Não me atrevo a olhar para o canto distante ao fundo, onde dizem que os garotos do SLK estão sentados – não consigo nem começar a pensar nisso. Eu passo os olhos pela seção onde os garotos estão para procurar o rosto de YoungBae, o que é fácil, porque ele está de pé gritando alguma coisa; espero que seja algo como "CANDACE, SOU SEU FÃ NÚMERO 1!".

Estou tão distraída pela plateia que me choco contra Aram. Ouço risadinhas ao redor do auditório e Aram me lança um sorriso frio e mortal. Ainda nem nos apresentamos e eu já fiz bobagem. E Binna estava errada – estragar tudo vai ser o fim do mundo, sim, tenho certeza.

Binna faz a contagem para a introdução que preparamos e ensaiamos milhões de vezes. "Um, dois, três…"

— *ANNYEONGHASEYO!* NÓS SOMOS O AMÁVEL E TALENTOSO TIME 2! — dizemos em perfeito uníssono com as vozes mais alegres e femininas que conseguimos.

— Muito bem — CEO Sang diz no centro do auditório. Sua voz viaja de sua plataforma diretamente até meus ***in-ears***. — Eu estava ansioso para ver o grande Time 2.

Silêncio total toma conta do estúdio. Prendo a respiração enquanto nós cinco nos posicionamos em nossa formação inicial, eu na extremidade ao lado de Aram, com minha mão sobre o quadril projetado para fora. Por um breve segundo, sinto uma conexão com as outras quatro garotas – até mesmo Helena – como nunca senti antes na vida. Se vamos arrasar ou estragar tudo não importa, estamos juntas nessa.

Finalmente, ouço os saxofones familiares do começo de "Problem" saindo das caixas de som, e é como se eu tivesse perdido todo o controle do meu corpo. A primeira estrofe da música é minha e eu levo o microfone – quando foi que peguei um microfone? – até a boca e solto a voz. A plateia solta um "uaaau!" surpreso quando me ouve.

Então é para *isso* que treinamos dia e noite. Todos os pensamentos, todos os planos, todos os mantras desaparecem do meu cérebro e tudo que meu corpo tem a fazer é a coreografia que praticou durante o curso de quatro excruciantes semanas. Estou completamente, totalmente, absurdamente focada no que estou fazendo. Só vejo as outras garotas na minha visão periférica. Não tenho ideia se elas estão fazendo o que devem fazer, ou se *eu* estou exatamente onde devo estar.

No primeiro pré-refrão, depois que JinJoo e eu soltamos uma nota G alta e perfeitamente harmonizada, a plateia vai à loucura. Na hora em que chegamos ao segundo refrão, vejo que todos os trainees estão de pé – eles não fizeram isso para nenhum dos times antes de nós. Eu me sinto como a Sininho ou a Lady Gaga – minha essência brilha mais forte quanto mais aplausos recebo. Uma energia flui por meu corpo.

Então vem o *dance break*: a parte em que devo ficar parada, sem jeito, cantando minhas notas enquanto as outras quatro arrasam na ***Killing Part*** da coreografia.

Mas alguma coisa toma conta de mim. Minhas mãos se curvam ao redor de um saxofone imaginário e de repente é como se eu estivesse possuída. Minhas bochechas inflam como um baiacu; meus dedos deslizam sobre os botões invisíveis. Balanço todo o meu corpo, empolgada. Estou tão absorta em meu saxofone imaginário que saio do meu lugar ao lado das outras garotas e atravesso o palco inteiro sozinha. Estou arrasando no meu instrumento, e meu instrumento está arrasando comigo. A plateia vai à loucura – não sei se é por causa das acrobacias insanas que Binna está fazendo a alguns metros de mim ou se é pelo meu animado, esquisito e bombástico solo de sax – nesse momento, não me importo. Só quero soprar com toda a alma de Kenny G e Lisa Simpson combinados.

Depois do meu solo, saio do transe e meu saxofone imaginário desaparece. Corro para me juntar às garotas para a última parte da coreografia. Estou tão cheia de adrenalina que, quando a canção se aproxima do fim, sei que não tenho outra escolha: no final da música, o combinado é que eu pose com a mão no quadril enquanto todas as minhas colegas fazem espacates, mas, agora, *preciso* fazer uma pose surpreendente e impactante.

Na última batida, é como se a gravidade me agarrasse pelas costas da minha blusa de uniforme e me puxasse para o chão com toda a sua força. Tudo que eu vejo é o labirinto de luzes no teto. Sinto uma leve pontada no joelho, que está dobrado debaixo do meu corpo, quando ouço uma onda de aplausos e gritos.

Fiz um *death drop* – ou pelo menos o que espero pelo amor de Deus que tenha sido alguma coisa parecida com um *death drop* – logo no final. Comecei a praticar esse passo logo depois do meu encontro com YoungBae no sábado. Acho que foi o conselho dele de "seja exagerada" que me deu essa ideia. Já vi algumas das minhas *drag queens* favoritas em *RuPaul's Drag Race* fazerem *death drops* durante uma batalha de "Lip Sync For Your Life", jogando-se para trás em direção ao chão enquanto dobram uma perna atrás de si mesmas para absorver o impacto. Não requer a mesma flexibilidade que um espacate, mas pode ser tão impressionante quanto.

Eu me levanto devagar. Meu joelho está doendo e estou vendo estrelas, mas tudo bem, porque também vejo os outros trainees, garotos e garotas, pulando e vibrando. Até o CEO Sang está aplaudindo e sorrindo. Dou uma olhada no canto do auditório – as cinco figuras escurecidas que supostamente são o SLK estão pulando também.

Jogo meus braços ao redor da pessoa mais próxima – que, por acaso, é a Helena – e grito em seu ouvido:

— Bom trabalho!

— Sim, sim, obrigada — ela arfa enquanto me afasta com as mãos.

Pulo em cima de Binna e aperto ela o mais forte que consigo. "Obrigada!" é a única coisa que consigo pensar em dizer.

— Você foi tão bem, Candace — ela diz, ofegante, enquanto suamos uma sobre a outra.

— Uau! — o CEO Sang diz. — É isso aqui que eu estava esperando!

Nós cinco nos curvamos profusamente e dizemos em uníssono:

— Obrigada, CEO Sang!

— O que as managers têm dito talvez seja mesmo verdade. Talvez eu deva simplesmente debutar o Time 2 e acabar logo com isso.

Ao ouvir isso, nós cinco gritamos e pulamos, abraçando umas às outras mais uma vez. Ouvimos um grunhido das outras trainees e um "uaaau" coletivo dos garotos pelo estúdio.

— Me parece que — CEO Sang diz, checando suas anotações —, que... Candace, é isso mesmo?

Balanço a cabeça tão violentamente que meu pescoço dói.

— Park Candace, de Nova Jersey. Nova Jersey de Tony Soprano.

Não tenho absolutamente nada para dizer em resposta, então faço mais uma reverência e digo:

— Sim, senhor.

CEO Sang continua:

— Eu não sabia se trazer uma americana a essa altura do campeonato seria uma boa ideia, mas... todas menos Candace, por favor saiam do palco por enquanto.

Então minha avaliação individual começa. Piso no centro do palco enquanto as outras quatro voltam para a coxia.

— Você tem uma voz bastante impressionante — ele diz.

Faço uma reverência profunda.

— *Gamsamnida*. Parece que talvez eu tenha me esforçado bastante e parece que estou feliz que nosso *stage* pareça ter sido bom.

O CEO Sang balança a cabeça.

— Sua pronúncia é o.k., mas tem muito o que melhorar. Fãs coreanos têm muito orgulho da nossa língua e esperam que até mesmo *idols* ***gyopo*** falem corretamente.

Eu me curvo novamente.

— Parece que devo me esforçar ainda mais — digo.

— Ótimo. Agora vamos falar sobre sua performance, Candace-*shi*.

Ele diz que meu canto é excelente — forte, moderno e perfeito para gravar.

— Entretanto — ele diz —, suas habilidades em dança ainda deixam muito a desejar. Você estava desalinhada e fora de sincronia. Mesmo assim, não consegui tirar meus olhos de você. Gostei bastante do seu... passo do saxofone. — Há risos calorosos da plateia. — E aquele passo interessante que você fez bem no final, quando você caiu no chão, eu nunca vi meus *idols* ou trainees fazerem isso. Esse passo foi aprovado pela senhora Yoon?

Faço que não com a cabeça, mantendo os olhos fixos no chão. Mas, quando eu olho para cima, para minha surpresa, CEO Sang está fazendo um sinal de positivo.

— Seu passo me fez lembrar de um artista americano — ele diz. — O modo como você estava disposta a sentir a música e ser espontânea no palco. Ainda assim, quero ver você melhorar nas habilidades básicas da próxima vez.

Mesmo que horas atrás eu tenha decidido que o CEO Sang era um monstro misógino, a aprovação dele tem um efeito mágico sobre mim.

— Agora, vamos falar do seu Visual. Você tem um rosto bem fofo. Perto de suas colegas Aram e Helena, você definitivamente não é do tipo "deusa" do K-pop, mas tem uma aparência alegre e saudável. Consigo imaginar sendo popular com os fãs mais novos.

Eu daria qualquer coisa para ele parar de falar da minha aparência. Que situação mais constrangedora.

— Mas acho que você consegue alcançar um outro patamar. Você quer ser apenas fofa, ou quer ser um ícone fashion como a Jennie, do Blackpink? Ou uma boneca viva como a Wonyoung, do IZ*ONE? Ou uma rainha dos CFS como a Irene, do Red Velvet? Acho que você deveria fazer plástica no nariz.

Minha cabeça balança por conta própria.

— *Bae-jjae-ra* — digo, abruptamente.

Sinto o oxigênio sair do auditório enquanto todos soltam um suspiro de espanto. Cubro a boca com as mãos.

Devo ter perdido a noção. Eu disse mesmo isso em voz alta. Acabei de dizer para ele abrir meu estômago – *só por cima do meu cadáver*. Além disso, eu definitivamente não usei *jondaetmal*. Com o CEO! Minha carreira no K-pop acabou.

— O que você acabou de me dizer? — ele pergunta, sério.

Eu me curvo várias e várias vezes.

— Sinto muito, muito mesmo. Mil desculpas. Simplesmente escapou.

CEO Sang me surpreende ao sorrir – mas, dessa vez, é um sorriso frio como gelo:

— Mesmo assim, imagino que o sentimento seja verdadeiro. Você não quer fazer plástica no nariz? Mesmo que eu pague o procedimento? Mesmo que isso leve seu Visual para outro nível?

— Sendo sincera, senhor, não — balbucio, encarando o chão.

— E por que isso, Candace-*shi*? É porque você acha que seu aspecto Visual é perfeito como está?

— Não é isso, senhor — digo. — É só que... quero continuar parecida com meu *abba*.

Um tsunami de risadas me atinge de todas as direções. Não tenho ideia do que tem de tão engraçado no que eu disse.

Mas então me ocorre que, com meu coreano imperfeito, eu posso ter acidentalmente dado a entender que eu me importo tão pouco com minha aparência que não me incomodo de parecer um *ajusshi* – um homem de meia-idade. Abro a boca para explicar o que quis dizer, mas percebo que ainda não tenho o vocabulário para me expressar.

O que eu realmente quero dizer é que eu tenho o nariz de *abba* – é o que todos dizem. Quando éramos pequenos, Tommy costumava me chamar de "nariz de batata". Eu odiava meu nariz e, para ser sincera, ainda não o amo. Já sonhei transformá-lo em um nariz perfeito, refinado e delicado como o de Natalie Portman. Mas agora, percebi que jamais vou fazer isso – não para agradar um CEO qualquer, não para fazer parte de um *girl group hypado*, não para fazer YoungBae ou mesmo One.J se apaixonarem por mim. Toda vez que me olho no espelho, vejo o nariz de *abba*. Quando sorrio ou rio, meu nariz fica mais largo, assim como o de *abba*. O rosto grande de *abba* parece transmitir uma mensagem mais ou menos como "Não vou te julgar. Você já é exatamente como deve ser". Por acaso existe honra maior nessa vida do que ter um pouco dessa qualidade dele bem no meio do meu rosto?

— Você realmente tem um espírito americano — CEO Sang diz —, mas precisa aprender mais do respeito coreano, Candace-*shi*.

Eu me curvo e peço desculpas várias e várias vezes.

— Mas, por enquanto, continue mais um pouco com sua franqueza americana, porque tenho uma pergunta importante para você. Como a mais nova integrante do melhor time da agência, quais são suas impressões das suas colegas de time?

Essa é fácil.

— Cada uma delas é mais gentil e talentosa do que a outra — digo.

— Certo, certo — CEO Sang diz, balançando a mão como se estivesse pedindo para eu parar de enrolar. — Não estamos em um programa de TV. Quero que você seja honesta. Se eu tivesse que cortar uma integrante do Time 2 hoje, quem seria?

Há um murmúrio escandalizado na plateia. Meu corpo inteiro se contrai.

— Eu não poderia cortar nenhuma delas — digo —, todas são muito talentosas.

— Vamos logo, responda à pergunta, Candace.

— Eu diria que deveria ser cortada antes delas, senhor.

— Candace — CEO Sang diz, sério. — Se você não responder à pergunta, eu realmente vou te cortar. Você está sendo desrespeitosa. Me responda agora.

Bom, estou ferrada. Agora não tem escapatória. Lembro a lição da minha primeira aula com Madame Jung: você deve recusar um presente de um coreano três vezes; se eles insistirem, é hora de ceder.

Fecho os olhos com força e digo, suavemente:

— Temo que minha escolha teria que ser Helena-*unnie*.

Ouço suspiros de choque na plateia. Abro os olhos novamente, devagar. A cabeça de leão de CEO Sang se move para trás.

— Helena? Mas eu a considero uma das minhas melhores trainees.

— Bom, então eu gostaria de mudar minha resposta de volta para cortar eu mesma.

— Não, tarde demais. Agora preciso saber o porquê.

Consigo sentir Helena lançando mísseis infravermelhos de seus olhos na minha direção. Eu gaguejo:

— Bom, me parece que Helena é ótima em todas as habilidades que um *idol* deve ter, mas me parece que ela não é exatamente a melhor em nenhuma delas... e seu objetivo não é criar o melhor *girl group*?

Para minha surpresa, CEO Sang ri como se não pudesse estar mais satisfeito.

— Você é mais durona do que parece, Candace-*shi*. Uma verdadeira *yeowoo*.

Não tenho certeza, mas acho que ele acabou de me chamar de raposa – basicamente o equivalente a uma *mulher-lobo*.

— Obrigada, Candace-*shi*, você me forneceu observações fascinantes. Agora saia do palco para que eu possa falar com sua *unnie* Helena sobre tudo isso.

O que foi que acabou de acontecer? Minha cabeça está girando enquanto me dirijo até a coxia, onde minhas colegas estão esperando. Não consigo olhar nenhuma delas no olho, mas eu sei que é Helena que dá um puxão em meu ombro quando caminha até o centro do palco para ser grelhada pelo CEO Sang.

No momento em que piso nos bastidores, Manager Kong agarra meu pulso.

— O que diabos foi aquilo? — ela rosna, com dentes cerrados. Ela me arrasta até a sala verde, onde as integrantes do Time 1, incluindo BowHee, estão se aquecendo para a apresentação delas.

— Não sei o que deu em mim — insisto. — Desculpa!

— Como você pôde trair uma das suas colegas desse jeito? Uma das *minhas* trainees?

— Ele perguntou três vezes! — explico, encarando o chão.

— E daí? De onde você tirou esse negócio de "três vezes", sua idiota? Você imitaria um pato se ele te pedisse três vezes?

— Eu não sei? — respondo honestamente.

Mas dá para perceber que Manager Kong acha que estou sendo petulante. Ela enfia o dedo no meu peito:

— Você precisa aprender um pouco de respeito. Você acha que só porque canta bem e sua apresentação foi boa, seu *debut* está garantido? Que já é uma celebridade?

— Não, Manager Kong...

Ela me ignora e me arrasta até o elevador para o nonagésimo oitavo andar, pelos corredores do andar corporativo e pelas escadas até a porta de metal da área de treino das garotas, gritando comigo o tempo inteiro, falando sobre como Helena tem se esforçado mais do que eu por anos, que eu não sou metade da trainee que ela é.

Manager Kong me empurra para dentro do meu quarto e acende as luzes. Eu massageio meu pulso.

— Acabou — Manager Kong diz, friamente. — Acabou pra você.

O quê?

— Me desculpe, Manager Kong, mas o que você quer dizer com "acabou"?

— Quero dizer que você deve arrumar suas coisas e dar o fora daqui. Quando te vi aquela primeira vez em Nova Jersey, eu pensei "ah, que garota fofa, que voz única". Você dançou como uma palhaça, mas havia alguma coisa no seu rosto que me fez pensar que estaria aberta a aprender. Mas agora sei que cometi um grande erro. Não acredito que usou *banmal* com o CEO desta empresa. É tão inapropriado que quase me dá vontade de rir. Não apenas isso, você saiu da coreografia e poderia ter atrapalhado suas *unnies*. Você acha que trabalha bem em equipe? Você é uma princesinha americana arrogante e está atrapalhando minhas outras garotas.

Estou vendo pontinhos. Fecho os olhos, esperando que tudo não passe de um pesadelo horrível. Preciso me esforçar para abri-los novamente. Não acredito que todo o meu esforço desse mês – o pior e melhor mês da minha vida – foi totalmente em vão.

— E então? — Manager Kong grita.— Comece a arrumar suas coisas, sua pentelha!

Um adulto gritando com você em coreano é um milhão de vezes mais assustador que um berrando em inglês.

— Agora? — pergunto. Checo o relógio do quarto. São quinze para meia-noite. — Eu não tenho pra onde ir.

— Não é problema meu. Volto pra te levar para fora em cinco minutos. Não vou perder nem mais um pouco da avaliação pra lidar com você.

Ela fecha a porta com força, me deixando sozinha.

CAPÍTULO 19

O big bang

Nem tenho uma chance para chorar, porque meu cérebro está a mil, pensando em um plano para quando eu for atirada sozinha no meio de Seul. Faltam três dias para eu encontrar *umma* e não tenho ideia de como voltar para o apartamento. Devo dormir na estação de metrô? Procurar um abrigo para fugitivos? Estou com o dinheiro que *umma* me deu, mas não é suficiente para um hotel.

Levo menos de cinco minutos para empacotar toda a minha vida. Coloco o estojo do violão ao redor das costas, enfio MulKogi na minha mala e dou uma última olhada naquele quartinho bagunçado e fedorento. Eu odeio tudo nesse quarto, mas percebo que algum dia vou sentir falta dele – daquele sentimento de ter uma chance de realizar um sonho, de dar tudo de você do momento em que acorda até o momento em que fecha os olhos à noite.

Não vou conseguir dizer adeus para YoungBae.

Quero escrever um bilhete para Binna e JinJoo, mas não tenho tempo.

Meu estômago revira enquanto o elevador desce 99 andares até o térreo.

Eu me viro timidamente para Manager Kong.

— Desculpa perguntar, mas será que eu poderia pegar meu celular de volta, por favor? Preciso ligar para a minha mãe pra ela vir me buscar.

— Pergunte para os seguranças na recepção — ela diz, seca.

Manager Kong sequer sai do elevador comigo. Ela não se dá ao trabalho de olhar para mim uma última vez antes das portas se fecharem.

O imenso chão de mármore preto faz a recepção parecer uma estação espacial abandonada. Os monitores exibem canais de notícia 24 horas para ninguém. As luzes do Café Tomorrow estão apagadas. Um guarda solitário de pescoço grosso ocupa a mesa da recepção. Ele está vendo um programa de variedades barulhento no celular.

Quando peço a ele meu celular, ele diz que não está com nenhum.

— Mas eu preciso ligar para a minha mãe.

— Qual é o número dela?

Não faço ideia de qual é o número coreano de *umma*. Ela deu todas as informações essenciais de contato diretamente para Manager Kong. Em vez disso, começo a dizer o número de telefone da minha casa em Nova Jersey para que *abba* possa ligar para *umma* por mim.

— Ei, sem essa — diz o segurança. — Não vou ligar pra um número americano. Vá para aquele canto e espere alguém vir te buscar.

Ele aponta para um conjunto de sofás modernos, mas aparentemente desconfortáveis.

Não sei o endereço de *umma*. Não lembro o nome do bairro – só lembro que é na outra margem do rio Han. E se eu sair pela noite de Seul e for assassinada ou algo do tipo? A S.A.Y. realmente quer ser responsável pela morte de uma trainee?

Suponho, com o pouco de coreano que sei e minha cara de acabada, que vou conseguir descobrir o caminho de volta pedindo informações por aí. Mas não no meio da noite.

É então que lembro do celular que YoungBae me deu – eu o deixei no teto do quarto. Sou uma idiota mesmo.

Quando eu me encolho em um dos sofás desconfortáveis, usando MulKogi como travesseiro, sou atingida pela gravidade do que acabou de acontecer. Cheguei mesmo tão perto de me tornar uma *idol*? Realmente estraguei tudo só por causa da minha boca grande e minha atitude petulante?

Depois de gemer na barriga macia e fofa de MulKogi por não sei quanto tempo, finalmente caio em um sono leve e sem descanso.

— Ei. Ei, você. Acorde.

Sinto alguma coisa molhada e gelada na minha testa. *Oi*?

Acordo e vejo um par de olhos me encarando com uma **máscara cirúrgica** preta com uma caveira estampada. Dou um grito.

Fui sequestrada. Algum estranho quer meus órgãos.

Eu me sento, esfregando o entorpecente gelado ou sangue ou o que quer que seja para fora da minha testa, e então vejo que há mais quatro deles. Uma gangue inteira de estranhos vestidos completamente de preto, com a mesma máscara cirúrgica assustadora. As palavras "não deixe eles te levarem para um segundo local" ecoam na minha cabeça, e eu chuto os estranhos o mais forte que consigo.

— Ei, calma aí! — o líder, que está no meio, diz. Ele tira a máscara. Os outros fazem o mesmo.

Vejo cinco rostos familiares. Cinco rostos extremamente bonitos. Minha boca está aberta, mas tudo o que sai dela é um suspiro.

— Você é a garota do saxofone — diz o rapaz alto à direita, inflando as bochechas, me imitando.

O baixinho no meio — aquele com perfeitos olhos penetrantes e o queixo delicadamente afiado — diz:

— Não acredito que você falou com CEO Sang daquele jeito. Você tem coragem — ele levanta as mãos em minha direção, sorrindo.

O estranho e eu damos um *high five* e a minha ficha finalmente cai.

— Você é One.J — aponto para o rosto dele com um dedo trêmulo. Depois continuo, nomeando cada um deles em ordem. — E você é YooChin. Joodah. Wookie. E ChangWoo.

Sou tão esquisita.

— Sim, somos nós — Wookie ri.

Os membros do SLK parecem exaustos. Eles não estão usando maquiagem e vestem roupas casuais, mas não se parecem nem um pouco com rapazes normais (exceto Wookie – Wookie se parece com qualquer cara coreano). *Esses* são os cinco garotos que arrasaram no palco do SNL. Que encantaram Wendy Williams, James Corden e Jimmy Fallon. Que agraciaram as capas da *Vanity Fair* e da *Esquire*. Que são as celebridades mais seguidas do Instagram. Que deram esperança a centenas de milhares de jovens ao redor do mundo.

Então é *isso* que é ficar maravilhada. Parece que um novo big bang ocorreu bem na frente dos meus olhos, criando um novo universo. Esses cinco garotos radiam um brilho quente e estão me atraindo com sua gravidade. Todos eles têm essa força – até Wookie –, mas One.J é o centro dessa constelação.

— Por que você está aqui sozinha, Garota do Saxofone? — ChangWoo pergunta com sua voz profunda e cremosa como chocolate.

— Bom... — Estou tão envergonhada que não consigo olhar para eles, mesmo que eu realmente queira olhá-los por dias e dias. — Fui expulsa do programa de trainees.

O SLK cai na gargalhada. Suas risadas ecoam pela recepção sideral cavernosa. Wookie se curva, batendo em seus joelhos. Estou superconfusa.

— Desculpa... mas qual é a graça? — murmuro, devagar.

— Olha! Ela está com a mala e o estojo do violão e tudo — One.J diz para YooChin. — Que coisa mais fofa!

Finalmente, One.J recupera a respiração. Seu rosto perturbadoramente simétrico está vermelho.

— Desculpa, desculpa. É que... é muito fofo você achar que foi realmente expulsa. É Candace, né?

Fico chocada. Estou prestes a desabar no chão como uma sequoia centenária. One.J sabe meu nome. Faço que sim com a cabeça, boquiaberta.

— Candace, você não foi expulsa. — Ele dá o meio sorriso de um bilhão de dólares que já vi em incontáveis pôsteres e MVs. — Sua manager está te dando uma lição. Todos nós já fomos "expulsos" do programa de trainee. Todos tivemos que passar a noite na recepção.

YooChin levanta a mão.

— Eu fui "expulso" cinco vezes quando era trainee.

— Quatro vezes — Joodah diz.

— Duas vezes — ChangWoo diz.

— Treze vezes! — Wookie diz, orgulhoso. ChangWoo cutuca seu ombro, brincando.

Então eu *não* tenho que voltar para *umma* e admitir meu fracasso? Quer dizer que vou poder ver YoungBae e Binna de novo?

— Ah, não sei, não — digo, trêmula. — Ela estava muito, muito brava.

— Por que você usou *banmal* com o CEO? — ChangWoo pergunta.

— Ou por que falou mal daquela sua colega? — Joodah diz.

Eles caem no riso novamente.

— Meu Deus, Candace, não acredito que você fez isso — One.J diz, rindo. — Aquela *unnie* vai te matar quando você voltar lá pra cima.

Wookie está dando tapinhas no joelho de novo.

— Era pra você ter dito algo tipo "eu cortaria essa *unnie* porque ela é tão boa em tudo que não deixaria espaço para o resto de nós brilhar". Você não pode dizer algo que seja realmente verdade.

Ainda rindo, ChangWoo diz:

— Quando foi a vez daquela *unnie* ser avaliada, CEO Sang disse "Agora que Candace mencionou, você realmente *não* é a melhor do seu time em nada. Você é uma boa cantora, mas Candace é melhor. Você é uma boa dançarina, mas Binna é melhor. Você tem ótimo carisma, mas a Candace é melhor nisso também".

Ah, não. Não, não, não. Não há palavras para descrever como estou morta.

Mas, espera aí, o CEO Sang acha que eu sou mais carismática que Helena?

— Ah, os velhos tempos de trainee — YooChin diz, melancolicamente. — Tudo parecia ser questão de vida ou morte.

— Bom, meio que era — One.J diz. Ele me lança um olhar que faz meu traseiro suar. — Pobrezinha. Você parece traumatizada por aquela avaliação. Aqui, trouxemos isso pra você.

Ele me entrega um copo de *matcha latte* gelado do Café Tomorrow, minha bebida favorita (magicamente, agora há um funcionário trabalhando na cafeteria no meio da noite). One.J deve ter pressionado isso contra a minha testa para me acordar. Aceito a bebida com as duas mãos e uma reverência profunda.

— Obrigada, One.J-*sunbaenim*.

Uma comitiva inteira de adultos vestidos de preto — os managers do SLK, eu suponho — estão circulando perto da mesa da recepção.

Todos os trainees lá em cima matariam para estar no meu lugar agora: estou tomando um *matcha* com o SLK!

Devo estar alucinando, mas tenho a impressão de que One.J me olha muito mais do que os outros rapazes. Ele sorri para mim atenciosamente de novo e – esqueçam minhas axilas – preciso de absorventes noturnos para o suor no meu traseiro.

Todos eles fingem tocar saxofones. Eu rio e tento esconder minhas bochechas vermelhas com o cabelo.

— Muitas das trainees são talentosas — One.J diz —, mas muitas delas são muito mecânicas.

— Mas é isso que o sistema de trainee faz com *idols* — ChangWoo diz. — Você aprende coisas importantes, mas parte de ser um artista é aprender a esquecer o que você aprendeu quando treinava.

— Eu já esqueci tudo! — Wookie diz com um sorriso brincalhão.

Wookie realmente seria perfeito para JinJoo. Dois fofos.

One.J aponta com a cabeça para o estojo do meu violão cor-de-rosa.

— Você toca?

— Sim — respondo. — Mas nada muito sério.

— Aposto que você não teve qualquer oportunidade pra tocar como trainee.

Faço que sim com a cabeça. Sei que One.J é só um ano mais velho que eu, mas tem alguma coisa em sua postura que, apesar de seu rosto de bebê, é muito poderosa e adulta. ChangWoo e Joodah têm vinte e poucos anos, mas One.J é claramente a alma mais velha.

— É — ele diz —, foi só depois do nosso *debut* e de dois *comebacks* de sucesso que o CEO Sang finalmente deixou ChangWoo e eu escrevermos nossas próprias músicas.

— Eu amo muito aquela que você escreveu para o miniálbum *Love Darkness*... "Flower Petal Romance". É linda.

Espero que não esteja sendo muito *fangirl*. One.J ouve literalmente milhares de pessoas lhe dizendo que suas músicas são bonitas. Mas ele apenas balança a cabeça e sorri.

— Obrigado. Você escreve músicas?

— Sim, mas não como você...

— Por que você não canta uma para a gente?

Minha boca fica seca como um deserto.

— Está tão tarde... vocês acabaram de passar um dia inteiro vendo centenas de trainees se apresentarem, devem estar exaustos...

— Estamos acostumados a não dormir — One.J diz rapidamente. — Quero ouvir você tocar.

A maioria dos outros garotos parece cansada, mas Wookie bate palmas:

— Toca, toca, toca!

Não posso dizer não para o SLK – e apesar de estar com medo, cada parte de mim quer, sim, mostrar a eles do que sou capaz. Minhas mãos estão tão trêmulas que demoro um longo tempo para tirar meu violão do estojo. Consigo sentir o pacote de *yakgwas* contrabandeados balançando dentro dele, mas não deve afetar muito o som.

Respiro fundo.

— Por favor, não esperem nada especial.

One.J ajeita a postura.

— Vamos ouvir com corações alegres — ele diz.

Meu. Deus. Por mais irritante que a formalidade coreana possa ser, às vezes ela é muito sexy.

Dedilho os acordes iniciais de "Expectations vs. Reality". Não toco há um mês, mas nem por um segundo fico com medo de ter esquecido onde posicionar meus dedos.

As palavras voltam à minha cabeça facilmente. Sinto que tenho um novo controle sobre a minha voz que nunca tive, como se fosse uma arma. Agora posso usá-la com força, mais forte do que quando sussurrava suavemente no meu quarto.

Quando termino, os garotos do SLK me aplaudem. O SLK... batendo palmas para mim. Os managers e o segurança de pescoço grosso também aplaudem do outro lado da recepção. Wookie está com a boca aberta e grita:

— De novo, de novo!

Eu me curvo para todos eles, radiante.

— Esse conceito é muito *daebak* — One.J diz. — "Expectations vs. Reality". Essa frase se refere a como as coisas não são sempre como elas parecem ser do lado de fora?

Assim como na entrevista do SLK no *The Tonight Show*, o inglês de One.J é adoravelmente ruim.

— É isso mesmo, *sunbaenim* — digo.

Um dos managers do SLK caminha até nós.

— Sinto interromper — ele diz —, mas vocês precisam começar a se preparar pra aparecer no *Knowing Bros*. E eu falei com a Manager Kong no KakaoTalk. Ela quer que Candace volte para a cama imediatamente.

Graças a Deus. Então eu realmente *não* fui expulsa.

Checo os monitores. São três da manhã.

— Foi bom falar com você, Candace — One.J diz, se levantando. Eu me ergo também. Ele é apenas alguns centímetros mais alto que eu, mas sua presença é muito maior. Os outros quatro já desapareceram ao fundo; são como satélites orbitando ao redor de One.J.

Ele estende a mão para um cumprimento. Eu a seguro com as duas mãos e uma reverência, como Madame Jung me ensinou. One.J parece entretido. Então ele me puxa um centímetro mais perto e diz, suavemente:

— Escute. Já que você obviamente tem talento como compositora, tenho um conselho para você: escreva uma música toda noite. Mesmo que esteja exausta e tudo o que queira fazer é dormir, mesmo que a vida de trainee tenha sugado toda a sua alma, escreva uma estrofe, um refrão e uma ponte sobre o que estiver sentindo naquele dia. Dá para perceber que você não foi feita para ser apenas uma *idol*. Você quer ser uma artista também, certo?

Balanço a cabeça, concordando, e ele solta a minha mão. Faço uma reverência para todos os integrantes e managers. Sinto minha cabeça girando por causa dos acontecimentos do dia. One.J acha – ou One.J *sabe* – que sou uma artista.

O segurança abre as portas de vidro para que eu entre no elevador. Junto MulKogi, meu violão e minha mala. Prometo a mim mesma que vou parar de reclamar. Vou treinar até minha voz ficar rouca e meus pés estarem cobertos de feridas. Não vou deixar uma garota qualquer com cabelo ruivo de farmácia me intimidar.

Entro no elevador e olho meu reflexo. Não quero ser apenas uma *idol*. Quero ser uma artista.

CAPÍTULO 20

Raposa

Enquanto minhas colegas ainda estão dormindo, sou acordada ao raiar do sol na manhã seguinte para um encontro não agendado com madame Jung. Em seu escritório, ela está de pé ao lado da janela com um arquivo na mão. Atrás dela, Seul inteira está coberta pelo brilho nebuloso e majestoso do amanhecer.

Ninguém aqui dorme?

Madame Jung se aproxima de mim devagar e se apoia na borda de sua mesa, olhando para mim com a cabeça erguida. Não há umidade em minha boca, então engulo ar seco.

— Ontem, a forma como você se comportou diante do CEO Sang, um homem de negócios brilhante responsável pela imagem de inúmeras figuras públicas, foi inaceitável. Você sabe o que aconteceria comigo se eu usasse *banmal* com ele? Mas uma garotinha fazer isso…

— Sinto muito, madame…

— Não sei se queremos uma garota assim, que estudou viola mas não tem nenhum talento pra isso, que ficou só em segundo lugar em uma escola pública de Nova Jersey, pra representar uma das empresas mais importantes da Coreia. — Ela folheia meu arquivo. — Ambos os pais frequentaram um conservatório de prestígio reservado apenas para a elite e os mais talentosos. Agora eles trabalham em uma loja de conveniência em Nova Jersey. Pra decair tanto, eles devem ter cometido erros muito graves, não?

Meu rosto está fervendo. Fecho as mãos em punhos. Digo a mim mesma para manter a calma. Não chore ou grite. Segure a raiva pelo seu sonho.

— Levante-se — ela diz, com os dentes cerrados.

Se eu achei que Manager Kong gritando comigo era assustadora, ela não é nada comparada a madame Jung. Eu me levanto vagarosamente. Madame Jung caminha ao redor de sua mesa e retira uma delicada caixa de madeira com ornamentos na tampa. Dentro dela está um par de pedras lisas rosadas.

— Pegue essas pedras, garotinha. Vá para o canto do escritório e encare a parede. Fique de joelhos e coloque uma pedra embaixo de cada um. Levante os braços acima da cabeça e os mantenha nessa posição pelas próximas duas horas. Vou avisar Manager Kong que você vai se atrasar para o treino em grupo. Enquanto sentir desconforto, pense no desconforto que você causou aos outros com seu comportamento desrespeitoso. Vá!

Eu não me mexo.

Ela fala, com raiva:

— Vá! Que desrespeito é esse?

Olho para o chão e tento formar um sorriso plácido com a boca. De alguma forma, uma calma toma conta de mim.

— Acho que não posso fazer o que você pede, madame — digo, gentilmente.

Seu rosto pálido como um fantasma escurece um tom.

— Cuidado com o seu tom, garotinha.

Não importa o que madame Jung diga, sinto lá no fundo que não vou me ajoelhar. Em primeiro lugar, meu joelho direito ainda dói por ter feito o *death drop*. Mas, acima disso, eu penso em *umma*, *abba* e Tommy. Em Imani e Ethan. E agora, Binna, JinJoo e YoungBae. Eu sou amada. Não importa quanto dinheiro ou poder essa empresa tenha, não importa o quão poderosa essa mulher seja, eu sou a filha e irmã e amiga querida de alguém. Não vou me ajoelhar em um canto para madame Jung só porque ela tem um escritório grandioso e um título elegante.

Forço meus lábios trêmulos em um sorriso e digo:

— Pelo visto, temo que possamos ficar aqui o dia inteiro, e ainda assim não poderei fazer o que você pede.

Dobro as mãos perfeitamente sobre meus joelhos, mantenho meus olhos no chão, e me sento completamente imóvel.

— *Tch*, veja só esse comportamento sem vergonha de ser *ssagaji* — madame Jung cospe, descrente, embrulhando suas pedras. — É por isso que, dentre todas as coisas que faço pela ShinBi, trabalhar com *idols* é a tarefa de que menos gosto. Tenho que convencer o público de que vocês são especiais, dignos de amor e adoração... quando, na verdade, *idols*, e os trainees que desejam desesperadamente ser *idols*, são os fracassados deste país. O fundo do barril, como meu filho mais novo. Tive que usar meus contatos só para arranjar um cargo de aprendiz para ele nesta empresa. A maioria dos *idol*s é um bando de perdedores sem cérebro que nunca teve a chance de tirar notas boas o suficiente pra entrar nas melhores universidades do país.

Começo a dizer "acho que não é isso que eu vi aqui", mas ela me interrompe no meio.

— Não pense que você venceu hoje, porque não venceu. Posso tornar as coisas mais difíceis pra você. Agora saia da minha frente.

Quando volto para o dormitório, nenhuma das minhas colegas parece surpresa em me ver. JinJoo me abraça e diz "Bem-vinda de volta!" e Binna ri quando dou bom-dia.

Entretanto, na academia, vejo que tudo mudou. As garotas dos outros times me encaram, desviam de mim quando passo, como se eu tivesse alguma doença contagiosa. JiHoon grita para todas:

— Acordem, meninas! Ao trabalho. A maioria de vocês estava gorda no palco ontem.

De volta ao dormitório depois do treino da manhã, Helena fica de costas para mim. Não consigo ver o rosto dela; sei que vou ter de enfrentá-la mais tarde. Mas Aram está completamente amigável. Saindo do banheiro depois de um banho mais curto do que o normal, ela diz, enquanto seca o cabelo com a toalha:

— Bom trabalho ontem, Candace!

Agradeço com uma reverência. Pela primeira vez, tenho tempo de tomar um banho matinal antes do café da manhã.

Quando entro no refeitório, olho através do Vidro do Gênero para YoungBae. Ele levanta as mãos acima da cabeça para me aplaudir. Eu rio e faço uma reverência exagerada. Aram sussurra:

— Cuidado, Candace!

— Ah, sim — digo, me recompondo e olhando para a frente.

Lembro que YoungBae me disse que conquistou o respeito de seus *hyungs* depois da primeira avaliação. Será que conquistei o de Aram?

Enquanto fazemos fila para nos servirmos, Manager Kong bate as mãos.

— Meninas — ela grita. — Escutem. Tenho um anúncio para fazer.

Manager Kong sobe em uma mesa e todas imediatamente fazem silêncio.

— Vocês todas se esforçaram muito se preparando para a avaliação de ontem — ela diz. — Por isso, agradecemos vocês. CEO Sang ficou impressionado com algumas e nem tanto com outras. No entanto, ele acredita que, entre as garotas, há um pequeno problema de autocontrole e disciplina.

Posso estar imaginando, mas sinto quarenta e nove pares de olhos me encarando de uma vez só.

— É por isso que, até a próxima avaliação mensal, a S.A.Y. vai implantar uma dieta mais rígida.

Há um grunhido de pânico ao redor do refeitório. Não consigo imaginar como nossas dietas poderiam ser mais extremas do que são agora.

— É para o bem de vocês. A nova dieta não apenas vai melhorar seus Visuais, mas também vai testar quem é forte o bastante pra debutar. Vocês acham que as dietas vão ficar mais fáceis pra vocês quando estiverem sob o olhar do público? Vocês sabem o quão cruéis os ***netizens*** podem ser? Encarem isso como uma oportunidade de nos mostrar como são fortes.

— SIM, MANAGER KONG! — cinquenta garotas esfomeadas gritam.

Em nossa mesa de costume, BowHee diz:

— Eles estão tentando nos matar?

— Ai, meu Deus — Binna diz. — Agora está ficando sério.

— Já morri — JinJoo geme.

O cardápio até a segunda avaliação é exatamente o mesmo de antes, mas as porções estão definidas – não é mais coma-o-quanto-conseguir-enquanto-os-managers-ficam-te-julgando-silenciosamente.

Lembro a mim mesma que meu primeiro fim de semana fora do prédio está chegando em dois dias. No sábado, vou estar com *umma*, me empanturrando de *jokbal* e *jajangmyeon* e X-burgueres. Até lá, preciso sobreviver a Helena e a uma última sessão com a General. Eu consigo… eu *acho*.

RaLa balança a cabeça dramaticamente diante de seu café da manhã miserável.

— Uma mulher não pode sobreviver só à base de batata-doce — ela diz.

Sinto uma pontada de remorso. Será que isso tudo é culpa minha?

Manager Kong se junta ao nosso treino em grupo para discutir nosso plano para a próxima avaliação.

— Antes que alguém pergunte — ela diz —, One.J ainda não escolheu uma trainee pra aparecer em seu MV.

Meu coração despenca. Uma parte de mim esperava que ele tivesse encerrado sua busca depois que cantei minha música para ele no térreo. Mas estou sendo uma idiota. One.J é o cantor mais popular do planeta no momento – seu superpoder é fazer bilhões de garotas (e garotos) se apaixonarem por ele. Não tem chance de eu ser *realmente* tão especial quanto ele me fez sentir.

— One.J e CEO Sang querem ver mais antes de tomar uma decisão — Manager Kong continua. — E eu não os culpo. Embora a apresentação de vocês tenha tido pontos altos, foi bagunçada e teve muita gente tentando roubar a cena.

Abaixo a cabeça, envergonhada.

— A próxima avaliação não será no estúdio. Será na sala de conferências do CEO. E não estou falando do CEO Sang. Estou falando do CEO Im, CEO de toda a ShinBi Unlimited.

Santa máscara facial. Esse tal de CEO Im deve ser uma das cinco pessoas mais ricas da Coreia.

— *Daebak* — Helena suspira.

— CEO Im, CEO Sang, os principais investidores, principais executivos e principais criadores vão assisti-las de perto. Vocês não podem errar nem facilitar a coreografia dessa vez. E nada de gracinhas. Certo, Candace?

Sinto o olhar de laser de Helena sobre o meu rosto.

— Sim, Manager Kong — digo, fazendo uma reverência.

— Além de uma apresentação em grupo, CEO Sang quer que cada uma de vocês prepare uma apresentação individual de dois minutos. Pode ser o que vocês quiserem, desde que realce sua principal habilidade, seja ela canto, dança ou atuação.

— Atuação? *Daebak*! — Aram grita. Enquanto estou na aula de coreano todos os dias, Aram e algumas das outras melhores Visuais fazem aulas de atuação em K-dramas no andar corporativo. É para onde Helena vai quando ela sai da aula de coreano duas horas mais cedo.

Dessa vez, a música do nosso grupo será coreana – "Red Flavor", do Red Velvet –, o que deixa todas nós entusiasmadas (eu amo o grupo Red Velvet mais do que amo cupcakes *red velvet* – minha *bias* é a Seulgi). Por outro lado, nunca apresentei uma música em coreano, e agora minhas colegas de time precisam se preocupar com minha dança *e* minha pronúncia. Mas silencio minha autossabotagem e digo a mim mesma o que preciso ouvir: "Vou arrasar". Como One.J disse, preciso mostrar para S.A.Y. que tenho a determinação para me tornar a *idol* perfeita. Custe o que custar, vou debutar.

A única coisa na qual me permito pensar é debutar – comer (principalmente batata-doce), dormir (não o suficiente) e debutar.

Mais tarde, na cama, depois de terminar minha lição de coreano, não consigo dormir pela segunda noite seguida. Abro meu caderno e acendo a luz da minha cama. Penso no que o CEO Sang me chamou – *yeowoo*, ou *raposa* – e me pergunto se é isso mesmo que sou. Rabisco os primeiros versos que vem à minha mente:

Quando eu sou educada, você diz que não sou guerreira
Quando eu ouso, você diz que não sou delicada
Mas eu não sou nenhuma dessas coisas, sou uma *yeowoo*
Sou doce quando preciso, forte quando preciso
Não me subestime, vou te derrotar no seu próprio jogo
Porque eu sou uma yeowoo, yeowoo, é isso mesmo, *negga yeowoo dah*

Escrevo alguns uivos no refrão, mesmo achando que são os lobos que uivam para a lua, não as raposas. Mas isso não importa; artistas podem ter toda a licença poética que quiserem.

Estive tão absorta pensando em One.J que percebo que estou esquecendo YoungBae. É patético eu quase ter a sensação de estar traindo YoungBae com One.J?

Ligo o celular e, claro, há uma mensagem. A bateria já está menor do que um terço do total.

precisamos falar sobre aquela avaliação. 3 h?

CAPÍTULO 21

Simetria

Às três da manhã, saio de fininho do dormitório com o crachá roubado, fingindo que estou indo fazer um pouco de treino individual da madrugada.

No momento em que chego ao terraço, YoungBae atravessa a porta enferrujada do Muro do Gênero. Logo de cara, ele me puxa para um abraço. Meus pés estão completamente fora do chão. Esqueça as Mãos Educadas. Minhas Mãos Mal-educadas seguram firme nos ombros de YoungBae.

— Você foi tão incrível na avaliação! — ele diz, depois me coloca no chão e se ajoelha, fazendo reverências de adoração. — Estou no fã-clube da Candace.

— Você é tão exagerado — digo, rindo.

— Você canta bem, é engraçada, mostrou para o CEO quem é que manda. Se ele for esperto, vai te debutar amanhã.

— Obrigada. Quer dizer, eu realmente queria ter assistido a sua apresentação, mas...

Enquanto eu o sigo ao redor da metade feminina do jardim e ele rega as plantas, conto para ele tudo que aconteceu quando fui "expulsa" – tudo, menos que conheci os garotos do SLK.

YoungBae acha minha história hilária.

— Já fui "expulso" duas vezes — ele diz, rindo. — Nunca pensei que alguém como você seria. Olha, acho que nem *eu* teria coragem de desafiar o CEO.

— Sério? Sr. Quebra-Regras?

— Sério. Durante a minha entrevista, eu simplesmente travei. Aquele cara é assustador. Mas, de qualquer forma, ele não disse muita coisa. Só falou que eu sou bonito e danço bem.

— Sério? Ele disse que não havia *nada* em você que poderia melhorar?

YoungBae faz uma careta.

— Na verdade, ele apressou todas as performances dos garotos. Todos no nosso lado estão falando que o CEO Sang está bem mais interessado no *girl group*, já que ele já tem o *boy group* número 1.

— Hm. — Agora que ele disse isso, percebo que não me lembro de o CEO ter mencionado o *debut* dos garotos uma vez sequer. — Que droga — digo. — Mas eu seria *stan* do seu grupo.

O rosto de YoungBae se acende.

— Eu seria seu *ultimate bias*?

— Você vai ter que conquistar esse status. Por enquanto, é o One.J.

— Ah, poxa! — ele ri, mas parece que sua voz tem um tom real de ciúme. — Agora eu preciso ser melhor que o One.J?

Dou de ombros.

— Ainda não vi você se apresentando em um palco.

Ele enrola a mangueira e começa a guardá-la.

— Sério — digo —, as garotas podem receber mais atenção, mas pelo menos vocês ganham mais comida. Nós todas estamos seguindo uma dieta ainda mais louca agora. É basicamente só batata-doce.

— Sério? — YoungBae balança a cabeça. — É isso. Da próxima vez, vou te trazer um pouco de frango.

Sinto arrepios no corpo e minha boca saliva. Em parte porque frango parece delicioso, mas também porque YoungBae trazer frango para mim é literalmente a coisa mais romântica de todas.

— Obrigada, *oppa* — digo, sem pensar.

YoungBae arregala os olhos. Eu cubro a boca com as mãos.

— Você acabou de me chamar de *oppa*?

— Não sei! — digo, meu estômago se revirando como lesmas cobertas de sal. — Simplesmente saiu. Que palavra mais *brega*.

YoungBae esfrega o queixo, pensativo.

— Sabe, ninguém nunca me chamou de *oppa* antes. Achei que ia odiar, mas... eu poderia me acostumar com isso. *Oppa*.

— Aff — digo. — Ver como você gosta dessa palavra me faz odiá-la ainda mais.

— Eu *sou* cinco meses mais velho que você. Então eu *literalmente* sou seu *oppa*.

Finjo que vou vomitar.

— Que nojo! Tenho que ir.

Ele abre seus longos braços.

— Dê um abraço em seu *oppa* antes de ir.

— Você é um Neanderthal — digo, mas dou um abraço nele mesmo assim.

Ele é tão quente. Eu nunca toquei One.J, mas de alguma forma duvido que ele seria tão quente assim. Ele é muito... de outro mundo.

Depois que ajudo YoungBae a guardar a mangueira, ele volta para o lado dos garotos pelo Muro do Gênero. Quando a porta de metal se fecha, dou voltas ao redor do jardim, suspirando baixinho. Uma música de K-pop toca em minha mente – uma bem menininha e apaixonada, tipo "Ah-Choo", do Lovelyz. Tento queimar um pouco da minha energia romântica fazendo uma estrelinha aleatória – não faço uma estrela há anos – e acabo torcendo um tornozelo. Ugh, agora meu joelho *e* meu tornozelo estão machucados, mas eu mal consigo senti-los.

No andar de baixo, atravesso o corredor das salas de treino o mais silenciosamente possível, correndo o mais rente às paredes possível. Se tanto YoungBae quanto eu debutarmos, podemos namorar em segredo – não seremos pegos como Iseul e HyunTaek –, vamos nos encontrar nos bastidores de Music Shows. Vamos assistir aos shows um do outro quando estivermos em turnês mundiais. Ou, se não debutarmos, podemos tentar ser artistas nos Estados Unidos (cada um com sua carreira solo, é claro!).

Não há qualquer chance de eu dormir agora. Com a adrenalina a mil, é a hora perfeita para praticar a coreografia de "Red Flavor" enquanto todas estão dormindo. Entro na sala de treino mais próxima à esquerda.

Meu coração acelerado freia de repente.

— Ah, desculpa! — digo.

Eu vejo as costas de um cara grande vestindo uma camiseta laranja. Há duas mãos femininas com unhas cheias de detalhes elaborados subindo e descendo as costas dele. O cara se vira. É JiHoon.

Ele dá um pulo, assustado ao me ver. A garota aparece atrás dos ombros dele. É Helena, e seu rosto fica branco como uma máscara facial.

— Candace! — ela grita.

Helena e JiHoon? Se beijando? Estou tão chocada que fico um segundo sem conseguir me mexer. JiHoon passa por mim, apressado, e sai correndo da sala. Ouço o barulho de seus tênis pelo corredor. Helena cobre o rosto.

Minha cabeça está girando – eu ficaria encrencada se fosse pega me encontrando com YoungBae, mas Helena e um aprendiz de manager? Ela seria expulsa mais rápido do que eu consigo descrever em palavras. Helena, que quer debutar mais do que qualquer pessoa.

— Desculpa — digo, rapidamente. — Eu não vi nada.

Eu me viro para sair, querendo me esconder debaixo do cobertor e nunca mais sair de lá, mas Helena me puxa de volta para a sala.

— O que você está fazendo, me espionando? — ela sibila, enfiando suas unhas em meu braço.

— Não, Helena, eu juro, eu não estava conseguindo dormir, então queria treinar...

— Aposto que você está superfeliz por ter me pegado no flagra, né?

— Não, Helena, eu juro. Tenho *zero* interesse em contar isso pra qualquer pessoa.

Levo um segundo para perceber que estamos falando nossa língua nativa pela primeira vez desde que nos conhecemos. Diferentemente de YoungBae, falar em inglês com Helena não é como um doce alívio; parece artificial e completamente assustador.

— Para de bancar a santinha pelo menos uma vez, Candace — ela diz, com raiva, apontando uma de suas unhas brilhantes a um centímetro do meu nariz. — Vou acabar com você pelo que disse sobre mim ao CEO.

Eu tiro a mão dela do meu rosto.

— Me deixa em paz, Helena. Do que você tem tanto medo, afinal?

Ela ri, incrédula.

— Medo? De *você*? Acorda. Você nunca, nunca, vai debutar com a gente. Você fala coreano como uma criança de dois anos, é mal-educada e muito baixa. Nenhum tipo de treino vai consertar isso.

É minha vez de rir.

— O.k., agora você está forçando a barra. Isso não é o parque do Harry Potter em Orlando. Não tem limite de altura no K-pop.

— Todo mundo sabe que CEO Sang quer debutar garotas que tenham mais ou menos a mesma altura. Pra ter simetria, sabe? Imagina como a gente ia parecer ridícula no palco com uma baixinha no final? — ela sorri. — A gente deveria começar a te chamar de *ggeutae*.

Eu recuo. *Ggeutae*, eu sei, significa "o fim", a parte final suja de um vegetal que você corta e joga no lixo.

Dou um passo na direção dela.

— Ou eles poderiam me tornar a Center fixa — digo. — Sabe, pra ter simetria? Como One.J no SLK. O mais baixo no meio.

Consigo perceber que Helena nunca considerou essa possibilidade pela onda de terror que toma conta do rosto dela. Ela recupera a compostura e sorri novamente.

— Vai por mim, Candace, você não serve pra ser Center. Você não entende tudo que já passamos e como vai ser ainda mais difícil depois do *debut*. Não que você precise se preocupar com isso. — Ela se vira dramaticamente, me acertando na cara com seu cabelo que cheira a flores. Ela para na porta. — Aliás, se eu vir você escapando pra ir ao terraço de novo, vou contar.

Sinto um arrepio na espinha.

— Como você sabe disso?

— Eu presto atenção em tudo que acontece aqui.

Engulo em seco.

— Tem certeza de que quer me ameaçar, Helena? Depois do que eu acabei de ver?

— Você não tem ideia do que viu, *ggeutae* — ela diz.

Helena bate a porta atrás de si, me deixando sozinha na sala.

CAPÍTULO 22

Regras para a saída

No almoço, depois da aula de coreano, InHee, a aprendiz de manager, aparece na minha mesa.

— É sua primeira vez saindo no sábado, certo? — ela pergunta.

Concordo com a cabeça e sinto um aperto no coração. Especialmente depois dos acontecimentos da última noite e da sessão assustadora com madame Jung, só consigo pensar em sair desse prédio e ver *umma*. Não sei se consigo dormir alguns metros acima de Helena por mais uma noite. Vai saber o que aquela garota está planejando?

As coisas estão ficando muito intensas. Parece surreal, totalmente impossível, que vou poder ver e abraçar *umma* hoje à noite. A única coisa no caminho é mais uma sessão de seis horas com a General.

InHee me dá um cartão verde laminado.

REGRAS PARA A SAÍDA DE SÁBADO/DOMINGO — TRAINEES DA S.A.Y., GAROTAS.

1) Não saia de sua dieta. Comidas estritamente proibidas:

a) *Jokbal*
b) *Jajangmyeon*
c) *Tteokbokki*
d) X-burgueres
e) Frango
f) Pão

2) Proibido ir a boates, consumir álcool, fumar ou usar drogas.

3) Proibido usar **SNS**.

4) Proibido namorar. Proibido ficar sozinha com garotos que não são da família.

5) Continue a praticar.

6) Não atraia atenção para si mesma de forma alguma.

7) Não tire ***selcas***.

8) Não faça mudanças não autorizadas na sua aparência – não corte ou tinja o cabelo, não faça tatuagens ou coloque *piercings*.

9) NÃO CONTE A NINGUÉM OS SEGREDOS DA AGÊNCIA S.A.Y., NEM MESMO PARA SEUS PARENTES MAIS PRÓXIMOS. NÃO DÊ DETALHES DO TREINAMENTO. NÃO CANTE OU ASSOBIE MÚSICAS ORIGINAIS DA S.A.Y. QUE ESTÃO SENDO PRODUZIDAS PARA *DEBUTS* OU *COMEBACKS* FUTUROS. TRAINEES QUE QUEBRAM ESSAS REGRAS ESTÃO VIOLANDO TERMOS DE CONFIDENCIALIDADE E SERÃO PROCESSADOS.

Sou obrigada a morrer de rir da primeira regra. Essas são exatamente as seis coisas que planejo devorar no segundo em que sair desse prédio.

Na sala de treino grande do andar corporativo, fazemos a pesagem semanal. Perdi três quilos desde o começo do treinamento, o que não significa nada para mim, mas a General balança a cabeça, satisfeita.

— *Gosaeng mani haesseo* — ela diz. Tenho certeza de que isso literalmente significa algo como "Você sofreu bastante", mas os professores por aqui parecem dizer isso com o sentido de "Bom trabalho".

JinJoo junta as mãos em uma oração antes de pisar na balança.

— Lembram do nosso acordo? — a General diz. — Se a JinJoo não atingir o peso certo, vocês cinco vão ficar deitadas de cara para o chão por dez minutos.

Prendemos a respiração quando JinJoo pisa na balança. A tela digital mistura números como um caça-níquel antes de mostrar seu peso. Ela está dois gramas abaixo do peso estipulado pela General.

Todas nós gritamos e pulamos. JinJoo desaba no chão, chorando de alívio.

— *Gosaeng* JINCHA *mani haesseo*, JinJoo! — a General diz, levantando o punho. ("Você sofreu bastante", ou "muito bom trabalho!")

A General nos reúne e diz o mesmo de sempre:

— Nós *realmente* não estamos mais brincando.

Só que dessa vez ela está falando sério. É o treino mais difícil que já tive. A General decidiu que vamos apresentar "Red Flavor" de salto, para mostrar as "belas linhas" e a "feminilidade" do nosso time.

Aposto que *umma* já está lá embaixo na recepção. Ela provavelmente chegou uma hora antes. E provavelmente comprou um *matcha latte* para mim no Café Tomorrow e nada para ela.

A sessão com a General é brutal, mas as seis horas passam voando.

No dormitório, todas as garotas que vão sair hoje já arrumaram suas coisas e agora seguram as malas e formam uma fila no corredor esperando um manager abrir a porta de alta segurança estilo submarino. Pela primeira vez me junto a elas. Apesar da dor nos pés por causa dos saltos, no tornozelo por causa da estrelinha e no joelho por causa do *death drop* – estou um caco –, sorrio como uma boba.

Quando voltamos para o quarto, porém, tudo está errado. As gavetas da cômoda estão todas abertas; há roupas espalhadas pelo chão. E JiHoon está sentado na minha cama, vasculhando minha mala que já estava arrumada para o fim de semana.

— O que você está fazendo? — pergunto, exigindo uma resposta.

— Vistoria de quarto aleatória — ele diz.

Binna tenta me arrastar para fora do quarto pelos ombros.

— Eles fazem isso de vez em quando — ela diz. — Pra ter certeza de que não estamos contrabandeando nada.

— O QUE VOCÊ FEZ COM O MEU VIOLÃO? — grito.

O estojo onde guardo o violão está aberto e o instrumento está no chão, pelado. Eu me solto de Binna e corro até meu bebê rosa-choque. Eu viro o violão e meu sangue congela. Todas as cordas estão cortadas e há duas rachaduras na parte da frente. Meu bem mais precioso, arruinado! Aquele babaca do JiHoon deve ter colocado seu punho musculoso bem no buraco para tirar…

— Procurando por isso? — JiHoon balança meu pacote com os *yakgwas* de *umma*, embrulhados em plástico azul.

— Você quebrou meu violão! — grito, lágrimas escorrendo pelo rosto.

Manager Kong entra no quarto.

— O que está acontecendo aqui?

— Olha o que ele fez! — desabo em lágrimas, embalando os restos do meu violão, o melhor presente que já ganhei.

JiHoon pula da minha cama e faz uma reverência.

— Não discutimos nada sobre vistorias hoje, JiHoon — Manager Kong diz.

— Bom, me parece que foi bom eu tomar a iniciativa, porque encontrei isso — ele entrega os *yakgwas* para Manager Kong com as duas mãos. — Nem imagino quantas calorias tem nisso.

— Eu nem tenho comido os *yakgwas*! — eu choro. — Eu os guardei como uma lembrança da minha mãe.

Manager Kong abre a embalagem. Binna, JinJoo e Aram soltam um suspiro de espanto. Helena cruza os braços, com um olhar malicioso no rosto.

— Você sabe o quanto isso é proibido? — pergunta Manager Kong. — Como você os trouxe?

— Ela os escondeu dentro do violão — diz JiHoon, suspirando profundamente. — Muito esperta. Não dá pra confiar em um rosto inocente.

Yeowoo.

Eu aponto para Helena.

— *Ela* disse pra ele procurar ali!

— Eu? — diz Helena, de olhos arregalados, fingindo inocência. — O que você está dizendo?

— Pare de mentir, sua pentelha — JiHoon grita para mim. — Manager Kong, me parece que uma punição severa deve ser aplicada. Talvez Candace-*shi* deva ser proibida de sair do prédio hoje.

— NÃO! — Eu me levanto num pulo. Meu violão cai no chão novamente, mas já está quebrado, mesmo. — Você não pode fazer isso!

Manager Kong embrulha os *yakgwas* novamente e os coloca em seu bolso.

— Você precisa ser punida por isso, Candace.

— Eu limpo o banheiro de todas as trainees por um mês. Eu... eu rego as plantas do terraço, eu *odiaria* fazer isso! Mas, por favor, vamos decidir depois, minha mãe já está me esperando lá embaixo!

Enfio as roupas que JiHoon deixou espalhadas pelo chão de volta na minha mala. Manager Kong está bloqueando a porta, mas eu a empurro.

— Ai! Candace, aonde você pensa que vai?

Preciso sair daqui. Preciso sair daqui. Não aguento ficar no mesmo prédio que Helena, JiHoon ou madame Jung por mais um segundo. Não consigo respirar. Estou com fome, estou cansada, estou com dor – não só no meu corpo machucado, mas sinto que minha alma foi ferida também.

Enquanto empurro as garotas que estão em fila no corredor, penso em como seria outra noite de sábado e um domingo inteiro sozinha e deprimida de novo, sem ninguém por perto exceto Helena. Sem chance. Vou sair daqui. Nada, nem mesmo uma porta de aço de submarino, vai me parar.

Bato meus punhos contra a porta de aço e grito:

— Alguém, por favor, abra essa porta!

Dezenas de trainees estão me olhando, perplexas, cobrindo a boca com as mãos, algumas preocupadas, outras rindo. Mas não ligo. Preciso sair daqui.

Então penso no cartão que guardei no teto – JiHoon não o encontrou. Vou voltar e pegá-lo, correr de volta para cá e abrir a porta. Todos vão ver, e vão tirar o cartão de mim. Eu provavelmente vou ser expulsa para valer, mas é o que precisa ser feito. Mas, quando eu me viro, vejo JiHoon, seu rosto vermelho e feio e raivoso, vindo em minha direção. Não consigo voltar para o quarto sem passar por ele. Estou presa. O pânico fecha minha garganta e um suor frio escorre pela minha testa.

— POR FAVOR! ABRAM! ESSA! PORTA!

Bato meus punhos contra a porta de aço o mais forte que consigo. Não consigo respirar. Estou engasgando. Meu coração bate contra meu peito, implorando para sair também. Estou tendo um ataque do coração?

Quando estou prestes a desabar no chão, ouço um clique e um som digital alegre.

Manager Kong apareceu do nada e abriu a porta. Ela me arrasta até a escadaria escura que leva ao andar corporativo e fecha a porta atrás de nós. Ela me olha nos olhos e diz:

— Respire, Candace. Respire. Sim, isso. Não se preocupe, você vai ver sua *umma* em um minuto.

Ao ouvir isso, os espasmos em meu peito param e, aos poucos, começo a respirar normalmente.

— Eu nunca pensei em te impedir de ver sua *umma* hoje — ela diz, soando quase carinhosa —, mas precisamos que você se acalme antes de eu te levar até ela. Entendeu?

Concordo com a cabeça.

— Vou ser expulsa do programa?

Manager Kong morde os lábios.

— Não. Posso explicar para os outros managers que você realmente precisava desse fim de semana fora e que teve um pequeno ataque de pânico. Mas isso não foi bom, Candace. Sabe EunJeong? A garota que você substituiu?

Faço que sim com a cabeça.

— Um pouco antes de pedirmos pra ela sair, ela passou por uma situação parecida, mas pior. Ela era muito talentosa, mas estava passando por um momento difícil aqui, e, um dia, começou a se jogar contra essa porta, gritando pra sair... foi quando ela bateu a cabeça na porta de metal. Ela desmaiou e havia sangue por toda a parte. Nós tivemos que ligar para a emergência.

Solto um suspiro de espanto. Então é por isso que todo mundo fica sem graça sempre que alguém fala sobre ela.

— Nunca gostei da política de impedir os trainees de sair no primeiro mês. Sair todo fim de semana vai ajudar bastante sua saúde mental. Hoje foi ruim, mas, Candace... a vida de trainee é difícil porque a vida de *idol* é pior. Você tem certeza de que consegue continuar?

— Sim, Manager Kong — eu digo, com toda a determinação que há em mim.

Manager Kong me leva a um banheiro no andar corporativo para que eu possa lavar o rosto com água fria.

E, como eu esperava, na recepção, *umma* está me aguardando logo no portão da segurança, segurando um *matcha* com um pouco de papel ainda cobrindo a ponta do canudo – um toque de *umma*. Ela é como brilho, como calor, como amor. Grito o nome dela e nós duas desabamos em lágrimas quando eu corro para seus braços como uma garotinha depois do primeiro dia de pré-escola.

CAPÍTULO 23

Jokbal

— **Eles não estão te fazendo** passar fome, estão? — *umma* pergunta, com uma expressão de preocupação no rosto. — Seu rosto está tão pequeno.

— Nós seguimos uma dieta saudável, mas comemos o suficiente — minto, com a voz mais animada que consigo. Sei que rostos "pequenos" são considerados ideais segundo o padrão tradicional de beleza coreano, mas *umma* parece preocupada. — Além disso, fazemos muito exercício. Eu não ganharia peso lá nem se tivesse um banquete de *jajangmyeon* toda noite!

Umma não me faz mais pergunta alguma – ela está muito chocada e feliz de ouvir o quanto meu coreano melhorou. O simples fato de eu estar falando com ela em coreano a deixa maravilhada.

Caminhamos de braços dados do metrô até o apartamento. Agora eu sei que *umma* está hospedada em um bairro chamado Yeongdeungpo, para o caso de eu ser expulsa *de verdade* do programa no meio da noite. É uma área residencial tranquila com muitas mulheres jovens, provavelmente estudantes universitárias, caminhando em grupos. *Umma* está carregando minha mala e eu estou segurando uma caixa de frango frito apimentado com alho que compramos no Chicken Kyochon. Esse é só um acompanhamento para o banquete que *umma* preparou no apartamento.

— E ninguém lá está te tratando mal? — ela pergunta, segurando meu braço com mais força.

— Não! — digo, alegremente. Falo muito sobre como amo minhas novas *unnies* Binna e JinJoo, e como Aram é "a garota mais bonita que eu já vi!", o que é tudo verdade. Depois falo sobre como estou feliz de ter uma colega de time americana, Helena. — Não podemos falar em inglês, mas às vezes falamos mesmo assim em particular, só pra sentir que estamos em casa de novo.

Estou mentindo descaradamente, descrevendo como as coisas com Helena deveriam ser em vez de como elas realmente são – que ela e JiHoon me odeiam tanto que conspiraram para quebrar meu violão –, porque sei que *umma* me tiraria de lá sem hesitar se soubesse como as coisas estão ficando intensas. Não quero que minha família tenha que pagar a multa enorme por minha desistência e, ainda mais importante que isso: quero debutar. Mais do que já quis qualquer coisa. Eu achava que queria antes de vir para cá, mas, agora, depois que aprendi o quão difíceis as coisas podem ser e o quão incríveis as partes boas são, tenho certeza. Há partes horríveis, coisas com as quais discordo moralmente – talvez eu escreva artigos sobre os padrões de beleza inalcançáveis para o jornal da minha faculdade algum dia –, mas, enquanto isso, estou disposta a me submeter a muitas outras coisas para passar mais tempo no palco. Mais tempo no estúdio de música. Mais tempo cantando para One.J.

Tenho tudo sob controle.

Assim que chegamos ao apartamento, *umma* liga o fogão na cozinha para garantir que toda a comida esteja tão quente quanto possível logo antes de eu começar a comer. Eu me certifico de que ela não está olhando quando tiro meus tênis rapidamente e ponho meus pés doloridos e calejados dentro das pantufas felpudas de hipopótamo que ela comprou para eu usar dentro de casa. *Umma* fez um ótimo trabalho trazendo um pouco de alegria para esse apartamento frio e sem graça; ela tem um toque mágico para esse tipo de coisa. Há vasos por todo canto, toalhas de mesa coloridas, tapetes e fotos de família em molduras simples na parede.

Com os joelhos doendo, me sento no chão à mesa de jantar dobrável na sala de estar e *umma* traz comida o suficiente para fazer a mesa quebrar de tanto peso. Sopa de missô com espinafre, ovas de peixe apimentadas, *japchae*, salada de batata, panquecas de *kimchi*, bacalhau empanado, espinafre ao óleo de gergelim, broto de soja apimentado, *galbi jjim* e um prato inteiro de *jokbal* marinado. Não acredito que *umma* fez *jokbal* por conta própria; ela acha nojento, não gosta nem de olhar – em casa, sair para comer *jokbal* no nosso restaurante coreano favorito é o meu programa especial de sábado com *abba*.

— *Umma*, como vamos comer tudo isso?

— Coma só o que conseguir — *umma* responde, animada. — Como o que sobrar no resto da semana.

Só com as primeiras mordidas já me sinto mais feliz e forte. *Umma* não faz muitas perguntas – ela me deixa mastigar alegremente o vigoroso *jokbal* e eu a deixo falar. *Umma* está aproveitando bastante. Ela parece estar mais jovem e mais feliz como não a vejo há muito tempo, talvez mais do que nunca. Ela está frequentando uma igreja e se encontrando com amigas de escola que não vê desde que era mais nova do que eu. Ela está com um corte bonito de cabelo e comprou blusas novas e alegres em tons pastéis. Está tudo bem com *abba* e Tommy lá em Nova Jersey e ela visita *harabuji* todos os dias; ele não está nem melhor nem pior do que a última vez em que o vi, mas está ouvindo vários *girl groups* – Blackpink e QueenGirl, principalmente – para aprender mais sobre o que estou fazendo. Eu me dou conta de que é provavelmente o primeiro mês que minha *umma* tira folga do trabalho na loja desde que Tommy e eu nascemos.

Lembro o que madame Jung disse: Para decair tanto, eles devem ter cometido erros muito graves, não?".

Balanço a cabeça para deixar isso para lá.

Depois do jantar, *umma* usa o KakaoTalk Video para que eu possa falar com *abba* e Tommy, que estão sentados à mesa do jantar em casa. *Abba* acena animado e grita "OI, CANDACE!". Tommy, com o cabelo todo bagunçado – são oito da manhã em Nova Jersey – recua e diz "*Abba*, ela consegue te ouvir".

— *WAHH*, CANDACE! — *abba* grita. — VOCÊ ESTÁ TÃO BONITA! SEU ROSTO ESTÁ TÃO PEQUENO!

Eu me inclino para trás e Tommy olha para ele como se fosse louco. *Abba* já me chamou de *fofa*, mas nunca de *bonita*.

Como *umma*, *abba* parece não saber o que perguntar sobre o que faço como trainee; ele só pergunta se estou comendo o suficiente, se estou fazendo amizades e se estou aprendendo bastante coreano, e digo sim para tudo. Tommy pergunta:

— Por que seu cabelo não está rosa? Por que você não está fazendo sinais da paz e rindo? *Tee-hee*!

— Ha, ha, ha — digo. — Muito engraçado. Meu treino é cem vezes mais puxado do que qualquer coisa que você esteja fazendo no seu acampamento de futebol.

— Duvido, Candace. Duvido muito.

Depois de nos despedirmos – *abba* parece estar segurando lágrimas e Tommy desliga com um "Boa sorte aí" –, eu tomo um longo banho, em que vejo que toda a parte inferior do meu corpo parece ter sido atropelada por um caminhão por causa de todas as vezes que caí durante os ensaios de "Red Flavor". Depois, pego no sono bem cedo com *umma* passando a mão pelo meu cabelo.

Onze horas depois, *umma* me acorda gentilmente para um café da manhã com arroz, ovos, *kimchi* e sopa de broto de soja. Depois, saímos para explorar a Vila Bukchon Hanok, cheia de construções antigas em que é preciso usar um *hanbok* tradicional para entrar. Depois, *umma* e eu dividimos um delicioso *patbingsu* – doce de feijão-vermelho, frutas e leite no topo de um montinho de sorvete fofo – em um "café de flores", o lugar mais instagramável que já vi. *Umma* me passa seu celular. O KakaoTalk está aberto novamente, mas, dessa vez, vejo uma tela dividida entre Imani e Ethan. Grito de alegria – os outros clientes olham para mim, assustados, mas *umma* apenas ri. "Surpresa!", ela diz.

Imani está ligando da pequena escola no Paraguai onde está cavando latrinas e Ethan de uma cabana em seu acampamento de teatro em Lexington, Massachusetts.

Meu coração explode de alegria ao ver o rosto dos dois. Já que não posso falar sobre o que está acontecendo na S.A.Y., tento mudar a conversa para como eles estão passando o verão, mas Imani diz:

— Esquece a gente, eu quero saber de *você*! Você já encontrou o One.J e o SLK?

Com um dedo no queixo, respondo, cantarolando:

— Hmm, não posso dizer!

O que mais quero é contar para eles tudo o que está acontecendo. Mas, enquanto *umma* está bem do meu lado, não quero falar dos detalhes, bons *ou* ruins. *Umma* provavelmente ficaria quase tão apavorada de saber que estou indo bem *demais* na S.A.Y. quanto de saber que estou sendo maltratada – é melhor manter a ilusão de que tudo isso é só uma atividade de férias.

Mas dou um gostinho a Imani e Ethan.

— Candace Park fez um *death drop*? — Ethan exclama antes de apertar seu peito e desabar para fora da tela.

— Deixei *todo mundo* de queixo caído com esse passo — digo, orgulhosa.

Imani balança os dedos e grita:

— *Yasssssss, queen!*

Antes de desligarmos, Imani abaixa a voz para que *umma* não ouça:

— Ah, veja seu canal no YouTube, amiga. Eu posso ou não ter postado seu vídeo em um **Fancafé**. Tchaaaaaaau!

— Imani! — digo, mas ela já desligou. Assim que voltamos para o apartamento, corro para abrir o laptop da Samsung de *umma* no quarto, lembrando que a S.A.Y. me mandou desativar todas as minhas redes sociais antes de eu entrar no programa de trainees. Deixei meu Facebook e Instagram privados, mas a S.A.Y. nunca me disse nada sobre o YouTube – mesmo que eles definitivamente saibam que o meu canal existe.

Acho que estou alucinando. Deve haver um vírus global no YouTube, porque ele diz que meu vídeo cantando "Expectations vs. Reality" tem 84.532 visualizações. Meus olhos disparam até os 2.797 comentários, metade em inglês e metade em coreano.

[+734, -12] Ouvi dizer que essa garota está treinando para a versão feminina do SLK que está prestes a debutar! Voz incrível e visual fofo. Espero que consiga!
[+158, -413] canta bem. visual apenas ok. só minha opinião mas não acho que ela está à altura da S.A.Y. ou do SLK. sinto muito
[+1.206, -29] ACHO QUE ESTOU APAIXONADA! ESPERO QUE ELA DEBUTE!
[+47, -944] K-POP GROUPS DEVEM SER COREANOS NÃO COREANO-AMERICANOS

Com falta de ar, deixo o vídeo privado e fecho o computador com força. Eu me sinto entusiasmada e violada ao mesmo tempo. É estranho imaginar que tantas pessoas viram o interior do meu quarto lá de casa. Elas viram MulKogi na minha cama ao fundo. Viram meu violão rosa (que descanse em paz)!

Naquele momento, *umma* aparece na porta e pergunta o que mais quero fazer hoje. Ela sugere caminhar nas feiras de rua em Namdaemun ou comprar máscaras faciais em Myeongdong.

De repente, tudo que quero fazer é me isolar no prédio da ShinBi e treinar para valer – fazer aquele usuário engolir o que ele disse sobre eu não estar "à altura da S.A.Y. ou do SLK". E, por mais que eu precisasse desse tempo com *umma*, sinto uma distância estranha entre nós agora. Há tanta coisa que não posso dizer a ela.

CAPÍTULO 24

Dobrinhas

Faltando apenas dois meses para que as integrantes do grupo sejam escolhidas, todas as garotas estão mais dedicadas do que nunca. As salas de treino individuais ficam cheias até duas da manhã. Durante as duas semanas que se seguem, não consigo decidir o que é pior – a fome ou a falta de sono. Com a nova dieta ultrarrestrita, a fome nem sempre se manifesta como dor física; é como se fosse uma falta de vontade. Como eu estou me forçando a intensificar meu treino, a dar 100% de mim apesar da fome, não tenho mais energia para resistir.

Odeio admitir, mas a fome faz de mim uma trainee melhor.

Em uma sessão com a General, amarro pesos ao redor dos tornozelos e calço salto alto em meus pés calejados, sem unhas e cheios de esparadrapos. Quando tropeço na coreografia de "Red Flavor" e a General grita para que eu dê vinte voltas ao redor da sala de ensaio, eu desligo meu cérebro e simplesmente começo a correr.

Mas não sou só eu; todas as garotas estão sem energia. Durante nossos treinos em grupo, todas se esforçam tanto que o espelho fica embaçado com o suor e o calor de nossos corpos. Mas nada ficou para trás. O lado bom disso é que Helena e eu não tivemos mais desentendimentos. É mais fácil só abaixar a cabeça e treinar. Só falamos uma com a outra quando é realmente necessário, quando estamos fazendo ajustes na coreografia ou trocando nossas partes na música.

A falta de sono é coisa outro mundo – às vezes acho que estou enlouquecendo. Em uma semana, pego no sono durante a aula de coreano todo santo dia. A professora Lee precisa me acordar delicadamente. Meu humor melhora e piora sem aviso e nem estou naqueles dias do mês. Durante um treino, a General pede para Aram e eu trocarmos de posição, fazendo com que eu tenha que me reorientar e ajustar toda a coreografia, e um buraco se abre em minha alma e me engole, me deixando desolada e desesperançosa, como se eu estivesse sozinha em um campo de cinzas. Mas só por um segundo. Sinto emoções boas de forma mais extrema também. No terraço, durante nossa momento ao ar livre, eu me sinto totalmente zonza e, quando JinJoo compartilha uma de suas teorias aleatórias, alguma coisa sobre feijões-de-lima serem na verdade sementes de couve-flor, eu rio tão incontrolavelmente e por tanto tempo que puxo um músculo do abdômen que eu nem sabia que existia.

Nos fins de semana, *umma* nota que eu estou mudando, que estou mais quieta.

— Não é só o seu peso — ela diz —, o brilho nos seus olhos mudou.

Um dia, enquanto estamos carregando potes de mingau de batata que *umma* cozinhou para *harabuji*, ela está me incomodando tanto, dizendo que eu posso desistir e que podemos voltar para casa quando eu quiser, que eu paro no meio do caminho e explodo:

— *Umma*, eu não sou tão fraca quanto você pensa, o.k.? Eu estou bem!

Imediatamente me sinto péssima e peço desculpas, mas a preocupação dela está virando um incômodo.

Meu único refúgio é YoungBae. Como punição pelos *yakgwas* e pela confusão que causei, Manager Kong me faz regar as plantas do terraço às duas da manhã todas as noites durante o mês seguinte. Então agora o jogo virou: sou *eu* quem manda mensagens para YoungBae quando estou pronta, pegando emprestado o cartão do sr. Jeon, o zelador, e abrindo a grande porta enferrujada do Muro do Gênero para YoungBae; e, enquanto a professora Lee vira as costas na aula de coreano, eu lhe devolvo o ID para que ele possa ir ao terraço.

Todas as noites, eu rego as plantas. YoungBae se oferece para fazer o trabalho por mim, mas eu insisto em fazer eu mesma, já que é minha punição. Ele acha hilário que eu já tenha me metido em problemas maiores do que os dele e faz piadas sobre eu ser a nova *bad girl* do K-pop, o que, tenho que admitir, não é tão ruim assim.

Ele também me traz pedaços de comida toda noite nos bolsos. Algumas tirinhas de frango embrulhadas em um guardanapo, uma única linguiça do café da manhã, um ovo cozido. Eu tiro os fiapos da comida e devoro tudo ferozmente, grata pela proteína de verdade que meu corpo tanto deseja. Sei que estou literalmente tirando a comida dele, comida da qual ele mesmo precisa – ele é quase trinta centímetros mais alto que eu e o dançarino principal do seu time –, mas ele insiste.

— Estou fazendo a minha parte para acabar com a desigualdade de gênero no K-pop — ele diz.

Acho que estou me apaixonando.

Mas ainda não nos beijamos. Algumas vezes, quando nos despedimos, sei que estamos muito perto, mas eu recuo. Nunca beijei ninguém na vida e tenho medo de ser horrível nisso, ou de ter mau hálito – comer tão pouco está me dando refluxo e eu constantemente sinto um gosto amargo na garganta.

Em vez disso, estamos nos tocando bastante. Tipo, muito *mesmo*. Já deixamos as Mãos Educadas para trás há muito tempo. Agora é normal eu apoiar meu rosto em seu peito ou deixar ele pôr os braços ao redor da minha cintura enquanto rego os lilases. E sim, além de lindo, o corpo de YoungBae é *quentinho*. Já que não tenho calorias para queimar, estou sempre com frio, mesmo no meio do verão abafado de Seul. Ando tão cansada que uma vez dormi de pé de verdade, encostada no peito dele – acho até que cheguei a roncar e tudo. Quando acordei, lá estava ele, olhando para mim, firme como uma pedra.

Depois de apenas duas horas de sono e uma série pesada de exercícios em que JinJoo e eu corremos na esteira, tomo um banho rápido de trinta segundos antes do café da manhã. Tiro trinta centímetros de cabelos multicoloridos do ralo e os jogo na privada. Pego meu caderno e estojo – vamos ter uma prova épica de vocabulário em que precisamos saber três mil palavras dentre seis mil possibilidades. Vou precisar enfiar uma batata-doce goela abaixo e forçar um gole de café horrível para sobreviver a isso.

Quando estou saindo do dormitório, Manager Kong me barra na porta. Ela está carregando o enorme estojo cor-de-rosa brilhante do meu violão e o deixa dentro do quarto. Sinto o ar escapar dos meus pulmões.

— Manager Kong, o que é isso?

— Você já viu algum outro estojo de violão dessa cor? Eu deixei seu violão em uma loja especializada em instrumentos musicais em Hongdae. Você jamais diria que aconteceu alguma coisa com ele.

A dor nos meus braços e pernas desaparece e dou um grito de alegria:

— Manager Kong! Ele foi mesmo consertado?

— Está melhor que novo. Tão rosa que dói.

— Muito obrigada, muito obrigada, muito obrigada!

— Não me agradeça — Manager Kong suspira, olhando para seu celular. — Agradeça Helena. Ela fez questão de pagar; eu só levei até a loja e vim te entregar.

Fico sem palavras.

— Helena-*unnie*?

— Ela mesma.

Quero abrir o estojo e afinar as cordas, inspecionar o braço, o corpo e a boca, mas Manager Kong diz, séria:

— Ei! Você não tem uma prova importante hoje? ANDANDO, AGORA!

Uma semana antes da nossa próxima avaliação, temos a primeira Aula de Beleza. A primeira aula vai levar o dia todo porque cada uma de nós vai ganhar uma consulta particular e um *makeover* com o sr. Oh e suas equipes de cabelo e maquiagem, além de uma consultoria com um estilista.

Enquanto Manager Kong nos leva até o andar corporativo, ela explica que o sr. Oh é o maior maquiador da Coreia e já trabalhou na Fashion Week de Nova York, Paris e Seul com algumas das modelos mais famosas do mundo, incluindo Gigi Hadid e Chanel Iman. Agora ele é a mente brilhante por trás da principal marca de cosméticos da ShinBi Unlimited, a GlowSong.

Pela primeira vez, Manager Kong nos guia para além da porta sem sinalização que ela me disse ser a Fábrica da Fantasia no meu primeiro dia, o laboratório onde todos os conceitos incríveis da S.A.Y. são criados. Lá dentro, nós suspiramos, espantadas – é como se tivéssemos entrado em um hangar. A sala inteira é um labirinto de paredes móveis baixas e cortinas pretas, formando "salas" temporárias. Em uma delas, vemos cinco manequins vestindo figurinos de performance deslumbrantes que parecem ser feitos inteiramente de diferentes tons de pedras preciosas brilhantes – rubis, esmeraldas, topázios, ametistas e cristais brancos.

Ela nos leva até um quarto arrumado como um espaçoso salão de beleza, completo com luzes de camarim e cinco cadeiras giratórias.

— Bem-vindas, garotas, bem-vindas — cantarola uma pessoa esbelta e graciosa com cabelos longos de um preto profundo tão lindos quanto as mechas lustrosas de Aram. Este deve ser o sr. Oh, que literalmente me deixa sem fôlego. Em um lugar tão dividido por linhas rígidas de gênero, é chocante – mas um alívio – ver alguém que obviamente não liga para isso. Ele está usando botas de caubói (ou seria *cowgirl*?) de salto alto, uma roupa de faroeste com estampa de vaca cor-de-rosa, uma bandana e um colete. Ele parece ser uma versão asiática e rosa pastel do Woody, de *Toy Story*.

— Aram, Helena, Binna, JinJoo, Garota Nova. Sentem-se, sentem-se.

Todas nos curvamos repetidamente e nos sentamos. Há uma equipe inteira de maquiadores e cabelereiros que marcham para dentro do salão e imediatamente começam a passar as mãos pelos nossos cabelos e inspecionar nossos rostos.

— Que time lindo — o sr. Oh exclama, caminhando ao redor da sala e nos observando com atenção. — Passei a manhã inteira trabalhando com os garotos. Eles são muito bonitos, mas é bem mais divertido trabalhar com garotas. Hora do show!

Aram, Helena e JinJoo dão gritinhos de entusiasmo. Binna e eu trocamos olhares preocupados. O sr. Oh é *tão* fabuloso que tenho medo de ele fazer eu me sentir simples e sem graça comparada a todas as *idols* e estrelas de Hollywood maravilhosas com as quais já trabalhou.

Depois de avaliar Aram – "essa já é tão linda, tudo o que precisamos fazer é realçar o que já está aqui" –, ele se posiciona atrás da minha cadeira e coloca meu cabelo atrás das minhas orelhas:

— Olá, pequena. Você é tão adorável!

Agradeço com uma reverência.

— Essa aqui tem uma *vibe* jovial, inocente. Consigo imaginá-la sendo chamada de "A Irmãzinha da Coreia" — diz o sr. Oh, rindo. — Pode abusar mais de uma base leve e um blush cremoso e alegre pra destacar essas bochechas cheias — ele diz a uma jovem maquiadora. — Você já fez as sobrancelhas alguma vez, pequena?

— Não, senhor — respondo.

— Dá pra perceber — ele diz, com uma risada bondosa. Ele pede para a maquiadora "aparar e afinar as sobrancelhas" e então se distrai com algo no meu rosto. Uma ruga aparece em sua testa perfeitamente lisa. — Oh, pequena. Você não tem a **dobrinha das pálpebras**.

Vejo minhas orelhas ficarem vermelhas-vivas no espelho. Não, não tenho dobrinhas: meus olhos são como dois buracos no formato de bolas de futebol americano feitos com estilete numa fatia de queijo, não há nenhum sinal de dobrinha em cima ou embaixo. Muito embora a maioria dos coreanos não tenha dobrinhas, esse não é considerado um ideal de beleza. Já vi vários trainees fazerem cirurgia para ter dobrinhas, tanto garotas como garotos. BowHee fez a cirurgia em um olho de cada vez e usou um tampão de olho enquanto eles cicatrizavam para que ela não tivesse que parar de treinar. Não julgo ninguém por fazer a cirurgia, mas, para mim, é a mesma coisa que o meu nariz: quero que meus olhos se pareçam com os de *umma*, *abba* e Tommy.

Prendo a respiração, esperando que o sr. Oh me pressione a fazer a cirurgia. Mas, em vez disso, ele diz:

— Pessoalmente, acho que olhos sem dobrinha são lindos. As agências de K-pop são tão ávidas pra sugerir cirurgia. Uma boa maquiagem consegue fazer tudo o que as cirurgias fazem, exceto pela melhor parte: são cem por cento removíveis. Não é, pequena? — Ele dá um tapinha na ponta do meu nariz.

Para minha surpresa e satisfação, ele diz à cabelereira para tingir meu cabelo de loiro platinado, "para levá-la a outro patamar", para transformar meu visual em algo "só um pouquinho inalcançável". Sempre sonhei em ter um cabelo como o dos Targaryen, mas nunca pensei seriamente na possibilidade de tingi-lo. *Umma* jamais permitiria e parecia drástico demais. Mas estou nas melhores mãos possíveis agora. Balanço a cabeça, animada, e digo:

— Vamos lá!

A cabelereira começa a descolorir meu cabelo e minhas sobrancelhas. O processo leva seis horas, cheira muito mal e queima meu couro cabeludo, mas o tempo passa voando porque o sr. Oh é muito divertido – ele faz todos na sala se acabarem de rir. Ele adora citar nomes e é um mestre da modéstia, dizendo coisas como "Ai, meu Deus, é tão difícil, sabe? Uma vez fiz a maquiagem de Jeon DanHee como um favor quando o maquiador pessoal dela estava doente e, depois, ela disse: 'Sr. Oh, eu te odeio. Sou leal ao meu maquiador, mas agora que eu trabalhei com você, sempre vou saber o que estou perdendo!'".

Ao final da sessão, estou transformada. Eu me levanto da cadeira e me olho bem de perto. Poderia encarar o espelho pelo resto da vida.

Estou parecendo uma idol.

A maquiagem do meu olho, combinada à sobrancelha desenhada e clareada, mudou todo o meu rosto – fez tudo parecer simétrico, satisfatório e em ordem, como um quebra-cabeça finalizado. A maquiagem é mais pálida do que estou acostumada, mas está perfeitamente uniforme e natural – estou brilhando, sem manchas, esbanjando saúde e luz, mesmo que por dentro esteja exausta e esfomeada.

E o cabelo platinado como o de Daenerys faz com que eu pareça a Mãe dos Dragões coreana. Pareço "inalcançável" até para mim mesma. Não consigo parar de fazer biquinho com meus lábios rosa-Barbie; estou vivendo minha fantasia de verdade.

Helena e Aram não passaram por uma transformação tão drástica quanto a minha, mas a beleza natural das duas foi realçada – a pele delas está mais fresca e seus cabelos ainda mais impecáveis. Com JinJoo, os artistas seguiram um conceito mais experimental, usando sua *vibe* anime como base – uma de suas tranças cheias foi tingida de um azul elétrico, a outra está completamente laranja, e há estrelas e arco-íris de glitter em seu rosto. Ela está incrível, como um unicórnio de mangá saído de um sonho.

Mas é quando Binna se vira para nós que todas morremos. Levamos um tiro.

— Essa é a minha transformação favorita de todas — o sr. Oh diz em uma voz dramática e abafada.

Com Binna, ele seguiu uma direção completamente diferente do resto de nós; de um modo geral, o estilo de maquiagem coreana é suave e "natural", mas o sr. Oh usou técnicas ocidentais vistas nas produções das Kardashian e *drag queens*: contorno nas bochechas e no maxilar, bastante iluminador no nariz, pontos altos e, claro, destaque no arco do cupido. Binna sempre gostou de batons escuros, pretos e até azuis, mas agora está usando um tom profundo cor de ameixa, que combina perfeitamente com ela. Ele ondulou levemente seus longos cabelos pretos, que agora caem como cascatas sobre suas costas. É incrível como esse estilo ficou bem nela – em vez de tentar suavizar seus traços fortes e únicos que não se encaixam nos padrões coreanos, o sr. Oh os realçou.

Binna olha para nós timidamente, esperando nossa reação.

— Sinto muito, Aram — digo depois de um minuto de silêncio contemplativo —, mas acho que temos uma nova Visual no Time 2.

Aram sorri e diz:

— Às vezes precisamos saber quando passar a coroa.

— Vocês acham mesmo que estou bonita? — pergunta Binna. — Não é um pouco demais?

JinJoo balança a cabeça, seus olhos marejados. Até Helena elogia:

— Você está linda.

Manager Kong retorna e nos enche de elogios sobre a nossa aparência.

— Esse é mesmo o meu time? — ela pergunta, maravilhada. — Parece que vocês já debutaram!

Manager Kong nos apressa até a próxima sala, que está cheia de araras de roupas nas paredes. Uma equipe de estilistas entra como um tornado da moda. Sou coberta de peças e me mandam experimentar várias coisas. Em minutos – os estilistas já têm todas as nossas medidas – estou usando a saia de couro preto mais curta que já vesti na vida, uma regata de seda preta (sem decote) que expõe apenas alguns centímetros da barriga e um longo casaco verde-escuro de pelos de camelo que vai até o chão.

É bem mais descolado e ousado do que qualquer coisa que eu escolheria, e definitivamente nunca mostrei minha barriga antes, mas, pela primeira vez na vida, consigo ver a linha fina e discreta de um músculo abdominal. Juntas, nós cinco parecemos uma gangue de garotas prontas para matar.

Os estilistas, cabelereiros e maquiadores nos levam até um canto do andar que foi transformado em um estúdio improvisado cheio de luzes e um bando de pessoas andando para lá e para cá ao nosso redor tentando parecer superocupadas. Fazemos uma reverência para um fotógrafo de cavanhaque e pele oleosa chamado sr. Choi, que, segundo Manager Kong, é muito importante: ele fotografou as capas dos quatro últimos miniálbuns do SLK, além de várias *idols* para a *Vogue Korea*. Ele nos posiciona na frente de um fundo branco. Sem perguntar nossos nomes, grita com seus assistentes para que nos reposicionem: Aram no meio (é claro), com JinJoo e eu nas extremidades.

— Você e você! — ele diz, apontando para Helena e Binna. — Troquem de lugar. Você, a segunda mais bonita. — Ninguém precisa perguntar para saber que ele está falando de Helena. — Fique ao lado da baixinha. — Que sou eu, no caso. — Vocês duas são o oposto uma da outra. Quero que se complementem.

Sem hesitar, Helena começa a me usar como acessório, apoiando a mão no meu ombro, colocando seu rosto desajeitadamente perto do meu, me abraçando por trás – eu tento afastá-la, mas Helena nasceu para posar, e fica mudando de posição a cada clique da câmera do sr. Choi.

— MEXAM O ESQUELETO! — o sr. Choi grita. — Mudem suas expressões, colaborem comigo. Ei, você, a assustadora. — Ele está falando de Binna num tom não muito querido. Só para deixar claro, a Scary sempre foi minha Spice Girl favorita. — Sua expressão é muito séria! Nenhum homem vai te querer com uma cara dessas!

Estou tão desconfortável que começo a suar e uma maquiadora precisa vir a cada minuto para aplicar pó no meu rosto. Queria que o sr. Oh tivesse ficado para a sessão de fotos. O sr. Choi está nos tratando como se fôssemos suas bonecas.

— Ei, cara de lua! — o sr. Choi grita.

Sinto minhas quatro colegas ficarem paralisadas. Sei que isso é um insulto bem ruim, e ele está falando de JinJoo.

— Coloque uma perna na frente da outra, faça *alguma coisa* pra parecer um pouco mais magra! — ele grita.

JinJoo se curva e pede desculpas, com olhos marejados.

— Ei, baixinha! Vá para o canto ao lado da cara de lua. Talvez você possa esconder um pouco do corpo dela com o seu.

Sei que vou me arrepender disso algum dia, mas obedeço sem dizer uma palavra.

Não parece possível questionar qualquer coisa – há tantas pessoas que nunca vi antes nesse estúdio, todas de preto, todas incrivelmente intimidadoras e muito mais velhas que eu. Eu me sinto tão julgada com todas essas luzes fortes e quentes voltadas para mim e um fotógrafo de moda famoso apontando meus defeitos e escrutinizando cada movimento e expressão que faço. Nenhuma das outras garotas se manifesta, nem Manager Kong; ela está digitando em seu celular.

Há uma razão específica que me impede de falar alguma coisa: estou faminta e exausta para caramba. Toda essa Aula de Beleza já durou tanto tempo que pulamos o almoço e o jantar e estou preste a desmaiar. Quando o sr. Choi grita para que eu "PRESTE ATENÇÃO!" e colabore com ele, faço algumas poses que aprendi assistindo *America's Next Top Model*. Eu sorrio com os olhos, faço a pose da Boneca Quebrada, faço um arco com meus braços atrás da cabeça como em um editorial de alta costura. Sinto que estou sendo aleatória, mas o sr. Choi gosta.

— Isso, baixinha, mais disso aí, finalmente!

Qualquer coisa para fazer essa sessão de fotos terminar mais rápido.

Depois, de volta ao dormitório, nós cinco acabamos com uma caixa inteira de lenços demaquilantes. Sem uma palavra, Helena leva o saco de lixo cheio de lenços sujos até a lata de lixo pela primeira vez.

Consolamos JinJoo, chamando o sr. Choi de babaca e machista, mas ela insiste em dizer que está bem, mesmo que leve muito mais tempo para tirar o delineador dos olhos.

Desabo na cama, morta de cansaço. Assim que todas as luzes se desligam, exceto minha luminária de leitura, ouço soluços e choro. Não é só JinJoo. Helena, que só recebeu elogios, também está soluçando. Eu entendo – tenho vontade de chorar também. Até as partes divertidas da Aula de Beleza com o sr. Oh foram emocionalmente exaustivas. Não é fácil ter que se olhar de todos os ângulos, lidar com estranhos cutucando e picando seu corpo e te julgando, silenciosamente ou em voz alta.

Mas ainda preciso escrever minha música. É um hábito que mantenho toda noite, mesmo quando a única coisa em que consigo pensar é em como odeio batata-doce. Hoje, porém, as palavras vêm a mim logo de cara.

Garota sem dobrinhas
Meus olhos estão bem abertos, eles enxergam sem problemas
Talvez seus olhos com dobrinhas façam você ver em dobro
Você não consegue distinguir o que é real e o que é só ilusão

CAPÍTULO 25

Rainha da fofura

Meu time e eu aguardamos em uma sala de espera fria e nada aconchegante no quinquagésimo andar por uma hora inteira antes da nossa segunda avaliação. Estou ouvindo "Red Flavor", do Red Velvet, pela milésima vez. Faço a coreografia na minha cabeça. Tive dificuldade com a pronúncia do coreano no começo, mas Clown Killah explicou a diferença entre cantar em inglês e em coreano de um jeito que me ajudou bastante: o coreano tem sílabas curtas e fortes; é preciso respirar de um jeito diferente e suavizar as consoantes.

Cada uma das minhas colegas está em seu mundinho particular, murmurando a letra da música. Estamos superacordadas porque Manager Kong nos deu um shake com proteína extra de manhã e uma enfermeira nos deu injeções de vitamina B-12 há alguns minutos.

A porta da sala de conferências finalmente se abre, dando passagem para Manager Shin e o Time 3, do qual ShiHong, da aula de coreano, faz parte. Elas acabaram de apresentar "I'm So Sick", do Apink, para os executivos, e vestem smokings descontruídos. Nossos times se curvam um para o outro e tento ler as expressões do Time 3 para ver como foi a avaliação delas, mas todas estão com os rostos indecifráveis. O rosto de ShiHong é sempre indecifrável.

Fomos informadas de que vamos receber pouco *feedback* nessa apresentação, já que o CEO Im é um homem muito ocupado e precisa ver todos os dez times femininos hoje. Mais uma vez, estamos seguindo a ordem inversa, começando com o Time 10. Enquanto nossa última avaliação durou mais de doze horas, essa durou apenas duas até agora.

De manhã mais cedo, tivemos outra sessão de figurino. Os estilistas tiveram a ideia de seguir um tema de frutas e sorvetes, já que "Red Flavor" é uma música alegre e animada de verão que fala sobre tudo que é melosamente doce: "morangos derretidos", "suco de pêssego", "sorvete derramado". Estou vestindo uma saia de paetês (super, supercurta, claro) que parece um pedaço de melancia, uma sandália de salto vermelho brilhante e outra verde. O figurino de Aram tem o tema de morango, o de Helena é sorvete, Binna é mirtilo e JinJoo é pêssego. Estamos todas usando laços enormes no cabelo. O meu me faz parecer uma participante de um concurso de beleza infantil, mas por mim tudo bem – já que meu cabelo subitamente decidiu se autodestruir alguns dias depois de ser descolorido e esse laço ridículo está cobrindo toda a minha cabeça.

Uma assistente executiva com o cabelo meticulosamente repartido acena para entrarmos na sala de conferência. Manager Kong entrega nossos microfones sem fio; como a sala não tem um sistema de som completo, não estamos usando *in-ears*. Sem demora juntamos nossas mãos e gritamos "HWAITING!".

Então fazemos uma fila – Binna na frente, Aram no centro e eu no final –, exibindo sorrisos enormes, e entramos na sala como praticamos por cinco horas com Manager Kong: nossos saltos mal fazem som contra o chão de madeira, nossos dedos estão estendidos com delicadeza ao lado dos nossos corpos, nos certificando de que estamos mantendo uma distância precisa da garota na nossa frente. Minhas pernas estão cobertas de base *e* estou usando uma meia-calça no meu tom de pele para esconder minhas feridas. Nosso conceito para essa performance é ultrafeminino; precisamos manter essa aura do momento em que entramos até o instante em que sairmos.

Assim que ocupamos nossas posições na frente da sala, nos apoiamos em um pé só, cruzamos nossas pernas elegantemente e fazemos uma reverência profunda. Binna conta até três e dizemos em uníssono, com vozes finas e delicadas:

—— *Annyeong hashimnikka*. — A palavra ultra, *ultraformal* para "*olá*". — Somos o amável e talentoso Time 2!

Parada ali, meu coração começa a martelar como uma batida de música eletrônica. Nunca estivemos nessa sala antes, mas Manager Kong a descreveu detalhadamente e até desenhou diagramas para que soubéssemos exatamente onde cada executivo e investidor estaria sentado.

É um ambiente espaçoso com duas paredes que são janelas do chão ao teto – estamos mergulhadas na luz dourada do fim de tarde. Uma mesa ocupa a maior parte da sala, então temos pouco espaço para dançar. CEO Im está sentado à ponta da mesa; ele tem o corpo de um halterofilista e a cabeça mais retangular e enorme que eu já vi, do tamanho e formato de uma *piñata* do Bob Esponja. CEO Sang está sentado à esquerda dele e Madame Jung à direita. Dois investidores estão sentados ao lado dos dois: CEO Rho, da Elektro Hydrate, uma empresa de bebidas energéticas; e o outro, CEO Noh, comanda uma empresa que constrói túneis que atravessam montanhas.

— Ah, o famoso Time 2 — o CEO Im diz com uma voz áspera. — Ouvi muitas coisas boas sobre vocês.

Nos curvamos muitas outras vezes e rimos delicadamente. Até o CEO Sang parece ansioso e agitado na presença do CEO Im. Ele diz:

— Sim, essas cinco são nossas melhores. — Ele nos dirige um olhar de quem diz "não façam besteira". — Quando estiverem prontas, meninas.

As câmeras estão ligadas, filmando tudo para enviar ao SLK enquanto eles estão na Europa em turnê. Com muito mais em jogo, estou dez vezes mais nervosa do que na última avaliação.

A faixa que gravamos com Clown Killah explode mais alta do que esperávamos pela sala.

Mas estamos preparadas para qualquer coisa. Entramos no modo performance. Diferentemente da outra vez, minha mente não se separa do meu corpo. Passamos tantas horas praticando juntas que sei exatamente aonde meus pés devem ir e onde minhas *unnies* estão na formação sem ter que virar a cabeça. Quando fazemos uma série de chutes sincronizados na velocidade de um raio, minhas pernas sobem quase tão alto quanto as das outras. Sei exatamente quando devo sorrir, jogar o cabelo, fazer um biquinho e piscar. É difícil me ouvir cantando, mas sei precisamente como soo e quando são as minhas deixas. Helena e eu harmonizamos perfeitamente no pré-refrão. JinJoo solta uma nota G alta e nítida na ponte. Binna arrasa no rap. E Aram, tenho certeza, está linda de morrer.

No final, terminamos a coreografia em poses delicadas – estou com as mãos sob meu queixo e piscando para mostrar meus longos (e falsos) cílios.

Não há aplauso, assim como Manager Kong nos avisou. Mantemos sorrisos luminosos e tentamos não respirar com muita força, mesmo que essa coreografia "simples" e "hiperfeminina" seja duas vezes mais exaustiva do que os movimentos fortes que fizemos em "Problem". Voltamos para nossa formação em uma linha perfeitamente reta e ficamos paradas com nossas poses delicadas – pernas grudadas, joelhos levemente cruzados, um pé um pouco fora do chão. Como a General descreveu, "fiquem paradas de um jeito que *pareça* que qualquer ventinho pode derrubar vocês, mesmo que estejam perfeitamente equilibradas".

Os executivos à mesa se viram para que o CEO Im fale primeiro.

Finalmente, ele diz:

— Que performance brilhante e alegre. E que garotas atraentes.

CEO Sang solta um suspiro de alívio.

— Obrigado. Sim, também acho que elas fizeram um excelente trabalho. Aram é a nossa melhor Visual e ela personificou a música perfeitamente como Center.

— Sim, ela é muito bonita — CEO Im diz. — Ela poderia se tornar a próxima Rainha dos CFS da nação.

— Ela seria perfeita para uma das nossas campanhas — CEO Rho concorda.

Aram se curva profusamente, agradecendo. Madame Jung apenas dá um sorriso frio.

— Cho Helena e Park Candace são dos Estados Unidos — CEO Sang explica. — Elas se mostraram duas de nossas trainees mais esforçadas. Candace está conosco há apenas dois meses, mas suas habilidades de dança melhoraram demais. Ela também teve a melhor nota da sua turma na prova de vocabulário coreano: 98%.

CEO Im levanta as sobrancelhas e exclama:

— Uau! Garota esperta.

Não acredito que estejam todos tão impressionados com isso. Dois dias depois da prova, a professora Lee postou as notas da turma, da maior para a menor. Fiquei em primeiro lugar, com 98%, Helena ficou em segundo, com 74%, e YoungBae estava *bem* no fim da lista, com 36%. A notícia chegou até Manager Kong, que me presenteou com um pedaço minúsculo de bolo de morango como recompensa.

A foto do nosso time, tirada pelo sr. Choi, aparece em um projetor atrás de nós. Minhas memórias de como estávamos miseráveis durante a sessão de fotos são quase completamente apagadas quando vejo como ficamos poderosas. Viramos nossos pescoços sem sair de nossas poses "delicadas" e soltamos suspiros de espanto. Parece um pôster real de um grupo de K-pop Girl Crush.

CEO Im balança sua cabeça gigantesca:

— *Wahhh, cham meoshitda.*

O que traduzo livremente como: "vocês estão destruidoras".

CEO Sang diz:

— Perceba que o conceito da foto é exatamente o oposto da performance que o senhor acabou de ver. Essas garotas conseguem personificar todas as facetas de ser uma mulher.

Quero lembrá-lo de que há mais formas de ser uma mulher além dos Conceitos Cute e Girl Crush, mas vou aceitar qualquer elogio que conseguir hoje.

Depois da avaliação de grupo, cada uma de nós vai apresentar nossas performances solo, pré-aprovadas por Manager Kong, para avaliação individual. Binna vai primeiro, temporariamente saindo de sua persona elegante para um solo de dança estilo livre ao som de "Beez in the Trap", da Nicki Minaj. Quero gritar um "*yas, queen!*", mas me contenho. Os CEOs elogiam a dança de Binna, mas Madame Jung diz que ela é muito musculosa e deveria cobrir mais seu abdômen e braços. Preciso de todas as minhas forças para não revirar os olhos.

JinJoo quase quebra os vidros das janelas com sua versão de "Reflection", da Christina Aguilera. CEO Sang a elogia por perder peso, mas diz que ela deve perder mais. Aram faz um monólogo divertido do K-drama *Cheese in the Trap*; a atuação dela é exagerada, mas ela é superengraçada, o que me surpreende. Ela consegue os primeiros aplausos da avaliação de todos os homens da sala. Helena canta "Part of Your World", de *A pequena sereia*, à capela, como uma princesa da Disney, e tudo o que se ouve são comentários sobre seus belos cabelos e sorriso.

Sou a última e, para minha apresentação solo, Manager Kong entrega meu violão, pré-afinado. Manager Kong pré-aprovou minha apresentação de "Expectations vs. Reality", mas, naquele momento, decido cantar algo diferente. Estou cansada de fingir que sou uma garota perfeita que parece poder ser derrubada pela mais suave brisa. Além disso, a injeção de vitamina B-12 e toda aquela proteína estão me fazendo querer virar a própria Mulher Hulk. Começo a tocar:

Sou doce quando preciso, forte quando preciso
Não me subestime, vou te derrotar no seu próprio jogo

Porque eu sou uma yeowoo, yeowoo*, é isso mesmo,* negga yeowoo dah.

Então, durante todo o refrão, uivo em um tom agudo e cadenciado. Sou levada pelo momento. Uivo como se fosse uma raposa na tundra do Ártico chamando pela lua – ou são só os lobos que fazem isso?

Baby, negga yeowoo dah. *Baby, sou uma raposa.*

Fecho os olhos e vejo até onde meus uivos podem ir. Ao final do refrão, quase alcanço um falsete, algo que nunca me ouvi fazer antes.

Ahwoooooooooooooo!

Quando abro os olhos, Manager Kong está boquiaberta. Os CEOs piscam na minha direção como pintinhos que acabaram de sair dos ovos, abrindo os olhos pela primeira vez. Madame Jung me encara com olhos semicerrados.

Não sei o que mais posso fazer, então me curvo.

— Obrigada por ouvirem — digo.

Mais silêncio.

Subitamente, CEO Im joga a cabeça para trás e solta fortes risadas na direção do teto. CEO Sang interpreta isso como sua deixa para rir também. Os CEOs Rho e Noh se juntam aos dois.

Os absorventes nas minhas axilas estão molhados de suor. Qual é a graça?

Quando CEO Im finalmente recupera o fôlego, ele diz:

— Uma garota de aparência tão inocente cantando palavras tão ousadas!

Madame Jung sorri friamente, dizendo:

— Isso é apropriado para uma garota tão jovem?

— E com um violão cor-de-rosa — CEO Noh diz, ofegante.

— Essa garota é a rainha da fofura — CEO Im diz. — Ousadia não é sempre uma coisa ruim para uma jovem garota. É como diz aquele velho ditado: "um homem pode viver com uma esposa *yeowoo*, mas nunca com uma vaca".

Os homens à mesa riem ainda mais alto. Minhas orelhas estão queimando. O que diabos esse ditado quer dizer? E quem é que falou qualquer coisa sobre ser a esposa deles? Alguns deles são quase tão velhos quanto meu *harabuji*.

— Ela tem uma boa voz, também — CEO Rho diz. Ele se vira para mim. — Você escreveu essa música?

— Sim, senhor — digo, e me curvo para agradecer o primeiro elogio de verdade que recebi.

— Bom, CEO Sang, seu trabalho já está feito — CEO Im diz. — Esse é o melhor time até agora, e vejo que cada uma tem um elemento que você gostaria de ter no grupo. Se ao menos você tivesse cinco garotas que cantassem tão bem quanto Candace, tivessem a aparência de Aram, os charmes de Helena e dançassem tão bem quanto Binna.

Olho para JinJoo, a única garota não mencionada, mas ela não demonstra nenhuma outra emoção além de satisfação.

— Mas, veja só, CEO Im — CEO Sang diz. — Se há uma coisa que aprendi sobre formar grupos de *idols*, é que um grupo perfeito está destinado ao fracasso. Não queremos cinco One.Js. Precisamos de um Wookie também. É tudo uma questão de equilibrar direito os pontos fortes e os fracos.

CEO Im bate na mesa.

— Bom, nesse caso, acho que você pode estar diante do seu grupo.

***

Mesmo que nem todas as partes da nossa segunda avaliação tenham sido incríveis, o Time 2 está nas alturas naquela noite por ter sido considerado o time favorito do CEO Im e pela possibilidade, por menor que seja, de que talvez nós cinco sejamos escolhidas para debutar. Desde que Helena consertou meu violão, estou começando a ter um pouco de esperança de que possamos ser pelo menos colegas de time.

Nem tomei bronca por ter cantando uma música diferente. Manager Kong disse:

— Só queria que você tivesse me avisado. Gostei da sua música.

De volta ao dormitório, JinJoo diz, modestamente:

— Se todo grupo precisa de defeitos, como o CEO Sang disse, acho que posso ser o defeito do nosso grupo.

Todas nós dizemos "Nãoooooo!" e fazemos questão que ela dance ao redor do quarto conosco ao som de "Unicorn", do SLK; "Ddu-Du Ddu-Du", do BlackPink; "Dumb Dumb", do Red Velvet; e "Fancy", do Twice. Depois de um tempo, uma garota do Time 3 bate na parede fina como papel que separa os quartos e grita "CALEM A BOCA, ESTAMOS TENTANDO DORMIR!". Binna desliga a música logo de cara e grita de volta "Mil desculpas!", mas o resto de nós ri, fazendo tanto barulho quanto antes.

Bem depois da uma da manhã, nós cinco estamos finalmente deitadas e fazemos algo que nunca fizemos durante todo o meu tempo como integrante do time: conversamos a noite inteira, como se estivéssemos em um acampamento de verão. Fofocamos sobre nossos crushes trainees. JinJoo admite gostar de um garoto do Time 4 chamado YoonChul e que tem um piercing na sobrancelha; Binna gosta de Noah, um garoto metade canadense que está na minha aula de coreano; Aram não gosta de nenhum dos trainees, só de ChangWoo, do SLK. Helena afirma que está tão focada nos treinos que "não presta atenção em nenhum dos garotos".

— Ugh, Helena, você é tão ***no-jam*** — Binna diz.

— E você, Candace? — JinJoo pergunta.

— Ah, eu sei — Aram diz, batendo as mãos. — Ela gosta daquele menino fofo. Aquele engraçadinho que dança hip-hop, YoungBae.

— É verdade, é verdade! — Binna diz, batendo as mãos. — Eu notei o jeito como você olha pra ele no refeitório.

— Eu não *gosto* dele! — insisto. — A gente só conversa um pouco na aula de coreano, só isso.

— Isso é mais do que a maioria de nós consegue — JinJoo diz.

Espero Helena me denunciar, mas, felizmente, ela fica em silêncio.

— Bom — brinco —, meu coração pertence ao One.J, de qualquer forma.

— Isso é óbvio — JinJoo diz. — Todas gostamos dele. O mundo inteiro também.

— Duh — Aram diz. — Eu nem gosto de caras mais novos, mas One.J? Eu seria a *noona* dele.

Todas nós morremos de rir.

— Obviamente, One.J vai escolher Aram para o MV solo dele — JinJoo diz com um suspiro. — Ah, imagina ser Kim Aram por um dia.

— Ah, nem vem com essa! — Aram responde, embora eu consiga ouvir a satisfação na voz dela.

Enquanto encaro o teto escuro, me pergunto se existe alguma chance de One.J me escolher. Ou, mesmo que One.J quisesse me escolher, será que a empresa o faria escolher uma das garotas mais bonitas que eu, sem um nariz largo e com dobrinhas nas pálpebras?

Na manhã seguinte, no refeitório, as batatas-doces estão particularmente frias e sem gosto. Estou cansada e emburrada. Meu antes glorioso cabelo de Targaryen praticamente derreteu nas minhas mãos durante o banho hoje de manhã. Achei um único fio com *onze* pontas – parecia a perna de um grilo (hmm, até grilo frito soa apetitoso a essa altura). A cor ainda é a mesma, mas meu cabelo está tão seco que precisa de incontáveis hidratações. Binna me emprestou o boné "POWDER PUP" dela para eu esconder essa monstruosidade cor de palha.

Enquanto sofro para engolir uma batata-doce pastosa, digo para Binna:

— Faz tempo que quero te perguntar: o que significa "Powder Pup", afinal de contas?

— Ah, você sabe. É aquele desenho americano que eu amo. *Powder Pup Girls*. Eu mesma fiz o boné.

— Powder Pup? — pergunto. Depois entendo o que ela quis dizer. De repente, me animo um pouco. — Você quer dizer *Powerpuff Girls – As meninas superpoderosas*?

— Sim, *Powder Pup Girls*. Foi o que eu disse.

Caio na gargalhada por um minuto inteiro enquanto Binna me encara, confusa, perguntando:

— Qual é a graça?

Manager Kong e Manager Shin interrompem meu ataque de riso. Do meio do refeitório, Manager Kong grita:

— Meninas! Escutem! Temos três notícias importantes pra vocês.

A metade das garotas do refeitório fica em silêncio imediatamente.

— De modo geral, CEO Sang e CEO Im ficaram muito satisfeitos com o que viram na avaliação de ontem — Manager Shin, que cuida dos cinco times de garotas que Manager Kong não administra, diz. — CEO Sang pôde ver que todas vocês sofreram e melhoraram bastante no último mês. Por isso, a dieta restrita acabou. Vamos voltar às refeições de sempre pelo próximo mês.

Todas as garotas comemoram. Eu aperto as mãos de RaLa e BowHee, estamos tão animadas. De volta às porções decentes!

— Entretanto — Manager Kong diz em meio à comoção — vocês vão precisar dessa energia, porque sua próxima avaliação vai ser a última antes do CEO Sang decidir quem vai debutar. Para essa avaliação, cada time terá que fazer *dois stages* com conceitos opostos. As apresentações acontecerão no Estádio Olímpico de Seul e serão transmitidas *ao vivo*... para toda a Coreia, para o mundo inteiro, pelo canal YNN.

Há um pandemônio na sala. Estamos surtando, segurando umas nas outras. Algumas garotas estão soluçando de verdade — várias delas treinaram para esse momento por anos e anos, por toda a sua infância.

— Vai ser um programa especial em três partes — Manager Shin diz dramaticamente —, chamado S.A.Y. 50, por causa das cinquenta trainees que esperam debutar. — Espio pelo Vidro do Gênero; os garotos estão recebendo a mesma notícia de seus managers e estão todos comemorando, socando o ar e pulando uns em cima dos outros. Vejo YoungBae tão tomado de emoção que cobre o rosto com as mãos.

Estou tão feliz por ele. Estou animada por nós dois.

— As primeiras duas noites da apresentação especial serão os *stages*. CEO Sang e o SLK serão jurados, pra garantir que toda a Coreia esteja assistindo, e os fãs coreanos vão poder votar nos seus trainees favoritos.

Mais gritaria, mais choro, mais pandemônio.

— A terceira parte do especial — Manager Shin continua, sorrindo — será na semana seguinte. Vai ser a coroação ao vivo do *girl group* final. CEO Sang vai levar em consideração a opinião dos jurados e os votos do país, mas a decisão final será só dele. Será um momento mágico que os fãs de K-pop ao redor do mundo jamais esquecerão.

As managers nos deixam surtar por um minuto. Estou praticamente tendo um infarto. Binna e JinJoo estão soluçando de tanto chorar, apoiando-se uma na outra.

Agora é para valer.

Não importa o que aconteça, daqui a apenas um mês vamos conhecer nossos destinos, de um jeito ou de outro. Ou eu serei parte do *girl group* mais esperado de todo os tempos, da agência de K-pop mais poderosa, ao lado da *boy band* mais bem-sucedida na história do K-pop, ou voltarei para Fort Lee Magnet para começar meu terceiro ano, cheio de aulas avançadas, de volta à seção das violas e *air-bowing* ao lado de Chris DeBenedetti. As duas opções parecem igualmente impossíveis. Surreais demais.

Depois que finalmente nos acalmamos, Manager Kong diz:

— Temos também uma má notícia. Não pra vocês, mas pra seus amigos no outro lado do prédio. O *boy group* em treinamento, SLK 2.0, não vai debutar como planejado. CEO Sang acredita que os garotos precisam de um pouco mais de tempo e que o *girl group* deve ter a atenção total do público durante um momento tão decisivo. Infelizmente, isso também significa que metade dos garotos vai ser cortada do programa hoje.

As garotas soltam um suspiro de espanto e todas nós olhamos através do Vidro do Gênero. Agora percebo que os garotos não estavam comemorando antes; estavam gritando de raiva e decepção. Muitos estão chorando. Procuro por YoungBae de novo – ele está sentado no chão com o queixo apoiado nos joelhos, soluçando. *Por favor*, alguém me diz que ele não foi cortado.

— Ah, e um último anúncio — Manager Kong diz. — One.J foi generoso ao assistir suas performances coletivas e individuais durante a noite em uma de suas pausas da turnê, em Copenhagen. Ele escolheu uma garota para aparecer em seu MV solo, que vai estrear um pouco antes da apresentação. Ele vai voar de volta a Seul para filmar com essa trainee dentro de três dias. E essa trainee é... Park Candace.

Naquele momento, quarenta e nove pares de olhos cansados e avermelhados se voltam para mim, arregalados de horror, fascínio e surpresa. Meus braços formigam e começo a enxergar tudo em dobro. De repente, o piso brilhante de linóleo do refeitório está vindo na minha direção.

CAPÍTULO 26

Quem sou eu?

— ***Harabuji* não falou nada** esta semana — *umma* diz —, mas ele entende tudo o que dizemos.

No hospital, *harabuji* parece péssimo, pior do que antes. As escleras dos olhos dele têm um tom perigoso de amarelo, da cor de sapos venenosos. Seus olhos me seguem enquanto eu ponho um pano molhado sobre sua testa. *Umma* leva uma colher de purê de batata a seus lábios, mas ele os mantém fechados.

Eu me dou conta de que, enquanto eu estava desmaiando com a notícia de que One.J escolheu a mim dentre outras quarenta e nove garotas, meu *harabuji* estava aqui, se recusando a comer.

— Seu *harabuji* sempre teve um bom apetite — *umma* diz. — O fato de ele não querer comer...

Massageio as orelhas oleosas dele entre meus dedos. *Umma* me instruiu a ter bastante contato com ele, já que pessoas idosas acamadas não são muito tocadas.

— O apetite dele vai voltar, *umma*. Olha para os olhos dele. Ainda estão aguçados.

Umma sorri para mim com todo o seu rosto.

— Olha só a minha Candace, tão madura, cuidando tão bem do seu *harabuji*.

Sorrio de volta, mas me sinto tão culpada. Mesmo sentada aqui, não paro de pensar que vou participar do MV de One.J e de me lembrar de todos os olhares de inveja no refeitório. Há um tempinho já, tenho vivido como se a vida dentro da S.A.Y. fosse a única real – tudo é tão intenso, novo, perigoso e entusiasmante lá – e tudo do lado de fora: esse país vasto e pulsante, onde minha mãe e meu avô nasceram, onde meus ancestrais nasceram, fosse só uma distração. No último fim de semana, viemos para o hospital e *harabuji* estava falando sem problemas, me perguntando "*Nah-neun nu-gu-jee?*" – *Quem sou eu?* – como sempre. Minha mente estava tão consumida pela notícia na TV de que o QueenGirl estava oficialmente acabado por causa do escândalo envolvendo Iseul e HyunTaek – todas as integrantes choravam copiosamente em uma coletiva de imprensa, especialmente WooWee – que só murmurei uma resposta vaga.

Agora percebo que talvez aquelas tenham sido as últimas palavras que *harabuji* me disse.

— *Harabuji* — digo, focando em seus olhos. Aponto para mim mesma. — *Nah-neun nu-gu-jee?*?

Ele olha para mim. O canto esquerdo de seus lábios se move levemente para cima e ele levanta o dedo em minha direção.

— Isso mesmo — digo, batendo palmas. — Sou eu, Candace.

Não vamos direto para o apartamento quando saímos do hospital. Em vez disso, *umma* e eu caminhamos de braços dados pela feira de Namdaemun, olhando para as panquecas de mel fumegantes, *tteokboki*, *corn dogs* coreanos e doces fritos com gemas salgadas no meio.

Cada prato é delicioso e barato e vendido por uma *ajumma* ou um *ajusshi* que trabalham bastante, exibindo seus produtos e se certificando de que cada mordida dos clientes tenha o tempero apropriado e esteja o mais delicioso possível. O rosto da maioria dos vendedores é bronzeado e cansado – tão distante do ideal pálido e jovial que é o padrão da S.A.Y. Depois de tanto tempo trancada em um prédio como trainee, rostos normais agora são exóticos para mim. Incomuns, mas belos. Interessantes. Amigáveis. "Você tem uma filha tão amável", muitos deles dizem para *umma*, e nos curvamos para agradecer.

Umma tenta passar as mãos pelo meu cabelo danificado, mas seus dedos ficam presos nos nós. Na décima vez em que ela me buscou no prédio da ShinBi, ela estalou a língua, dizendo: "O que fizeram com você?". Os olhos dela se fixaram em uma ferida na minha testa, de quando desmaiei no refeitório. Eu disse a ela que tropecei enquanto dançava.

— Como eu disse antes — digo, suspirando —, eles só queriam ver como eu ficava com cabelo claro.

Pegamos o metrô de volta para Yeongdeungpo-gu. Enquanto caminhamos pelas ruas familiares próximas do apartamento, *umma* pergunta:

— Você não achava estranho que *harabuji* sempre perguntava a mesma coisa toda vez que ele te via? *Quem sou eu?*

— Sim — respondo. — Ele nunca cansou dessa brincadeira.

Umma ri suavemente.

— É engraçado, porque ele costumava perguntar a mesma coisa para mim e sua tia SoonMi. Mas, quando fiquei um pouco mais velha, comecei a achar estranho ele me tratar como se eu fosse mais nova do que realmente era. Lembro de gritar para ele: "Para de me fazer as mesmas perguntas infantis todo dia! Você parece um burro!". Depois disso, ele nunca mais me fez essa pergunta. Me sinto péssima quando recordo esse momento. Só depois de mais velha entendi por que ele sempre perguntava "Quem sou eu? Quem é você?". Não é porque ele esqueceu, é claro. É porque ele cresceu sem família.

Umma olha para mim para ter certeza de que estou ouvindo. Enterro minha boca no *wang-jjinbbang* que ela comprou para mim.

— Como tantos coreanos — ela continua —, quando ele era bem mais novo que você, foi separado de todas as pessoas que amava, quando a Coreia foi de repente dividida entre norte e sul e não havia jeito de cruzar a fronteira. Então acho que quando ele formou sua própria família, poder olhar nos nossos olhos todos os dias, *nos seus olhos*, e reconhecer a existência um do outro, perguntar "Quem sou eu?" pra você e poder ouvir uma resposta que ele já sabia, sempre pareceu um milagre. Ele nunca cansou.

Eu desvio o olhar rapidamente, piscando para não chorar.

— Candace, você já é tão boa. Do jeitinho que é. Você não precisa ser melhor ou mais impressionante. Sinto muito se já te fiz pensar que precisava.

Não respondo. Vejo um vendedor ambulante colocar sorvete em cones no formato de peixe para um casal de turistas europeus. Sei que as palavras de *umma* são sinceras, gentis e verdadeiras, mas há uma parte de mim que ainda não acredita nela – que não *quer* acreditar nela. Se já sou o suficiente como ela diz, agora quero provar. Descobrir por conta própria.

De volta ao apartamento, *umma* faz sua própria mistura para tratar meu cabelo: maionese, mel, óleo de gergelim e ovos. Tem o cheiro do pum de Aram e imploro a ela para me levar para a Olive Young para que eu possa comprar uma máscara capilar de marca, mas ela diz:

— Foi a química que te deixou assim, pra começo de conversa. Você era perfeita do jeito que estava.

CAPÍTULO 27

Narrativas

Os preparativos para a apresentação são um redemoinho desde o começo. Não só precisamos preparar duas coreografias em vez de uma, mas só temos *três semanas* para isso, já que os resultados vão ser anunciados dentro de um mês e as apresentações acontecem uma semana antes. Todas as cinquenta trainees vão até o quinto andar para um salão de banquete gigante sem mesa. Managers Kong e Shin e todos os aprendizes de manager estão à frente de um quadro na parede com as vinte músicas que foram aprovadas para a exibição – dez músicas no conceito Girl Crush, dez músicas no Conceito Cute ou canções românticas. O clima no salão cavernoso é tenso; nunca houve tanta coisa em jogo, e a escolha das músicas é mais importante do que nunca.

Como fui escolhida por One.J para aparecer em seu vídeo, as managers decidiram que também posso ser a primeira a escolher a música do Time 2 para a última avaliação, o que é uma grande vantagem – é também mais um motivo para as outras trainees me odiarem. Pelo menos minhas colegas e eu, por mais incrível que pareça, concordamos totalmente. Da coluna Girl Crush, escolho "Boombayah", do Blackpink, e da coluna Conceito Cute/canções românticas, escolho "Into The New World (Ballad Version)", do Girls Generation.

As trainees soltam gritos de agonia. Fico vermelha e me curvo, pedindo desculpas, enquanto corro de volta para o meu lugar, cobrindo meu colo com minha manta da modéstia. Todo fã de K-pop conhece essas músicas. "Boombayah" é o melhor exemplo do conceito Girl Crush; não há nenhuma música mais impactante. E "Into The New World (Ballad Version)" é praticamente o hino nacional da juventude coreana.

Na reunião do Time 2, mais uma vez precisamos decidir nossas posições. Binna foi escolhida como líder para os dois *stages*, como sempre. Quando Manager Kong pergunta quem quer ser Center em "Into The New World", levanto o braço, junto com Helena, Aram e JinJoo. É óbvio que eu deveria ser Center nessa música. É uma balada que depende dos vocais e JinJoo já foi Center em "Problem". Então Manager Kong pergunta quem quer ser Center em "Boombayah" e abaixo o braço enquanto todas se levantam. É uma música em que o rap e a dança se destacam – o que significa que é uma performance na qual tenho apenas que sobreviver, não me destacar.

— Então — Manager Kong diz —, a escolha mais óbvia seria Binna para "Boombayah" e Candace para "Into The New World". Mas, pra uma avaliação tão importante como essa, vamos mesmo fazer a coisa mais previsível e chata?

Nós olhamos umas para as outras como se disséssemos "Hmm, claro, né".

— Acho melhor Candace ser a Center em "Boombayah" e Binna ser a Center em "Into The New World" — Manager

Kong diz com um sorriso. — Afinal de contas, estaremos na TV. Precisamos criar algumas narrativas. O que é melhor do que ver duas garotas encararem suas maiores fraquezas e as superarem?

Binna e eu olhamos uma para a outra, em choque.

Sim, a ideia é ótima na teoria, mas e se essas narrativas não tiverem um final feliz?

Já é a noite anterior à minha gravação com One.J e não sei nada sobre o que vai acontecer. Sobre o que é a música? Onde vamos filmar? O que vou fazer? Tudo o que sei é que devo estar pronta para começar às 3h30 da manhã de amanhã.

Todos estão tão agitados com o *showcase* que ninguém consegue responder minhas perguntas. Tudo o que sei é que a gravação vai levar o dia todo – vou perder um tempo precioso de treino bem enquanto minhas colegas aprendem uma coreografia nova.

Sei que vale a pena. Vou estar em um MV do One.J. Qualquer coisa envolvendo One.J ou SLK recebe um bilhão de visualizações no YouTube em uma semana. Vou ter a oportunidade de ficar perto dele por um dia. Milhões de garotas matariam por essa chance. O único prolema é que tudo isso está acontecendo na época mais estressante da minha vida, e não consigo deixar de ter essa preocupação idiota de que estou, de alguma forma, traindo YoungBae por estar no MV.

Vou fazer cabelo e maquiagem de manhã, mas estou preocupada que os cabelereiros vão olhar para a vassoura empoeirada de bruxa na minha cabeça, jogar as mãos para o alto e dizer: "Essa garota é um desastre! Alguém chame Aram para ficar no lugar dela!".

Então eu faço o inimaginável. Vou até a mesa das Visuais durante o jantar e peço ajuda para Helena. Suas mechas ruivas sempre perfeitas são prova de que ela é uma expert em cuidar de cabelo coreano descolorido e tingido.

Helena me encara como se eu fosse uma barata do tamanho de uma pessoa e consigo sentir os lindos olhos com lentes verdes de Luciana se enterrando em mim. Mas, para meu alívio, ela acaba concordando.

— Tá bom — Helena diz, se levantando. — Eu já ia te oferecer ajuda de qualquer jeito. Ninguém deveria aparecer em um MV do One.J com esse cabelo.

Eu me curvo e a agradeço um milhão de vezes.

— Vou te ajudar por pena — ela diz.

De volta ao dormitório, ela coloca um biquíni e entra no banheiro comigo. Eu não trouxe roupa de banho, então só visto uma camiseta preta e shorts esportivos e me sento na privada enquanto ela liga o chuveiro para lavar meu cabelo, molhando nós duas. Ela coloca luvas sobre as mãos e unhas e esfrega um líquido transparente de cheiro horrível por todo o meu couro cabeludo, de um jeito nem um pouco gentil.

— Isso é pra limpar seu couro cabeludo — ela diz. — Você tem muita caspa.

— Não tenho, não — digo.

Não tenho mesmo.

— Sabe, loiro platinado não fica bom em você, de qualquer jeito — diz Helena. — O formato do seu rosto não combina com essa cor.

"Ela está te fazendo um favor", digo para mim mesma.

Helena esvazia uma garrafa inteira de gosma em suas mãos e a esfrega nas minhas mechas quebradiças.

Ela desliga o chuveiro, torce meu cabelo em uma toalha e a enrola no topo da minha cabeça de um jeito que não vai se desfazer – coisa que eu nunca soube como fazer.

— O.k. É só deixar assim durante a noite e vai estar melhor de manhã.

— *Muito* obrigada, Helena. Te devo uma.

— Hmm. Deve mesmo, né.

Talvez seja o tratamento se infiltrando no meu couro cabeludo – mas, mais tarde, durante nosso momento noturno ao ar livre no terraço, decido que quero convidar Helena para passar o próximo fim de semana comigo e *umma*. Eu me sinto genuinamente mal por ela nunca sair do prédio e tenho 100% de certeza de que *umma* ficaria feliz de hospedar uma "amiga" minha que não tem para onde ir. Não importa se vamos debutar juntas ou não, acho importante que, de alguma forma, possamos chegar ao fim da nossa experiência de trainees com um bom relacionamento.

Grupos de garotas estão praticando suas coreografias, meditando ou apenas andando em círculos – ninguém está realmente descansando. Binna, JinJoo e Aram estão dançando "Boombayah" perto das hortênsias azuis.

— Ei, Center, vem dançar com a gente! — Binna chama.

— Um segundo! — digo. Vejo Helena e Luciana no canto do terraço perto dos lilases, encostadas no parapeito, observando a cidade. Eu me aproximo cuidadosamente para não assustar as duas. Quando chego mais perto, ouço Luciana dizer em inglês, com seu sotaque brasileiro profundo e sexy:

— Ainda não consigo acreditar que *ela* foi escolhida pra participar do MV do One.J.

— A gente deveria ficar feliz de não ter sido escolhida — Helena diz, em inglês. — Eles provavelmente queriam alguém de quem as fãs de One.J não teriam tanta inveja.

Eu congelo. Meu sangue gela. Tem algo de hipnótico em ouvir pessoas falando mal de você pelas costas. É muito doloroso, mas, ao mesmo tempo, você *precisa* ouvir. Eu me sento devagar em um branco próximo rodeado pelos lilases.

— Sinceramente, é bom que ela aproveite essa chance mesmo — Helena diz. — Não é como se ela fosse debutar de verdade.

— Você disse que ela foi bem na última avaliação.

Helena zomba.

— As exigências são menores pra ela. Ela foi a que "melhorou mais". CEO Sang só se diverte com ela porque ela não tem noção de nada, mas, no fim das contas, ela não se encaixa no conceito. Esse grupo precisa ser poderoso. Não podemos ter a Dora, a Aventureira, atrás da gente nos atrapalhando.

Luciana ri.

— "Dora, a Aventureira". Menina, você é do mal.

— Sério, pensa nisso — Helena diz. — O grupo *deveria* ser você, eu, nossa amiga Aram e Binna. Ela pode não ser muito bonita, mas é uma boa líder e a melhor dançarina. Imagina Candace Park nesse time. Não faz sentido. Sem falar que ela é superfalsa. JiHoon disse que a mãe dele também a enxerga através dessa pose de menina fofa e inocente.

A mãe de JiHoon?

Helena continua:

— A mãe de JiHoon disse que percebeu logo de cara. Candace usou *banmal* com o CEO. Ela é egoísta e faz tudo o que pode pra se destacar. Até na última avaliação, ela não cantou a música que deveria. Cantou uma música *ridícula* no lugar...

Já ouvi o suficiente. Sinto minhas veias palpitarem nas têmporas. Tudo faz sentido agora. Lembro de madame Jung falando sobre seu filho mais novo, um "fracassado" que trabalha na agência – é JiHoon. Helena está "namorando" JiHoon para conseguir benefícios e vantagens, uma chance maior de debutar. Helena é pior do que eu imaginava. E pensar que eu estava prestes a convidá-la para conhecer *umma*.

Helena já me mostrou quem é. Agora eu acredito.

Atravesso o terraço, furiosa, até onde Binna, JinJoo e Aram estão praticando. Eu me junto a elas. A coreografia de "Boombayah" é mais difícil do que qualquer coisa que já fizemos antes, mas eu canalizo minha fúria em cada movimento, segurando a toalha na minha cabeça o tempo todo. "Isso aí, Candace!", Binna grita. As palavras de Manager Kong ecoam na minha mente: "Treinar impiedosamente é a maior vingança".

Na verdade, acho que ela nunca disse isso. É coisa minha.

CAPÍTULO 28

Alien

Alguém me acorda. A luz do corredor ilumina o dormitório.

— Candace, acorde — Manager Kong murmura.

São três e meia da manhã do dia da gravação do MV. Eu desço do beliche, mas estou totalmente desorientada e não sei o que fazer – o que devo vestir? Do que eu preciso?

Lendo minha mente, Manager Kong sussurra:

— Você não precisa de nada.

— Preciso trocar de roupa — digo. — Preciso escovar os dentes.

— Eles vão ter tudo lá. Apenas venha!

Sigo Manager Kong para fora do quarto ainda de pijamas, calçando meus tênis sem nem mesmo usar meias. Ouço Binna sussurrar na escuridão:

— Boa sorte, Candace!

— Obrigada, *unnie*! — sussurro de volta.

Corro atrás de Manager Kong pelo corredor até o andar corporativo. É no elevador que olho para o meu reflexo nas paredes espelhadas e vejo que estou um desastre total – há olheiras escuras sob meus olhos, estou com os lábios ressecados e com uma espinha na testa. Treinei tanto na noite passada que caí na cama sem lavar o rosto. Ainda estou com a toalha na cabeça. Então eu a arranco.

Manager Kong vê o resultado na mesma hora que eu. Eu grito e ela dá um suspiro de espanto e coloca a mão sobre a boca.

— O que você fez, Candace?

Meu cabelo parece lámen cru. Parece que estava assando sob o sol do deserto, ao lado das ervas daninhas. Ele *é* as ervas daninhas. Está muito pior do que antes.

— Helena! — eu grito. — Ela fez isso!

— O que você fez? — Manager Kong geme de novo. — A gravação está arruinada! O que vou fazer com você agora?

Ela me puxa pelo braço enquanto atravessa o lobby escuro e quase deserto onde uma mulher de óculos de vinte e poucos anos está nos esperando, estressada. Amaldiçoo Helena na minha cabeça. *Sabotadora!*

A mulher pula para trás quando me vê:

— O que é isso?

— Essa é Park Candace, a trainee escolhida pra aparecer no MV — Manager Kong explica.

— Não é, não — a mulher diz.

— É ela sim, produtora Kim — Manager Kong diz. — Ela só teve um… *sago* no cabelo.

Acidente. Desastre.

— Bom — a produtora Kim diz —, você não pode ir lá em cima e trazer outra garota?

Olho para Manager Kong, horrorizada. Lágrimas de humilhação e raiva se formam nos meus olhos. Isso é exatamente o que Helena queria. Ela está tentando me destruir.

Manager Kong morde os lábios; consigo ver o turbilhão em sua mente.

— Não — ela diz, finalmente. — One.J escolheu *esta*. Vamos ter que dar um jeito nela. Deixe-me chamar o sr. Oh pra nos ajudar.

A produtora Kim olha para mim com uma careta.

— Certo, vamos lá. Rápido, *haksaeng*. *Ppali-ppali!*

Fungando e esfregando os olhos, corro atrás das duas mulheres até um estacionamento, onde subo no banco de trás de uma van com janelas escuras. Manager Kong digita um número em seu celular freneticamente com uma mão enquanto liga o motor com a outra.

— Sim, é o sr. Oh? Peço desculpas por acordá-lo...

Os pneus cantam enquanto saímos do estacionamento. Manager Kong dirige enlouquecidamente pelas ruas de Seul enquanto a produtora Kim me informa sobre a programação do dia. Ela se refere a mim como *haksaeng* – estudante. Eu escuto meio desatenta enquanto um suor frio escorre por todo o meu corpo.

Aparentemente, o nome da música solo de One.J é "Alien" – uma canção romântica no estilo que era popular na Coreia durante os anos noventa. *Umma* e *abba* adoravam esse tipo de música quando eu era pequena. Eu não entendia as letras, mas elas geralmente eram interpretadas por homens com vozes *surreais* que conseguiam cantar uma nota superalta por vinte segundos inteiros enquanto literalmente choravam. Naquela época, eu achava que essas músicas eram deprimentes e só para gente velha – mas agora consigo imaginar One.J cantando no estilo retrô e sendo totalmente *daebak*.

— De jeito nenhum podemos mostrar One.J e um par romântico feminino interagindo diretamente em um MV

— explica a produtora Kim. — As fãs de One.J são muito intensas. É para a segurança da garota.

Como é?

— Felizmente, vocês dois estarem separados combina com o conceito da música — continua a produtora Kim. — Todo o conceito é sobre One.J relembrando uma garota do passado com quem estudou no ensino fundamental. Agora One.J é uma superestrela internacional e essa garota, que é você, *haksaeng*, é uma estudante comum do ensino médio, fazendo coisas normais do ensino médio. As vidas dos dois são tão diferentes agora que é como se eles vivessem em dois planetas diferentes. One.J agora se sente como um "alien" na vida dela. Às vezes, ele volta em segredo para sua cidade natal para vê-la de longe, mas saber que os dois jamais poderão ficar juntos de verdade o mata por dentro.

Solto um suspiro apaixonado. É superdeprimente e um tiquinho assustador, mas só de pensar que vou ser o objeto da obsessão de One.J... é romântico o suficiente para me deixar meio zonza. Bom, o enjoo da viagem de carro também não está ajudando.

Felizmente, chegamos ao nosso destino: o Colégio Dongtan. O lugar parece qualquer escola suburbana de ensino médio nos Estados Unidos, exceto pelo fato de que o estacionamento está cheio de caminhões com equipamentos e trailers e o campus inteiro está lotado de estudantes vestindo uniformes amarelos e o dia ainda nem amanheceu. Estou morrendo de vergonha de ser vista por adolescentes da minha idade enquanto estou de pijamas, tênis sujos e com o cabelo crocante.

Assim que entramos em uma sala de aula vazia que foi transformada em um camarim improvisado, a produtora Kim anuncia para todos:

— Esta é Park Candace, a trainee da S.A.Y. Ela está com uma espinha no lado direito da testa e o cabelo não tem salvação.

Quero dizer "Que deselegante!", mas, imediatamente, uma multidão de adultos me cerca e sou empurrada para uma cadeira. Eles soltam um suspiro de espanto.

— Eu liguei para o sr. Oh. Ele enviou uma equipe de emergência que está a caminho com uma *gabal* — Manager Kong diz.

Graças à minha prova de vocabulário sobre três mil palavras, sei que *gabal* significa "peruca". Eu relaxo agora que sei que o sr. Oh tem um plano para mim. Na verdade, estou ansiosa para usar uma peruca pela primeira vez. Helena não conseguiu o que queria; o fato é que One.J me escolheu. Apesar dos esforços dela, ainda estou aqui.

Uma maquiadora começa a me arrumar com uma massagem facial tão boa que deixo escapar um gemido meio esquisito. A textura dos vários pincéis sobre a minha pele é tão boa que cochilo enquanto a produtora Kim me informa sobre as cenas que vou gravar durante o dia. De manhã, vou ser filmada fazendo coisas normais do dia a dia de uma estudante – levantando a mão durante a aula, tomando água em um bebedouro, guardando livros no meu armário. Também vou gravar uma cena de almoço em que vou tropeçar em umas garotas malvadas e derrubar minha bandeja. Durante todo esse tempo, One.J estará me olhando de longe (sério, se fosse qualquer pessoa além do One.J, isso seria esquisito demais).

De repente, estou completamente acordada.

— Então One.J vai filmar comigo o dia todo?

A produtora Kim solta um suspiro exasperado.

— Não, ele já filmou a parte dele em um estúdio em Budapeste. Ele só vai chegar à tarde, pra uma cena externa no campo de futebol. Você estará chorando na arquibancada depois de sofrer bullying das garotas e ele vai estar prestes a se revelar pra você e te consolar. Mas, antes que ele te alcance, outro garoto aparece e te consola primeiro. One.J fica com sentimentos contraditórios: feliz por você ter encontrado o amor, mas também está devastado por não ser ele.

— *Wahhhhhhh*, que romântico! — grito, assustando tanto a maquiadora que ela me cutuca no canto do olho.

Eu, Candace Park, que nunca tive um namorado de verdade (bom, tirando Ethan durante aquela semana), vou ter não só um como *dois* garotos lutando por mim, sendo que um deles é a maior estrela do K-pop de todos os tempos. Isso é real mesmo?

Bom, não. Mas, mesmo assim! Dou outro gritinho até que a maquiadora grita comigo para eu parar de me mexer.

Duas horas depois, a luz do sol está entrando pelas janelas e eu queria estar com meu celular para poder tirar um milhão de *selcas*; nunca me senti tão linda em toda a minha vida. Esse *look* definitivamente ganha do *makeover* da Aula de Beleza, porque agora estou pronta para estrelar um MV. Meu rosto está fresco, macio, sem poros e espinhas graças ao BB Cream da GlowSong (é um pouco branco demais para o meu gosto, mas é o estilo coreano). Minhas sobrancelhas estão perfeitas e em um tom de castanho-claro, e minha cabeça está cheia de um cabelo lustroso e realista cor de lavanda graças à equipe de emergência do sr. Oh e à peruca que eles trouxeram.

Odeio admitir, mas Helena meio que estava certa – loiro platinado não fica muito bem em mim. Roxo-unicórnio meio prateado é mais a minha cara. Meu couro cabeludo está coçando bastante debaixo da peruca, mas… #valeapena.

Estou usando um uniforme escolar – blazer amarelo mostarda com laços azuis-marinhos, uma saia azul-marinho tão curta que preciso usar **shorts de segurança** e tênis branquinhos. O blazer é tão amarelo que chega a ser exagerado, mas, contrastando com meu cabelo roxo, fica super descolado.

Além disso, minhas pernas ficaram mais longas ou é impressão minha?

Quando começamos as gravações, fico chocada com a quantidade de pessoas necessárias para filmar um MV com uma história tão simples. A cena em que levanto minha mão durante a aula leva duas horas inteiras. Há quatro câmeras, pelo menos vinte assistentes de produção, luzes e um batalhão de estilistas retocando minha maquiagem e ajustando minha peruca a cada dois segundos. O sr. Choi – o fotógrafo do mal – é o **PD** do MV, mas agora ele não poderia estar sendo mais legal. Na verdade, todo mundo é legal comigo no set. As dezenas de figurantes que interpretam meus colegas de turma – alguns dos quais têm a minha idade, enquanto outros têm trinta anos – se curvam para mim quando cruzam olhares comigo... porque eu sou a estrela. É tão surreal ser a pessoa com o maior status na sala e não só a *maknae* do Time 2. Acho que é assim que todos vão me tratar depois que eu debutar e me tornar bem-sucedida. Como uma *idol*.

Finalmente, chegamos até a cena do campo de futebol. Passei o dia todo olhando para os garotos figurantes, me perguntando qual deles vai interpretar meu namorado que não é One.J, mas tenho que começar a cena sozinha. Preciso ficar sentada solitária na arquibancada, chorando.

Uma multidão de produtores e Manager Kong estão me encarando. PD Choi está de pé em uma escada gritando ordens em um megafone.

— Certo, Candace! Olhe para o chão e pense em algo muito, muito triste. Então, quando você sentir uma mão no seu ombro, olhe pra cima, cheia de esperança de que é One.J, mas não vai ser. É um colega diferente! E, quando olha pra ele, você fica decepcionada por um breve segundo, mas depois fica feliz, porque percebe que vai conseguir seguir em frente! Precisamos de todas essas emoções em um olhar, entendeu?

— Sim, PD-*nim*! — digo, embora tenha certeza de que nem mesmo Meryl Streep conseguiria expressar todas essas emoções em um só olhar.

— CERTO, VAMOS COMEÇAR! — PD Choi grita. — O.K., CANDACE, VOCÊ ESTÁ OLHANDO PARA O CHÃO. PENSE NO MOMENTO MAIS TRISTE DA SUA VIDA! GRAVANDO EM UM, DOIS, TRÊS...

Eu encaro o chão. Nunca me senti tão sem jeito, sentada ali sozinha na arquibancada, sendo observada por uma multidão. As outras cenas até que foram fáceis porque eu podia fingir que era só uma entre vários alunos, mas isso é diferente. Há muitos olhares sobre mim. Qual foi o momento mais triste da minha vida? Não poder cantar por todos esses anos? Ter que tocar viola? Se esses foram os momentos mais tristes da minha vida até agora, até que tive uma vida boa.

Penso em *harabuji* na cama do hospital, sem conseguir falar. Em como eu não existiria se ele não tivesse sido corajoso o suficiente para fugir do norte durante a Guerra da Coreia quando era criança, perdendo toda a família. No quanto *umma* e *abba* sacrificaram para dar uma vida boa para Tommy e eu em Nova Jersey. No quanto eles sacrificaram para que eu pudesse estar aqui, no país dos meus ancestrais, tentando realizar esse sonho ridículo.

As lágrimas vêm.

— BOM, CANDACE! BOM! UAU! — grita PD Choi.

Meus ombros começam a tremer e meu peito a convulsionar. Eu me pergunto se não estou exagerando – já estou soluçando –, mas PD Choi continua me encorajando.

— O.K., AGORA SEU COLEGA ESTÁ ATRAVESSANDO O CAMPO DE FUTEBOL... NÃO LEVANTE A CABEÇA AINDA. ELE ESTÁ SUBINDO A ARQUIBANCADA ATÉ VOCÊ. O.K., ELE ESTÁ TOCANDO NO SEU OMBRO.

Sinto uma mão no meu ombro.

— O.K., AGORA OLHE PRA CIMA!

Levanto a cabeça. O sol ou a luz de uma das câmeras está brilhando nos meus olhos.

É YoungBae. Lindo como em um sonho. Ele está usando um blazer amarelo e uma gravata azul-marinho. Seu cabelo está arrumado, com aquela mechinha ondulada sobre a testa. Sua pele está perfeita e radiante, seus lábios rosados e brilhantes. Todo tipo de sentimento bom corre pelas minhas veias.

— CERTO, YOUNGBAE, DIZ ALGUMA COISA PRA CONFORTÁ-LA — PD Choi diz. — DIGA QUALQUER COISA, NINGUÉM VAI TE OUVIR.

YoungBae sorri.

— Nos encontramos de novo, Candace.

— YoungBae? — pergunto, totalmente chocada.

— ISSO, BOM IMPROVISO, CANDACE. MUITO ESPONTÂNEO.

— Pois é, sou eu — YoungBae diz. — Há quanto tempo.

Mandei milhares de mensagens para YoungBae desde que soube que metade dos garotos foi cortada – a bateria do celular está em 10%. YoungBae ainda está a salvo – graças a Deus –, mas eu não pude ir ao terraço esta semana, nem mesmo tarde da noite, para encontrá-lo.

— Desculpa, eu estive ocupada...

— Eu entendo — ele diz. — Seu tempo é importante, *sunbaenim*. Agora você está atuando? *Oppa* está muito orgulhoso de você.

Eu rio e dou um tapinha no ombro dele. Esfrego minhas lágrimas.

— EXCELENTE! EXCELENTE, VOCÊS DOIS! UAU, QUE QUÍMICA! É COMO SE VOCÊS SE CONHECESSEM HÁ MUITO TEMPO!

— Não nos conhecemos, senhor! — YoungBae e eu gritamos ao mesmo tempo.

PD Choi grita "CORTA!" e, imediatamente, somos separados. O manager de YoungBae, Byun, o apressa para o lado oposto da arquibancada, e Manager Kong corre até mim com um time de maquiadores e cabelereiros que imediatamente começam a retocar minha base. Manager Kong parece estar superfeliz.

— Candace, isso foi incrível, bem melhor do que eu esperava! — ela exclama, massageando minhas costas. — Você nem teve aulas de atuação. Você está bem?

Faço que sim com a cabeça:

— Só fiquei surpresa de ver aquele garoto da minha aula de coreano — digo.

— Ah, o CEO Sang decidiu de última hora que essa seria uma boa oportunidade pra apresentar um dos nossos trainees mais bonitos em vez de um figurante aleatório. Você quer fazer um intervalo?

Concordo com a cabeça.

— CANDACE PRECISA DE UM INTERVALO! — Manager Kong grita. Tenho certeza de que essa é a primeira vez que ela me deixou fazer um intervalo.

— O.K., PESSOAL, VAMOS FILMAR ONE.J! — PD Choi grita em seu megafone.

One.J está aqui?

Então, do outro lado do campo de futebol, vejo um garoto vestindo um conjunto preto descolado – definitivamente não é um aluno dessa escola fictícia –, cercado por uma multidão de managers e assistentes. Toda a equipe de produção se vira na direção dele e se prepara para a próxima cena.

Ouço PD Choi gritar: "FILMANDO EM UM, DOIS, TRÊS..."

A música "Alien" começa a tocar nos alto-falantes enquanto One.J dubla no meio do campo de futebol.

Já fomos inseparáveis
Mas agora vivemos em planetas diferentes
Já esqueci como é o nosso antigo mundo
Nunca vou poder voltar de verdade

Minha nova casa é um planeta de estranhos que gritam
Não posso te trazer até aqui
Não há oxigênio
Você me odiaria pelas coisas
Que preciso fazer pra sobreviver
É por isso que te poupo, deixando-lhe sozinha

Mas, por favor, saiba que ainda venho ver como você está
Só pra saber que você está feliz
Na língua que é só nossa, vou te enviar sinais
Da minha estrela distante

Estou me abanando. Seguindo a tradição de baladas coreanas dos anos noventa, essa música é carregada de emoção.

One.J canta em um tom que nunca ouvi vindo dele. Em algumas partes, ele está praticamente chorando. As letras estão tão além de seus dezessete anos – sinto seu amor e sua solidão, apesar de toda a fama e fortuna.

Até mesmo Manager Kong está com as mãos sobre o peito no final da música.

— Esse garoto é mesmo de outro mundo — ela diz.

Depois de uma hora de filmagens com One.J, é hora de YoungBae e eu filmarmos minha cena chorando mais algumas vezes. One.J coloca óculos de sol e nos assiste de longe, com os braços cruzados. Estou tão nervosa e cansada que não me saio tão bem quanto na primeira tomada, mas ainda consigo derrubar lágrimas reais todas as vezes – só que, agora, estou pensando na angústia da voz de One.J, mesmo enquanto olho nos olhos de YoungBae.

Quando terminamos aquela cena, fazemos outro intervalo antes da última gravação do dia. A equipe traz uma longa mesa dobrável até o campo de futebol, cheia de travessas de sanduíches ao redor das quais todas as pessoas da produção, One.J e sua equipe se aglomeram. Estou exausta e morrendo de fome a essa altura. Manager Kong traz uma sacola de plástico com pedaços de batata-doce e um ovo cozido para que eu coma, como se eu fosse uma criança de dieta. Olho para YoungBae – sei que vou ter problemas se eu o encarar por muito tempo – e vejo que ele está comendo uma refeição igualmente triste com Manager Byun.

Manager Kong pergunta:

— Cansada? Pode se apoiar no meu ombro um pouquinho.

A oferta me pega de surpresa, mas aceito. Descanso meus olhos doloridos.

Mas depois do que parecem alguns segundos, Manager Kong chacoalha os ombros para me acordar.

— Candace, acorde — ela diz.

Quando abro meus olhos, One.J está sorrindo para mim com seus olhos penetrantes.

Eu me levanto em um pulo e faço uma reverência, ajustando minha peruca:

— *Annyeonghaseyo* — digo.

— Obrigada por hoje, Candace-*shi* — One.J diz, sem tirar os olhos dos meus.

Eu me curvo mais três vezes.

— Muito obrigada por me escolher, One.J, *sunbaenim*.

— O prazer foi meu — ele diz. — *Oneul gosaeng mani hasseunungataeyo*.

O que significa "Parece que você sofreu bastante hoje", ou "Você fez um ótimo trabalho hoje", ou as duas coisas.

— É uma honra — digo. — Que música linda você escreveu.

— Essas palavras gentis significam muito pra mim vindo de você. — Ele me estende um prato com um sanduíche. — Você deve estar faminta, e esses sanduíches estão muito bons.

Olho para Manager Kong, pedindo permissão. Ela faz uma careta.

— Ah, muito obrigada — digo. — Mas eu não posso aceitar. Na verdade, não estou com fome.

One.J ri.

— Até parece. Você é uma trainee. Está sempre com fome.

Olho de novo para Manager Kong. Ela diz:

— Candace, seu *sunbae* está te oferecendo comida. Não seja mal-educada.

Faço uma reverência e pego o prato com as duas mãos. One.J e Manager Kong estão me olhando. Os managers de One.J e os produtores estão me olhando. Sei que, de acordo com a etiqueta coreana, devo deixar One.J me ver dar uma mordida no sanduíche e mostrar a ele o quanto gostei da comida que ganhei – nada deixa coreanos (coreanos normais, não managers de K-pop) mais felizes do que compartilhar comida.

— Vou comer com prazer, *sunbaenim* — digo.

Dou uma mordida enorme e enfio quase metade do sanduíche na boca para o caso de Manager Kong planejar tirar o sanduíche de mim depois da minha mordida de cortesia – minha Mordida Educada. Talvez esse presunto seja a única carne de verdade que vou comer até o fim de semana a não ser que YoungBae consiga trazer um pouco para mim até lá.

— *Umona*, olha só isso — Manager Kong diz, estalando a língua em desaprovação.

One.J ri.

— Você deve estar com muita fome.

Fecho os olhos enquanto sinto o salgado da carne, a cremosidade da maionese, a fofura do pão e a crocância da alface se misturarem em uma sinfonia perfeita de sabor altamente calórico. Dei uma mordida tão grande que arranquei um pedaço do guardanapo, mas não ligo. Engulo tudo que é comestível e, como uma moça coreana educada, viro para o lado e cubro a boca com uma mão enquanto tiro o pedaço de guardanapo com a outra.

— Ugh, Candace, cadê sua educação? — Manager Kong diz. — Tem maionese no seu rosto.

Escondo o pedaço úmido de guardanapo no meu punho. Sou tão nojenta.

— Isso foi bem rude da minha parte — digo, horrorizada de verdade.

— Obrigada, One.J, mas ela já comeu o suficiente — Manager Kong diz. — Candace, deixe-me buscar um guardanapo pra você. E depois vamos retocar sua maquiagem.

Manager Kong arranca o prato de mim e o joga no lixo.

Os managers de One.J estão nos olhando, então não podemos fazer ou dizer muita coisa. Seus olhos se fixam intensamente no meu punho, onde está o pedaço sujo de guardanapo. Eu o escondo atrás das costas – sou tão desleixada! –, mas One.J me olha intensamente de novo e levanta seu queixo levemente.

Abro meu punho e dou uma olhada. Não é um pedaço de guardanapo. É um bilhete:

Esse é meu KakaoTalk.

Olho de volta para One.J, surpresa. Seus lábios se curvam levemente enquanto ele se vira na outra direção. Manager Kong e uma equipe de maquiadores e cabelereiros correm até mim para me arrumar. Eu ponho as mãos atrás das costas e enfio o número de One.J debaixo da saia, dentro dos meus shorts. Não é romântico, mas não tenho outra escolha – meu uniforme/figurino não tem bolsos.

Eu tenho o KakaoTalk do One.J!

Daebak! Quantas pessoas no mundo podem dizer isso?

Não consigo parar de sorrir enquanto Manager Kong limpa minha boca e os maquiadores retocam minha base.

Mas então olho de volta para YoungBae. A culpa toma conta de mim. Como um cavalheiro, One.J está lhe oferecendo um sanduíche também, que YoungBae aceita alegremente com um aperto de mãos.

— Valeu, cara — ouço YoungBae dizer em inglês.

Ver os dois um ao lado do outro é como ver dois mundos colidirem. Fantasia e realidade. O que YoungBae faria se soubesse que One.J me deu o número dele no KakaoTalk? É traição se nunca nos beijamos?

Sei que não há a menor chance de eu não usar o número de One.J; preciso saber como é trocar mensagens com uma das maiores celebridades do mundo.

Depois do intervalo para o lanche, filmamos a última cena do MV. Estou abraçando YoungBae na arquibancada, mas dessa vez é diferente. Sinto que estou me contendo, tentando não deixar One.J perceber que YoungBae e eu temos uma conexão real. Mas funciona para a cena – estou abraçando um garoto, mas minha mente está em outro. One.J está parado a três metros de distância, estendendo o braço em minha direção, com o rosto contorcido de angústia. Ele dubla os versos:

Estou te enviando um sinal
Por favor, diga que pode me ouvir

— CERTO, CANDACE, OLHE LOGO PARA ALÉM DE ONE.J! — PD Choi grita no megafone. — VOCÊ CONSEGUE SENTIR A PRESENÇA DELE, MAS NÃO CONSEGUE VÊ-LO! VOCÊS ESTÃO TÃO PERTO, MAS AO MESMO TEMPO ESTÃO EM PLANETAS DIFERENTES!

CAPÍTULO 29

Vida privada

— **Precisamos conversar** — *umma* diz no momento que me busca na recepção.

— Por quê? Aconteceu alguma coisa com *harabuji*? — pergunto, em pânico.

Umma está brava comigo por algum motivo. Acabamos não falando nada durante toda a viagem de metrô até o apartamento, mas fica claro para mim porque ela está assim.

Espalhado por todo o trem está o mesmo anúncio: o planeta inteiro sendo apertado pela mão de Helena com suas unhas pintadas e cheias de glitter e as cinco silhuetas de *idols* sobre elas; *SHOWCASE* S.A.Y. 50 AO VIVO em letras cor-de-rosa brilhantes; e as datas:

21 de agosto: PERFORMANCES DAS 50 MELHORES TRAINEES COM PARTICIPAÇÕES ESPECIAIS DO SLK NOITE 1

22 de agosto: PERFORMANCES DAS TRAINEES COM PARTICIPAÇÕES ESPECIAIS DO SLK NOITE 2

28 de agosto: O PRIMEIRO *GIRL GROUP* DA S.A.Y. SERÁ ESCOLHIDO!

NÃO PERCA ESTE DIA HISTÓRICO PARA O K-POP NO CANAL YNN!

No momento em que *umma* fecha com tudo a porta do apartamento, ela grita:

— Por que você não me disse que as coisas estavam ficando assim tão sérias?

— Como assim? — pergunto. — Eles vão decidir quem vai ser escolhida no dia 28 de agosto. É um dia antes do prazo que você determinou.

— Mas vai passar na TV, ao vivo? Não conversamos sobre isso! Milhões de pessoas vão ver você.

Tiro um iogurte da geladeira.

— Mas não era esse o objetivo?

— Não. O objetivo era você vir pra cá, aprender um pouco de cultura coreana, cantar e dançar como você queria e ponto!

Bebo o iogurte em um gole só e me jogo no sofá. Ligo a TV. Péssimo *timing*. Naquele exato momento está passando um comercial sobre a apresentação ao vivo. Mas não estou preocupada. Não fiz nada de errado.

— Uau, *umma* — digo, sarcasticamente. — Então você só me deixou vir para a Coreia porque achou que eu não tinha qualquer chance de debutar? É bom saber que você acredita em mim.

Umma caminha furiosamente até mim e me mostra seu celular.

— Olha o que sua tia SoonMi me mandou.

Lá de Franklin Lakes, Nova Jersey, tia SoonMi mandou para *umma* um link no KakaoTalk para um vídeo no YouTube... com meu rosto na *thumbnail*. Meu coração dispara. É o *teaser* de quinze segundos para o MV de "Alien", de One.J. Não acredito que o editaram tão rápido!

É uma cena em câmera lenta em que estou no corredor da escola, apertando meus livros contra o peito e com uma aparência tragicamente triste. A luz do sol reflete no meu cabelo roxo esvoaçante. Eu pareço mesmo uma legítima estrela de um K-drama adolescente. One.J está escondido logo atrás, encostado contra uma parede de armários, tragicamente apaixonado. Nunca filmamos juntos no corredor – eles devem ter juntado as minhas cenas com as que ele gravou no estúdio em Budapeste. Isso é que é mágica ***Hallyu***!

— *Daebak*! — exclamo.

Leio a seção de comentários por um segundo. Sinto um nó no estômago quando vejo "QUEM É ESSA GAROTA FEIA COM ONE.J?" e "ESSA GAROTA PARTIU O CORAÇÃO DO MEU ONE.J. EU VOU MATÁ-LA!".

Que seja. É o preço da fama.

— Por que você não disse que estaria em um MV do One.J? — *umma* pergunta.

Não acredito que ela não esteja nem um pouco orgulhosa de mim.

— Mas foi gravado esta semana. E eles me disseram pra não contar pra ninguém.

— E você não me contou? Eu sou sua mãe.

— Talvez porque eu soubesse que você ia reagir exatamente assim — digo, indo para o quarto. — Você tem ideia do que significa estar em um MV do One.J?

— Por que eu deveria ficar impressionada com ele? Por que One.J é mais importante do que Candace Park?

— Hmm, talvez por que ele é uma das maiores estrelas no planeta? E a música dele dá esperança pra milhões de jovens ao redor do mundo?

Desabo de cara na cama, fingindo que vou tirar um cochilo. Ainda estou com o celular de *umma*. Com o coração acelerado, tento soar casual quando mando uma mensagem para One.J no KakaoTalk – sei o número dele de cor.

Oi! Aqui é a Candace. Estou usando o celular da minha mãe.

Umma me segue até o quarto. Deleto a mensagem logo em seguida.

— Candace — *umma* diz. — Agora que você apareceu nesse MV, e depois que você aparecer na TV… vai ser mais difícil pra você voltar para os Estados Unidos e ser uma garota normal.

Surpreendentemente, One.J responde na mesma hora.

Oi! ^--^ Eu imaginei. Vou ser breve.

Me encontre às 6 da tarde na estação Hongik, entrada 6?

Por favor delete esta mensagem.

Okay!

Deleto as mensagens. Falta apenas uma hora.

— Candace — *umma* diz, firmemente. — Pare de mandar mensagens para Imani e me escute. Você ouviu o que eu disse?

Enfio a cabeça debaixo de um travesseiro.

— Sim, te ouvi. Você já parou pra pensar que talvez eu não queira voltar a ser uma garota americana comum? Eu gosto daqui.

— Acho que não te ouvi direito. Nós vamos embarcar em um avião para Newark em 29 de agosto e você vai para a escola no dia seguinte.

— Talvez sim, talvez não — digo.

Umma arranca o travesseiro do meu rosto.

— Como é?

— Eu gosto daqui! E sei que pode ser chocante pra você, mas pode ser que eu seja escolhida pra fazer parte desse grupo. E, mesmo se eu não debutar, vou ficar muito triste de voltar pra casa e ser a mesma pessoa que eu era antes.

Surpresa, *umma* dá um passo para trás.

— Eu já entendi. Você não precisa participar da orquestra no ano que vem. Você pode participar do coral. Pode ter aulas de canto...

— *Umma*, você nem sequer viu uma apresentação minha! Há pessoas na S.A.Y. que acham que eu tenho algo de especial, e isso me deixa *feliz*. Mas você só quer que eu faça alguma coisa que se encaixe no seu padrão do que é "respeitável". Não vou desistir como você fez!

Não acredito que acabei de dizer isso, mas também não acredito que estamos tendo essa discussão de novo. Eu mudei tanto desde a última vez que brigamos em Nova Jersey. *Umma*, por outro lado, é exatamente a mesma. Saio do quarto, furiosa.

Umma responde:

— Você não faz ideia do que eu passei! E eu vi os seus pés! E o seu cabelo, seus olhos e como você emagreceu. Eles vão te usar, vão tirar tudo o que você tem!

— Talvez eu tenha mais em mim do que eles possam tirar.

Pego o cartão Tmoney reserva de *umma* para o metrô.

— Aonde você vai?

— Encontrar Binna e JinJoo — minto. — Nós precisamos treinar o máximo possível para o *showcase*. Estou levando isso muito a sério, *umma*.

— Você nem está com um celular.

— Eu sei coreano o suficiente pra me virar agora. De qualquer forma, não vou demorar.

Saio pela porta, meio surpresa por *umma* não vir correndo atrás de mim. Eu me sinto mal por ter mentido tanto em uma conversa só, mas aprendi uma dura verdade nesse verão: só porque seus pais te amam e querem o melhor para você não quer dizer que o plano deles para você seja o certo. Se eu fizesse exatamente o que *umma* quer, provavelmente estudaria Economia na faculdade, ou alguma coisa que não me interessa nem um pouco, e depois me arrastaria pelo curso de Direito, miserável a cada segundo. Por outro lado, a S.A.Y. não se importa *de verdade* comigo – não como um ser humano vivo, de carne e osso –, mas, se eu fizer exatamente o que eles quiserem só por mais um tempo, há uma chance de eu ter uma vida muito melhor do que os meus sonhos mais loucos.

É tudo tão cruel e injusto, mas é a vida, eu acho.

Acabo andando até a estação Hongik, pedindo informações o caminho inteiro. Há várias garotas bem-vestidas da minha idade ou um pouco mais velhas aproveitando uma noite divertida de sábado, de braços dados com um namorado ou amiga, que ficam felizes de me mostrar a direção certa.

Na estação Hongik, entrada seis, há outros jovens como eu, checando seus celulares e esperando para encontrar seus amigos, crushes ou quem quer que seja.

Estou tremendo de nervoso. Da última vez que One.J me viu, eu era a garota dos sonhos de cabelos roxos; agora, estou vestindo uma blusa branca simples, jeans e meus tênis velhos de sempre. Pelo menos meu cabelo não está mais um desastre, graças às máscaras capilares da GlowSong que o sr. Oh me mandou depois da gravação do MV. Imagino que One.J saiba que a maioria dos trainees não tem roupas apropriadas para encontros, mas e se ele chegar em uma limusine e me levar para um restaurante chique secreto que requer uma senha para entrar?

O relógio acima da estação diz que são 6h23 da tarde. Levei um bolo de uma superestrela global do K-pop. Era bom demais para ser verdade. Talvez eu deva comprar *jajangmyeon* para viagem e levar para *umma* como um pedido de desculpas por ter sido tão mal-educada.

Mas, bem quando estou prestes a pisar na escada rolante para descer até a plataforma de embarque e voltar para casa, ouço uma buzina aguda e frenética. Eu me viro para trás. É um garoto vestido todo de preto – jaqueta preta, jeans pretos, capacete preto –, dirigindo um tipo de moto, apoiando os pés no chão enquanto estaciona ao lado da calçada. Não consigo ver o rosto dele, mas de repente tenho certeza de que é One.J. Não consigo imaginá-lo em uma moto e nunca vi alguém tão desajeitado dirigindo uma.

O sangue nas minhas veias borbulha como refrigerante – é uma sensação que nunca tive antes. Eu corro até o rapaz de capacete.

— One.J? — pergunto em voz baixa.

O rapaz de capacete uiva:

— *Ahwoooooo!*

Fico confusa por um segundo, mas então me dou conta de que ele está cantando o refrão de "Yeowoo", a música que me fez ser escolhida para o MV. É definitivamente One.J!

Todo desajeitado, ele apoia a moto em seu suporte, abre o compartimento do assento e tira um capacete e uma máscara para mim – idêntica a que eu o vi usando antes, exceto pelo fato de que a caveira e os ossos são de um rosa vivo. É um pouco assustador ele não estar falando, mas coloco o capacete e, na mesma hora, sinto que estou no fundo do mar, isolada da cidade.

Ignoro tudo o que meus pais já disseram sobre estranhos e subo em uma moto com um garoto que não conheço de verdade. Não sei onde apoiar as mãos por causa das Mãos Educadas, mas One.J coloca minhas mãos ao redor de sua cintura fina. Ele balança a cabeça com o capacete para mim. Aperto seu abdômen de leve – sinto ele os flexionar uma vez – e balanço a cabeça de volta.

A moto liga com um ronco e quase colidimos diretamente com um táxi estacionado, mas One.J desvia bem a tempo. Grito dentro de meu capacete enquanto costuramos dois ônibus e aceleremos no sinal amarelo.

Depois do começo oscilante, aceleramos pela rua e solto outro grito. As luzes de sábado em Seul passam por nós como lasers e eu me seguro o mais firme que consigo enquanto atravessamos uma ponte sobre o rio Han, onde o mundo abre as portas para nós. O sol está começando a se pôr e o céu está nebuloso e avermelhado. Do outro lado do rio, vamos até um bairro tranquilo, onde as ruas são feitas de paralelepípedos desalinhados e há roupas penduradas em varais esticados pelas vielas.

Paramos em uma das vielas discretas em um restaurante sem placa alguma que parece literalmente um buraco na parede – não há porta. One.J tira o capacete. Ele está usando sua máscara e uma bandana vermelha ao redor da testa, mas os olhos e a ponta do queixo são inquestionavelmente dele.

— Você está com fome? — ele pergunta. Consigo ver seu sorriso por trás da máscara.

— Sempre — respondo.

É um restaurante tradicional; precisamos tirar nossos sapatos na entrada (felizmente, estou usando meias decentes), e os clientes, em sua maioria *ajushis*, homens de meia-idade que brindam com empolgação, se sentam no chão diante de mesas baixas. One.J se curva para a garçonete, uma *ajumma* com avental manchado, e ela nos leva a uma sala particular com uma porta tradicional coreana de correr.

Quando finalmente estamos sozinhos, nos sentamos no chão, tiramos nossas máscaras e One.J solta um suspiro de alívio.

— Ahhhh, bem melhor.

Estou cara a cara e sozinha com One.J. Debaixo das luzes fluorescentes, consigo ver que o rosto dele está cheio de maquiagem, mesmo no seu dia de folga. Ainda assim ele é ridiculamente lindo, até mais com aquela bandana vermelha.

Lembro minha aula com madame Jung sobre etiqueta à mesa. Rapidamente sirvo o copo de One.J com água da jarra na mesa usando as duas mãos, depois o meu. One.J arruma os talheres de prata.

— Oh, *sunbaenim*, sou eu quem deve fazer isso — digo.

One.J ri.

— A S.A.Y. ensina a versão mais rígida da etiqueta coreana para os estrangeiros. Hoje vamos ser informais e nos divertir. Nada dessa coisa de *sundae-hoobae*, ok?

— O.k.

— Sei que esse lugar não é exatamente a melhor escolha pra um sábado à noite — ele diz, olhando ao redor da salinha modesta. Há um ventilador no canto e uma mosca zunindo. Ouvimos a algazarra dos *ajusshis* se divertindo com um barulhento jogo envolvendo bebidas através das portas de papel. — Mas sou bem próximo dos donos, então podemos pedir qualquer coisa que quisermos... mesmo que não esteja no cardápio. O que você acha de *chimaek*? Sabe, sem o *maek*?

— Eu amo frango frito — digo.

Chimaek é frango + *maekju*, ou frango frito + cerveja, um combo insanamente popular na Coreia. A garçonete aparece na porta e One.J mal precisa dizer algumas palavras até que ela balance a cabeça e nos deixe sozinhos de novo.

— Enfim, desculpe ter me atrasado na estação — One.J diz. — Tive que pegar um caminho mais longo. Achei que estava sendo seguido por *sasaengs*.

Nunca ouvi essa palavra antes.

One.J deve ter percebido a expressão confusa no meu rosto, porque explica o fenômeno *sasaeng* para mim. São fãs obsessivas dispostas a tudo para fazer parte da vida privada dos *idols* (a palavra literalmente significa *vida privada*).

— Elas são uma minúscula porcentagem dos fãs — enfatiza One.J. O SLK tem cerca de mil *sasaengs* na Coreia e mais alguns milhares ao redor do mundo que causam um impacto enorme na vida dele. Há *sasaengs* que largaram seus empregos, abandonaram a escola e fizeram dívidas para contratar "táxis de *sasaeng*" (táxis especiais que cobram seiscentos dólares para segui-lo o dia inteiro). Elas compram passagens de primeira classe para que possam estar no mesmo voo que ele, onde tiram fotos dele e dos outros integrantes dormindo. Algumas não querem necessariamente que ele goste delas. Elas querem que ele se *lembre* delas, mesmo que por motivos ruins. Ele já levou tapas e cuspes de *sasaengs* em sessões de autógrafo. Uma até escreveu uma carta para ele com sangue.

One.J vê o horror em meu rosto e diz:

— Não se preocupe. *Idols* homens têm bem mais *sasaengs* do que *idols* mulheres.

— Ei, você está querendo dizer que não vou atrair *sasaengs*?

— Desculpe, não foi isso que quis dizer... Você terá muitos, muitos *sasaengs*, um exército inteiro de *sasaengs*. Vai receber montes de cartas escritas com sangue. Olha o que eu fiz, não consegui deixar de colocar meu número do KakaoTalk no seu sanduíche. Isso é típico comportamento de *sasaeng*.

Rimos. Um banquete inteiro de frango frito com diferentes molhos chega até a sala. Em vez de cerveja, dividimos uma garrafa de *saida*. One.J grita "*Geonbae*!" ("Saúde!", em coreano), segurando um pedaço de frango apimentado fumegante e melado em minha direção. Eu encosto o meu pedaço de frango no dele.

— *Geonbae*!

— Tenho que perguntar — digo, engolindo o frango delicioso. — Por que você me escolheu para o MV? Por que você me deu seu KakaoTalk?

É como se eu estivesse implorando: "*Diz que gosta de mim!*".

Ele pensa em uma resposta, sério – tudo nele é tão sério – enquanto suga um osso de frango.

— Eu me vejo em você — ele diz.

Não é tão romântico quanto eu esperava, mas o.k., já é o bastante.

Ele explica:

— Bom, eu não me vejo como eu *realmente* sou em você. É mais como eu *gostaria* de ser. Desde que eu te vi naquela primeira avaliação, pensei: "Essa é uma garota que nunca vai se esquecer de quem é". Quando se é um *idol*, seu nome deixa de pertencer a você, seu corpo deixa de pertencer a você. Eles pertencem à empresa e aos fãs. Tudo vira escândalo, você é criticado por qualquer coisa. Mesmo assim, como não pertenço a mim mesmo, preciso pedir desculpas por tudo, sem nem saber o porquê.

Penso nas palavras de umma: "eles vão tirar de você tudo o que você tem".

— Sei que essa pode ser uma pergunta muito pessoal — digo —, mas você se arrepende às vezes? De ter se tornado um *idol*?

— Eu me arrependo *o tempo todo* — One.J diz, um pouco rápido demais. — O preço é *muito* alto. Meu conselho pra você é: não debute. Faça outra coisa. Faça o que seus pais querem que você faça.

Ugh. One.J também está do lado de *umma*?

— Mas — ele diz, com um brilho nos olhos com *circle lenses* cor de mel —, se você for como eu, ninguém no mundo vai te convencer disso enquanto você for trainee. E, quer saber? Mesmo que eu me arrependa, eu não voltaria atrás. Faz sentido?

Balanço a cabeça, concordando. Penso em tudo o que aconteceu para que eu chegasse a esse momento, bem aqui.

— Acho que sim — digo. — É tipo… o caminho que você está percorrendo é difícil e cheio de obstáculos, mas, quando você olha pra trás e vê tudo o que passou, percebe que a trajetória foi bonita de um jeito único desde o começo.

One.J faz um O com a boca.

— *Wahhh*, Candace. Isso foi tão profundo.

— É que eu tenho pensado muito poeticamente nas últimas semanas. Estou escrevendo músicas todas as noites, como você me aconselhou.

One.J faz o uivo agudo de "Yeowoo" e cai na gargalhada.

— Sabe, foi por isso que te escolhi para o meu MV. A música que você escreveu para a sua segunda avaliação vai ser um *Perfect All-Kill* um dia. Escreva o que eu estou dizendo.

— Você acha mesmo? Tenho que confessar, a grande maioria das músicas que escrevo é péssima. Eu escrevi uma chamada "*Jebal*, me deixa dormir" e uma eu chamei de "Eu te odeio, batata-doce".

— Ah, essas soam como obras de arte comparadas a algumas das minhas. Quando eu era trainee, escrevi uma chamada "Por que não consigo fazer cocô?".

Eu me inclino para a frente, apoio o queixo sobre a mão e digo:

— Você pode cantar um pedacinho dessa pra mim? Parece linda.

Depois do jantar, One.J me leva até uma cafeteria com temática de guaxinins em Hongdae. Ele diz:

— Estou seguro aqui. Ninguém espera que um *idol* vá a um lugar tão cheio de turistas.

Enquanto tomamos *matcha* gelado, One.J me dá conselhos sobre a vida de *idol* para o caso de eu acabar debutando.

— Compre seus próprios *in-ears* — ele diz, levantando a máscara só o suficiente para colocar o canudo na boca. — Os que eles te dão em Music Shows não são nem um pouco confiáveis, e se você não conseguir se ouvir, a performance vai ser um desastre.

Ele me diz para acompanhar as tendências, como fazer ***finger hearts*** diante das câmeras. Recebo conselhos sobre como lidar com o CEO Sang, que ele chama de *kkondae* – um velho mandão que acha que está sempre certo.

Quando terminamos nossas bebidas, vamos até a sala dos guaxinins, onde há dois guaxinins comuns e um albino escalando um trepa-trepa. Nós os alimentamos com pequenos pedaços de lula seca. One.J coloca um na minha cabeça e, logo depois, sinto patinhas tamborilando sobre ela. Tenho que admitir, mesmo que eles tenham cheiro de xixi, guaxinins são adoráveis. O guaxinim estica uma de suas mãos estranhamente humanas com cinco dedos e levanta a máscara de One.J por um segundo. Eu solto um suspiro de espanto e a puxo de volta para baixo, olhando ao redor.

— Ninguém viu — digo.

— Que bom — One.J diz. — Esse é meu último conselho. Mantenha um nível seguro de paranoia.

One.J estaciona a moto a duas quadras do apartamento de *umma* e caminha comigo. A cada passo sinto que estou levando pequenos choques elétricos no meu cérebro. *One.J do* SLK *está me levando para casa.*

A uma quadra do prédio, eu paro.

— A gente não deveria ir até o portão — digo. — Paranoia, certo?

— Muito esperta — ele diz, sorrindo. — Acho que é aqui que nos despedimos.

Ficamos parados por um segundo, sem jeito. Eu me abraço e esfrego os braços, como se estivesse com frio, mesmo que esteja fazendo um calor sufocante. Nós dois olhamos ao redor. O quarteirão inteiro está escuro e silencioso, exceto por um executivo bêbado cambaleando para casa no outro lado da rua.

De repente, One.J me encara intensamente.

— *Hokshi*... posso te beijar, Candace?

Sinto uma corrente elétrica percorrer meu corpo. Faço que sim com a cabeça. One.J se aproxima e tira a máscara do rosto. Faço o mesmo. Um momento antes de os lábios de One.J tocarem os meus, o rosto de YoungBae cruza minha mente, mas, no momento seguinte, tudo que faço é fechar os olhos. Os lábios de One.J tocam os meus. É um beijo doce, com um leve gosto de *chimaek*, e, por alguma razão, a sensação é de... temperatura ambiente. Quando abro os olhos novamente, tudo o que vejo é o rosto perfeitamente maquiado e conhecido de One.J, expressando seu sorriso famoso só para mim. Tudo que consigo fazer é rir um pouquinho, e ele faz o mesmo.

Ponho minha máscara de volta – decido guardá-la como uma lembrança desta noite – e ele põe a dele. Nos curvamos um para o outro, sem jeito, e nos viramos, caminhando em direções opostas.

Só consigo pensar na sensação de que foi um Beijo Educado. Talvez eu tenha estragado tudo. Eu estava *supernervosa*. Mesmo assim, saio saltitando pela rua. Meu primeiro beijo foi com o *idol* mais popular de todos os tempos.

No dia seguinte, *umma* e eu visitamos *harabuji* no hospital. Agora, ele já consegue se sentar, falar e comer mingau de batata.

— Graças a Deus! — *umma* diz. Na mesma hora, sinto o gelo entre nos duas se quebrar um pouquinho.

— Candace — *harabuji* diz entre colheradas de mingau. — Vi alguns CFS. Minha neta vai aparecer na TV?

Olho para *umma* antes de dizer:

— Sim, *harabuji*. Vou dedicar minha apresentação a você.

— *Wahhh*! — ele diz, sorrindo. — Que bênção. Meu coração vibra de saber que você está correndo atrás do seu sonho. — Ele olha para *umma*. — Sabe, a maioria dos pais da minha geração não queria que seus filhos seguissem carreiras artísticas. Mas eu sempre achei que, quando pais coreanos impõem sua vontade sobre os filhos, isso enfraquece seu *gi*, a *energia vital*. Você não acha, filha?

Umma parece ter sido pega de surpresa.

— Acho que sim — ela diz, querendo mudar de assunto.

Mas não vou deixar.

— *Umma*, por que você e *abba* desistiram da música?

Ela me lança um olhar de alerta.

— Candace, não vamos falar sobre isso agora.

— Eu sempre quis saber — insisto.

Presumo que *umma* está prestes a inventar uma desculpa e sair do quarto, mas *harabuji* se senta com as costas levemente eretas e olha para ela, ansioso, como um garotinho esperando uma história de ninar. Ela suspira e se senta na cadeira ao lado da cama.

— Seu *abba* e eu nos conhecemos quando estudávamos em um conservatório de prestígio aqui em Seul. Você sabe dessa parte. Mas eu fui a única aluna da província de Gangwon-do que eles já aceitaram. Todos os alunos de lá eram de famílias tradicionais que tiveram aulas de música a vida toda, exceto eu. Entrei por causa de uma audição de canto, sabia?

Faço que não com a cabeça.

— Sua mãe? — *harabuji* diz, em inglês. — Cantora número 1!

— Todo mundo na escola sabia que eu era do interior — ela continua, fazendo uma careta. — Do meu rosto às minhas roupas, meu gosto para comida, o jeito como eu falava. Eles também descobriram que eu vinha de uma família diferente. Minha mãe nos abandonou quando eu era muito nova, deixando seu *harabuji* sozinho pra criar sua tia SoonMi e eu. Isso era muito escandaloso na Coreia naquela época, porque, segundo um jeito antigo de pensar, a filha carrega a vergonha de sua mãe. Por causa disso, fiquei isolada no conservatório. Eu era tratada como uma forasteira, como se fosse nada. Só seu pai era diferente. Ele sempre enxergou todas as pessoas igualmente. É o jeito dele. Foi por isso que nos apaixonamos. No começo, namoramos em segredo. Mas, quando finalmente decidimos contar pra todos, os pais do seu *abba* ficaram furiosos. Eles se recusaram a continuar pagando pelo conservatório. Ele era de uma família tradicional e um dos alunos mais talentosos, no caminho pra se tornar um maestro renomado.

— Eu não fazia ideia — digo.

— Uma época muito triste — *harabuji* comenta, balançando a cabeça.

— Foi um grande escândalo — ela diz — e, de repente, as perspectivas profissionais do seu pai na Coreia evaporaram. Quando nos casamos, a família dele cortou todos os laços com ele. É por isso que você nunca conheceu esse lado da família. O último favor que eles se dispuseram a fazer pelo filho foi nos arrumar um visto americano. Nos Estados Unidos, juramos fazer algo mais prático do que música. Trabalhamos em restaurantes, limpamos escritórios. Quando Tommy nasceu e abrimos a loja, estávamos trabalhando tanto pra sobreviver que música era a última coisa em que pensávamos. Mas então você nasceu. Ficou claro desde o começo que você tinha herdado nosso talento e paixão pela música, especialmente por cantar. Aquilo me preocupava. Eu não queria que você passasse pelo que eu passei. Quando as pessoas te veem cantando, elas não olham só para as suas habilidades. Olham seu rosto, suas roupas, sua postura. Não estão apenas ouvindo sons, estão ouvindo o significado que você dá às palavras. Sua origem, sua dor, sua esperança. E, quando eu me abri desse jeito, ninguém prestou atenção à minha música. Só notaram o que faltava no meu instrumento, e o único instrumento que eu conseguia tocar era eu mesma. Então, quando vi a beleza e a expressividade no seu canto, pensei: "será que ela não poderia facilmente direcionar esse talento pra um instrumento clássico? Isso não é mais respeitável, não é mais *seguro*?". E, durante tantos anos, como você era tão calma e obediente, achei que você estava satisfeita. Mas agora que te vi como alguém de verdade, e não só como a minha garotinha, entendo que você é diferente de mim. Não é só o seu talento que é maior; sua coragem também.

Harabuji está enxugando as lágrimas. *Umma* se levanta para ajustar seu travesseiro e começar a arrumar a bandeja.

— Candace, me prometa uma coisa. Se você debutar e ficar aqui na Coreia, visite seu *harabuji*. Sem desculpas, o.k?

— Eu prometo — digo, sentindo um nó na garganta.

— Eu confio em você agora, Candace. Você amadureceu tanto.

Depois que descemos na estação em Sangam-dong, digo para *umma*:

— *Umma*, temos bastante tempo. Quero fazer alguma coisa divertida com você antes de voltar.

Umma parece surpresa.

— Você não tem que voltar cedo para ensaiar para o *showcase*?

— Eu prefiro ir a um *norabaeng*. Uma sala de karaokê.

— Um *norabaeng*? Mas você não fez nada além de cantar nesse verão!

— Mas nunca com você.

Depois de um pouco mais de insistência – tive que pedir mais três vezes –, ela finalmente concorda e eu a incentivo a escolher músicas que tenham algum significado para ela. Vou tentar cantar junto se conseguir, mas quero só ouvir, para falar a verdade. Ela escolhe músicas que me soam familiares, de quando ela e *abba* as escutavam no carro ou na loja, mas que eu nunca parei para ouvir com atenção até agora. Músicas como "Dear J", de Lee Sun Hee; "Sad Fate", de Nami; e "Where Are You?", de Yim Jae Beom. É claro, ela canta lindamente, com uma voz forte e vulnerável – ela tem muito a me ensinar sobre transmitir emoção através da música.

Entendo quase todas as palavras agora, mas mesmo as que eu entendo mexem com uma parte de mim que sempre esteve lá. A parte de mim que é coreana. A parte de mim que é filha da minha mãe.

CAPÍTULO 30

Sou eu! Sou eu! Sou eu!

Uma semana e meia antes da apresentação, câmeras invadem a S.A.Y. Elas estão aqui para filmar nossos treinos, nossas sessões de maquiagem e cabelo, os momentos antes de dormirmos. Madame Jung, como a chefe de comunicação global da ShinBi Unlimited, tem feito aparições frequentes na área de treino das garotas. Sob sua supervisão cuidadosa, as instalações foram limpas ao ponto de brilharem para as câmeras.

Ela grita com garotas que estão passando: "Arrume esse rosto! Sente direito!". E, para mim: "Cuidado com as suas maneiras, srta. Park. Estou de olho em você. E cubra seu cabelo. Está um desastre!".

As câmeras invadem as sessões do Time 2 com a General bem na hora que cometo um erro magistral na coreografia de "Boombayah". A postura da General está ainda mais reta do que o normal e ela bate as palmas e grita:

— Vamos lá, meninas! Vamos parar de brincadeira!

Em uma parte da coreografia, temos que nos agachar, segurar nossos joelhos e balançar o cabelo extremamente rápido. O Blackpink de verdade só balança os cabelos quatro vezes, mas, para mostrar que podemos superar os melhores grupos, devemos balançar os cabelos duas vezes mais rápido, oito vezes no mesmo espaço de tempo, como se fôssemos a Beyoncé dançando o *dutty wine* no Super Bowl. Logo depois disso, precisamos mexer o corpo sensualmente três vezes enquanto nos agachamos e ficamos de joelhos com uma só perna – quase fazendo um espacate – e então, junto com a batida de um tambor, temos que nos levantar e pisar no chão o mais forte que conseguirmos. Temos de ser precisas e lindas ao mesmo tempo em que entramos no modo Mulher Hulk. É a coisa mais difícil que fiz até agora.

Helena é especialmente incrível na hora de balançar os cabelos na velocidade de da luz – não sei como o pescoço dela aguenta. Seu rabo de cabelo ruivo gira tão rápido que consigo ouvi-lo cortando o ar. Balançando a cabeça o mais rápido que posso, só consigo girar meu cabelo cinco vezes com o pescoço – o boné de Power Pup que Binna me emprestou está sempre correndo o risco de cair – e, depois, estou tão tonta que saio cambaleando, desorientada demais para seguir com o próximo passo.

Depois de errar o movimento pela décima quinta vez, a General grita:

— CANDACE! Isso é inaceitável. Essa é a *Killing Part*, precisa ser perfeita. Você está atrapalhando o grupo inteiro.

— Posso ajudar a Candace até o dia do *showcase*! — diz Helena, sorrindo para as câmeras.

A audácia. Juro que quero dar um soco na cara dela agora. Quando foi que Helena já me ajudou?

— Na verdade — digo —, Binna nunca deixou de me ajudar com um passo esse tempo todo apesar da minha falta de habilidade na dança. Tenho certeza de que, como excelente líder, ela vai me ajudar a aprender esse passo a tempo.

Binna me dá um *high five*.

— Vamos conseguir, não se preocupe — ela diz.

O problema é que não acho que eu vá aprender a tempo. Tanta coisa pode dar errado: problemas com o figurino, problemas com o *in-ear*, problemas em geral. E o pior de tudo é ter que saber para qual câmera olhar. Papéis com os textos "Câmera 1", "Câmera 2", até "Câmera 11" foram colados por toda a sala de treino espelhada. Quando chegarmos ao Estádio Olímpico de Seul, haverá várias câmeras em cada lado do palco, no centro, atrás da área central do auditório, duas acima das nossas cabeças, presas com fios no teto, e uma que se movimenta de trás para a frente em um trilho logo na parte dianteira do palco.

Um produtor da YNN aponta uma caneta laser para as folhas de papel, indicando qual câmera focará em nós durante a apresentação de verdade. Durante a *Killing Part* da coreografia, as câmeras mudam a quase todo segundo para que consigam pegar todos os melhores ângulos.

— SE VOCÊ FOR PEGA OLHANDO PARA A CÂMERA ERRADA, VOCÊ JÁ ERA! — a General grita, sempre muito gentil. — VOCÊ VAI PARECER UMA IDIOTA NA FRENTE DO MUNDO INTEIRO!

Quando entramos no estúdio de Clown Killah, minha visão é ofuscada pelas luzes da equipe de filmagem e pelo sorriso radiante de One.J.

Aram, Helena e JinJoo gritam, choram e apontam para One.J como se ele fosse o Pennywise ou algo do tipo. Binna conhece One.J de seus primeiros anos como trainee, então eles se abraçam sem se tocarem – Mãos Educadas. Fico chocada também, mas preciso forçar uma reação forçada de *fangirl* para as câmeras, fingindo que nunca beijei aqueles lábios icônicos. O vermelho no meu rosto vira lava derretida quando ele sorri e me cumprimenta pelo nome, me agradecendo por aparecer em seu MV.

Usando todo o seu charme de celebridade, One.J explica que está visitando as sessões de gravação de todos os times como um técnico para ajudar na performance. Soltamos um suspiro, agradecidas pela sorte que temos.

Quando começamos, eu não poderia estar mais feliz de cantar uma música em grupo sem ter que dançar para variar. Estamos ensaiando e preparando a faixa para a performance de "Into The New World (Ballad Version)". Como Center, Binna precisa ficar com as partes de vocalista líder. Para deixar as coisas mais difíceis, Clown Killah decidiu que vamos cantar à capela.

One.J diz:

— Olhem para a colega com quem vocês estão harmonizando e *sintam* as letras juntas. Essa é a coreografia dessa música.

Aram e eu fazemos contato visual quando harmonizamos o primeiro refrão; seu sorriso tímido e deslumbrante me deixa meio tonta ("Bem melhor!", grita Clown Killah). JinJoo e eu piscamos uma para a outra quando sincronizamos perfeitamente no segundo pré-refrão.

Eu me forço a olhar firmemente para Helena e sorrir serenamente quando temos uma estrofe juntas. Não falei ou olhei para ela desde que voltei da gravação do MV de One.J sem peruca. Na verdade, ninguém no nosso time está falando com ela depois que viram como ela tentou me sabotar.

Dou um aceno de cabeça para Binna, incentivando-a enquanto gentilmente passo para ela minha nota crescente da ponte, dando abertura para sua vez de cantar a icônica nota alta de Taeyeon – a *Killing Part* da música. O timbre de Binna é doce e limpo até a nota, mas, bem quando ela está prestes a soltar a voz, nenhum som sai de sua garganta – só um suspiro.

Clown Killah arranca os fones, frustrado. Binna afunda o rosto nas mãos; é no mínimo a vigésima vez seguida que ela amarela na hora da nota.

— Binna-*shi*, do que você tem tanto medo? — One.J pergunta gentilmente. — Me parece que você consegue fazer isso, mas está hesitando.

— Me parece que não vou conseguir — Binna murmura, escondendo o rosto com o cabelo para não ser filmada.

— Infelizmente, essa não é uma opção — Clown Killah suspira. — Vamos parar por hoje e gravar essa parte na semana que vem. Binna, até lá, pratique como se sua vida dependesse disso. Suas colegas dependem de você.

Sussurro para Binna que vou ajudá-la a atingir aquela nota nem que seja a última coisa que eu faça e ela me dá um sorriso exausto. Depois de todas aquelas centenas de horas que ela dedicou para me ajudar com as coreografias, é o mínimo que posso fazer. Juntamos nossas folhas com as letras e saímos. Mas Clown Killah me para.

— Candace, fique, por favor.

Minhas colegas olham para mim, alarmadas; agora que estamos tão perto do fim, qualquer sinal de tratamento diferenciado deixa todas paranoicas. Então quer dizer que vou ficar praticamente sozinha com One.J de novo?

— Só preciso corrigir algumas coisas na sua pronúncia do coreano — ele explica. Ele se volta para a equipe de filmagem. — Vocês poderiam nos dar um pouco de privacidade, por favor? Isso vai ser chato.

As outras garotas, satisfeitas, se curvam e saem com a equipe de filmagem. Estou um pouco decepcionada – eu achei que tivesse progredido bastante na pronúncia quando apresentamos "Red Flavor".

Quando estamos sozinhos, Clown Killah diz:

— Eu estava blefando, Candace. Sua pronúncia é ótima. Nós queríamos que você nos fizesse um favor.

One.J pisca para mim e meu coração derrete.

Clown Killah sai da cabine de mixagem e me entrega um pacote de letras. O título no topo é "I'm Every Girl".

Fico maravilhada.

— Essa é a música para o *debut* do grupo?

— Não — Clown Killah diz. — É um *single* promocional que One.J e eu escrevemos. Todas as trainees vão apresentar isso juntas no começo do *showcase* da S.A.Y.

— Oooh — digo, balançando a cabeça. Imagino uma apresentação em grupo de um concurso de beleza, como em *Miss Simpatia*. — Vai ser uma honra pra nós cantar uma música como essa. Obrigada, sr. Clown Killah.

— Não temos tempo de gravar cada trainee, então vou gravar você e editar sua voz para que soe como uma multidão de garotas. Achamos que a sua voz é a mais versátil pra essa música.

Daebak. É como cantar um solo cinquenta vezes!

Com o coração acelerado e hiperconsciente de que estou sendo observada por One.J, murmuro a letra em coreano por alguns segundos. O conceito da performance é que todas as trainees da S.A.Y. estão divididas em três categorias: Cute, Sexy e Girl Crush. Há três estrofes, uma para cada tipo, e os três grupos vão subir ao palco em momentos diferentes para cantar suas partes. Eu vou estar no grupo do Conceito Cute (claro). Mas vou gravar as três.

Clown Killah dá play na batida. Olha, a música é muito boa. É uma mistura de dubstep e EDM. Quando ele aponta para mim, começo a cantar a "estrofe fofa".

A última pedra preciosa na mina sou eu
O cogumelo raro na floresta sou eu
A página perdida do livro
A baleia-branca no anzol
SOU EU! SOU EU! SOU EU!

Estou praticamente fazendo uma imitação da Minnie Mouse, com todos os gritinhos e a cadência (as letras são mais inteligentes do que parecem – as palavras coreanas para "pedra preciosa" e "cogumelo" rimam). Para a estrofe sexy, só canto em um tom mais baixo e arranho um pouco a garganta – algo como Britney Spears com um resfriado.

Dizem que o branco
É todas as cores e nenhuma cor ao mesmo tempo
Não é esse o meu caso?
Sou todas as garotas, mas não existe nenhuma como eu
SOU EU! SOU EU! SOU EU!

Depois, a estrofe Girl Crush é um rap simples do tipo "fala-e-canta" carregado de ousadia e atitude:

De cara limpa ou toda maquiada
Dez passos, três passos, nenhum passo
Não faz diferença quando eu chego

Sou uma gueixa, uma guerreira, uma princesa, a presidenta
Sou G.I. Jane, sou a Barbie, sou o Ken
SOU EU! SOU EU! SOU EU!

Os refrãos são basicamente uma batida eletrônica de dubstep em que eu canto como um mantra em inglês:

NÃO SOU COMO AS OUTRAS GAROTAS
MAS SOU TODAS AS GAROTAS EM UMA SÓ
SOU TODAS AS GAROTAS
TODAS AS GAROTAS
TODAS TODAS AS GAROTAS
SOU TODAS AS GAROTAS DO MUNDO

— *Wahhhhhh* — Clown Killah diz, estalando os dedos. — Você faz parecer tão fácil.

Gravamos mais cinco vezes completas, depois ajustamos minha pronúncia um pouquinho em cada estrofe e terminamos mais rápido do que eu esperava. No final, Clown Killah e One.J dão um *high five*.

— Ei, *hyung* — One.J diz para Clown Killah quando terminamos de gravar. — Posso dar uma palavrinha com a Candace? Em particular.

Clown Killah ri, desconfortável.

— Isso é meio estranho. Por quê?

— Preciso dar uns conselhos importantes sobre a apresentação, *hyung*.

Clown Killah balança a cabeça.

— Eu não deveria deixar vocês dois sozinhos.

— *HYUNG*!

Coloco as mãos sobre a boca. A voz de One.J saiu surpreendentemente profunda e o rosto dele tem uma expressão assustadora. Celebridade ou não, gritar com um adulto desse jeito não me parece nem um pouco coreano.

Clown Killah resmunga baixinho e sai da sala. Quando estamos sozinhos, uma expressão gentil volta para o rosto de One.J. Quase timidamente, ele diz:

— Espero não ter sido muito ousado naquela noite.

Faço que não com a cabeça.

— Tenho algo chato pra te mostrar — ele suspira, franzindo a testa.

Ah, não. Não era o que eu estava esperando.

One.J tira o celular do bolso e me mostra uma foto cheia de ruído. É um garoto em uma rua de Seul beijando uma garota loira. Só dá para ver as costas da garota, mas o garoto é inegavelmente One.J com a máscara abaixada.

Tenho a sensação de que alguém está me virando do avesso.

— Somos nós?

— Sim.

— Mas não tinha ninguém na rua — digo, com a voz aguda. — Nós checamos.

— Não dá pra subestimar essas *sasaengs* — One.J diz, fazendo um punho com as mãos. — A que me mandou essa foto é uma das piores. Ela deve ter algum contato com uma empresa de telefonia, porque eu mudo meu KakaoTalk a cada duas semanas, mas ela sempre me encontra. Ela está fazendo todo tipo de pedido pra me chantagear, dizendo que vai enviar essa foto para a imprensa se eu não a levar pra uma ilha particular, o que obviamente não vou fazer. Meu manager e eu estamos fazendo tudo o que podemos para chegar a um acordo com ela sem notificar a S.A.Y. Mas, se isso acabar sendo divulgado, não entre em pânico.

Tarde demais.

— Você não está preocupado? — pergunto. — Você não viu o que aconteceu com o QueenGirl?

— Bom, meus fãs são tão fiéis que não vão me culpar. Mas eu me preocupo com você. Se as pessoas descobrirem que é você, isso vai arruinar qualquer chance de você ter uma carreira antes mesmo de ela começar. Não podemos deixar isso acontecer. Seu talento é muito importante.

Olho para o cabelo loiro platinado da garota novamente. Aquela sou eu, por mais impossível que pareça.

— Já era — solto um gemido.

— Não — One.J diz firmemente, me encarando com seus olhos com lentes cor de âmbar. — A maior parte do público te conhece até agora como a garota de cabelo roxo no MV e você fez bem em usar um boné enquanto a YNN te filmava. Se eu souber que isso vai vazar, vou convencer a *sasaeng* de que é uma outra garota. O que quer que você faça, não confesse. Seu *oppa* vai dar um jeito nisso.

Eu vacilo um pouco quando ouço "*oppa*" e, antes que eu me dê conta, One.J se inclina e me dá um selinho super-rápido. Minha mente está tão acelerada que nem sinto o gesto. Então, One.J coloca sua máscara e sai do estúdio.

Não consigo decidir se esse momento foi romântico – ele está *cuidando* de mim – ou um desastre total. De repente, tudo que quero é estar no terraço com YoungBae, onde nada é tão complicado.

CAPÍTULO 31

The Queen Girl

Nos reunimos no grande salão de baile vazio do quinto andar para ensaiar a apresentação de grupo com todas as cinquenta garotas ao som de "I'm Every Girl". Ninguém percebe que sou eu cantando – minha voz foi editada para soar como cinquenta robôs femininos do K-pop e tenho que dizer: não ficou ruim. Vou adicionar essa música em uma das minhas *playlists* no Spotify.

As cinquenta garotas foram divididas em três grupos para a apresentação. Fui nomeada Center do Time Cute, o que me deixa animada; Helena é Center do Time Sexy; e Binna é Center do Time Girl Crush. Time 2 arrasando como sempre.

PD Choi está de volta como diretor do programa. Ele grita em seu megafone do alto de uma escada:

— Time Cute, saia do palco rapidamente para a entrada do Time Sexy! Time Girl Crush, quero ver movimentos mais precisos! Todas as garotas, Time Cute, Sexy e Girl Crush! Todas precisam estar perfeitamente sincronizadas na coreografia, mas, com seus rostos, digam para a câmera "sou a única garota nesse palco, então vote em mim!".

Durante nosso intervalo de cinco minutos, todas nos sentamos no chão e os aprendizes de manager e assistentes de produção nos entregam uma garrafa de Elektro Hydrate, o energético da empresa do CEO Rho.

— Deem longos goles! — PD Choi grita. — Digam: "*Wahhh*! Nunca bebi algo tão refrescante!".

Um cinegrafista dá um *close* em BowHee e eu. Dou um longo gole, mas um pouco da bebida desce pelo buraco errado – e o gosto é horrível. Mas sorrio para a câmera mais próxima e arregalo os olhos com gosto.

— *Wahh*, que delícia! — dou um gritinho para BowHee. — Elektro Hydrate vai me dar a energia que preciso pra me levar até o *debut*!

Um produtor faz sinal de positivo para mim.

Depois de mais seis horas ensaiando a apresentação em grupo, o CEO Sang pega o microfone e levanta o braço.

— Que momento entusiasmante para as trainees mais talentosas e bonitas de toda a Coreia!

As câmeras no salão de baile estão voltadas para nós para capturar nossas reações de todos os ângulos.

Nós todas vibramos animadamente.

— Em três breves dias, todos os olhos estarão em vocês. Estou recebendo ligações de executivos e marcas do mundo inteiro querendo se associar a esse novo *girl group*. Há muita expectativa para essas garotas porque todos esperam que elas personifiquem os padrões não só da S.A.Y., mas também o talento, os visuais e a popularidade global do SLK. É por isso que, para apresentar esse *showcase*, convidei uma jovem mulher que já possui todas essas qualidades. Por favor, deem boas-vindas para... WooWee, ex-QueenGirl!

Minha *ultimate bias* das *idols*! Achei que a carreira dela estava acabada! Surto com o resto das garotas quando uma mulher maravilhosa com a pele extremamente clara, olhos vivos cor de esmeralda e pernas esbeltas de girafa entra na sala, caminhando com elegância.

WooWee se junta a CEO Sang e faz uma reverência para as trainees. Levamos alguns minutos para nos acalmar e nos sentarmos novamente; a presença dela trouxe uma nova carga elétrica para o ambiente. Mas não consigo entender por que ela está aqui – até pouco tempo, ela era contratada de uma das empresas rivais da S.A.Y.

Quando nos acalmamos, ela diz no microfone:

— Não faz muito tempo que estive na mesma posição em que vocês estão agora. Essa indústria pode te levar a muitos lugares inesperados. — As trainees suspiram, compreensivas. — E, se você for forte, vai chegar até o topo. É uma grande honra pra mim ajudar a apresentar uma nova geração do K-pop. Dito isso, tenho duas notícias pra vocês como sua apresentadora. — As câmeras dão um *close* nela enquanto ela respira fundo, séria. — Embora todas vocês estejam se esforçando bastante pra preparar duas músicas para o *showcase*, temo que nem todas vão conseguir apresentar ambas. Depois da primeira rodada de apresentações, apenas os cinco times que receberem mais votos vão continuar na segunda noite.

Há gritos de espanto. Seguro as mãos de BowHee e Jin-Joo. *Precisamos* passar na primeira noite. É obvio que todas nós queremos debutar, mas nosso time precisa pelo menos compartilhar as duas apresentações com o mundo.

WooWee sorri com compaixão e abaixa os olhos para transmitir um ar trágico, mas digno.

— Sei que isso parece cruel. Pode até parecer injusto. No entanto, como aprendi por experiência própria, essa indústria pode ser muito injusta. Seus sonhos podem ser destruídos diante dos seus olhos mesmo que você não tenha culpa alguma. — Sua voz vacila. As trainees gritam "Não foi sua culpa!" e "*Hwaiting*!". WooWee sorri e faz uma reverência para demonstrar gratidão. — Não importa se vocês forem eliminadas na primeira noite ou se não forem escolhidas para o grupo final por pouco. Só quero pedir pra que não desanimem. O negócio é encontrar um jeito de voltar para o jogo. Esse é o sonho de vocês, certo?

— CERTO! — todas gritamos.

WooWee sorri.

— Vocês são tão lindas e cheias de energia! Vocês *me* inspiram. E, como recompensa pelo seu esforço, a S.A.Y. tem um presente incrível: vocês serão as primeiras pessoas no planeta a ver o novo MV solo de One.J, "Alien".

Todas nos levantamos em um pulo e gritamos de novo.

— A estreia mundial desse MV será na primeira noite do *showcase*, o que com certeza vai trazer ainda mais atenção para o *debut* das garotas sortudas. E para a trainee sortuda que apareceu nele.

Recebo vários tapinhas nas costas. As outras garotas estão deixando claro para as câmeras que não me odeiam.

As luzes se apagam e, nos próximos três minutos, não consigo me mexer nem respirar. Só apareço no MV por um total de trinta segundos, mas estou completamente encantada – há toda uma outra narrativa sobre a qual eu não tinha ideia. One.J se apresenta em um show totalmente lotado e procura por mim na plateia, seu amor perdido. Há *flashbacks* para um One.J bebê e uma versão bebê de mim – reconheço a garotinha que faz minha versão mais nova como aquela adorável pequena trainee para quem acenei no meu primeiro dia. Tenho que dizer, cabelo roxo cai bem em mim e minha atuação é muito boa. A letra, a voz de One.J e a estética do MV combinaram perfeitamente. Eu não poderia estar mais orgulhosa de fazer parte do vídeo, mesmo que seja por tão pouquinho tempo.

Quero criar alguma coisa assim. Se você se dedicar de corpo e alma, o K-pop – toda essa coisa de *idol* – pode fazer as pessoas se sentirem menos sozinhas. Pode mudar a vida delas. Já mudou a minha.

Quando YoungBae aparece no fim do MV, só por um breve segundo, todas as garotas fazem "*Woooo!*", mas meu coração desaba.

Eu beijei One.J e, se eu debutar, vou ser arrastada para o mundo dele – e quero mesmo. Mas YoungBae vai ficar para trás, aqui, como um trainee.

E se ele nunca debutar? Será que nossas vidas vão ser tão diferentes que vou virar um alien para ele?

Sei que milhões de garotas matariam para estar no meu lugar, mas, se algum dia eu tiver que escolher entre os dois, não sei o que vou fazer.

Uma coisa é certa: eu não vou deixar uma foto de celular idiota acabar com a minha chance de realizar meu sonho. Minha boca é um túmulo.

CAPÍTULO 32

Isso tudo é real mesmo?

Os estilistas dão um último retoque nas garotas do Time Cute enquanto aguardamos na coxia do Estádio Olímpico de Seul. Os assistentes de figurino afofam nossos tutus em nossas fantasias de bailarinas-estudantes. Os cabelereiros ajeitam meus fios rebeldes, que agora têm um tom lilás acinzentado depois que o sr. Oh descoloriu e tingiu meu cabelo pessoalmente na noite passada. Não vou precisar de peruca.

Seguro a mão de BowHee e a coloco contra meu peito para ela sentir como meu coração está acelerado. BowHee pega a minha mão e faz o mesmo; seu coração está batendo tão forte quando o meu.

WooWee já fez a apresentação do *showcase* e um discurso de abertura. O público presente no estádio e o que está assistindo na TV e por serviços de *streaming* acabaram de ver um clipe apresentando as cinquenta trainees, explicando por que somos o próximo SLK e o quanto a maioria de nós treinou por anos e anos. Agora, só estamos esperando o primeiro intervalo comercial terminar antes de fazer nossa primeira apresentação.

A voz sem corpo de PD Choi soa pelo auditório. Ele pede para o público ficar bem quieto até que as primeiras garotas apareçam: "Nessa hora, enlouqueçam!".

Ele está falando de mim. *Eu* sou a primeira garota a aparecer.

O público fica em silêncio total. Depois de alguns segundos apressados, ouvimos a voz do PD fazendo uma suave contagem de dez a um. Fecho os olhos e tento acalmar meu coração.

— Três... dois...

Luzes ofuscantes brilham e as primeiras batidas eletrônicas fazem o chão tremer. Sinto a batida dentro de mim. O público solta um "*Wahhhh!*". Minha voz gravada, acelerada a ponto de soar quase como um esquilo, repete "TODAS AS GAROTAS! TODAS AS GAROTAS! TODAS AS GAROTAS!". Há uma outra batida intensa, os pratos eletrônicos começam a vibrar e, antes que eu me dê conta, os assistentes de palco com fones de ouvido sussurram "Vai, vai, vai!" e eu sinto BowHee me empurrar por trás.

Piso no palco, com a vista ofuscada pelas luzes, e um tsunami de sons me atinge direto na cara enquanto milhares de fãs subitamente vão à loucura. Dublo as palavras e caminho rápido, sem conseguir enxergar qualquer coisa e desesperada para achar o X cor-de-rosa no chão. Ensaiamos no palco de verdade, que é tão grande quanto uma quadra de basquete, apenas uma vez, hoje mais cedo. Estou tão desorientada que acho que existe a possibilidade de eu ter subido no palco sozinha e que nenhuma das minhas colegas do Time Cute está de fato atrás de mim. Uso toda a minha força de vontade para não virar para trás e ver se elas estão lá. Forço os músculos do rosto para manter um enorme sorriso Cute congelado no meu rosto.

Finalmente, minha visão se ajusta às fortes luzes e encontro o X cor-de-rosa. Quando chego até ele, pauso. Um oceano de fãs está vibrando e balançando bastões fluorescentes rosa-neon. Encontro as câmeras, incluindo a que está pendurada nos fios esticados ao longo da plateia, que desliza para baixo em minha direção como um robô coruja. Completamente diferente das folhas de papel coladas nos espelhos da sala de ensaio.

Meu corpo começa a fazer a coreografia em piloto automático. Ele sabe que eu tenho que dar um giro agora – *Ai, Deus, as outras garotas do Time Cute estão* mesmo *atrás de mim, em formação perfeita* – e meus olhos sabem para qual câmera olhar. A *Killing Part* da nossa coreografia sou eu, parada de pé dublando "SOU EU! SOU EU! SOU EU!" enquanto as oito garotas dos meus dois lados andam ao meu redor para formar uma hélice humana vista de cima. Meu olho direito sabe quando é hora de dar uma última piscadela antes de sair pela longa passarela para que o Time Sexy possa subir no palco principal para sua estrofe.

Com a parte difícil fora do caminho, o Time Cute está fora das câmeras por um minuto, então posso recuperar o fôlego. Há uma mão de plástico gigante no centro do palco principal apertando um enorme planeta Terra, e cada uma das suas unhas está pintada de uma cor e contém o desenho de uma silhueta feminina diferente – é o símbolo oficial do grupo. Há telas gigantes por todo o estádio, onde vejo Helena, Aram e Luciana – as três principais garotas do Time Sexy – simplesmente arrasando na estrofe delas (que *eu* gravei). *Dizem que branco é todas as cores e nenhuma cor ao mesmo tempo...*

Há um número surreal de pessoas no estádio, mas não consigo enxergar o rosto de ninguém, apenas os bastões fluorescentes balançando freneticamente. Agora estou menos nervosa do que quando dancei na sala de conferência de CEO Sang – vinte mil fãs enlouquecidos são bem menos assustadores do que cinco velhos te avaliando de perto.

O público está amando nossa performance, e, de alguma forma, já sabem a música. Eles prepararam **FanChants** precisamente sincronizados, que se alinham direitinho com o refrão da música. Vejo de canto de olho que Binna arrasa no seu solo de dança à frente do Time Girl Crush, fazendo os fãs vibrarem.

Devo estar imaginando coisas, mas ouço uma voz familiar gritando meu nome. Passo os olhos pela plateia e vejo *umma*. Grito "*UMMA*!" e aceno para ela como uma idiota – eu sabia que ela vinha, mas esperava que ela fosse ficar em algum lugar no fundo, não bem do lado da passarela no equivalente K-pop de uma roda punk! Ela acena de volta para mim, com lágrimas escorrendo pelo rosto. Mas a voz dela não foi a única que eu ouvi. Bem ao lado dela está Imani, derramando rios de lágrimas.

— AHHHHH, IMANI! — grito, acenando como uma maníaca. Logo atrás de Imani está Ethan, gritando "*YASSSSS, QUEEN*!" e estalando os dedos para mim. Seu cabelo está tingido com um tom vivo de azul, bem típico de um *idol*.

Como eles vieram para cá? Tão perto do começo das aulas? Ainda estou gritando "O QUE ESTÁ ACONTECENDO?" para eles quando JinJoo me dá um cutucão forte nas costelas.

Ah, sim. O último refrão. Todas as cinquenta garotas estão agora na passarela, muito perto dos fãs. Com as vibrações positivas de *umma*, meus amigos e o estádio inteiro me dando forças, faço a coreografia com mais intensidade do que nunca. *SOU TODAS AS GAROTAS, TODAS AS GAROTAS DO MUNDO.*

Fogos explodem por toda a borda da passarela. BOOM, BOOM, BOOM, BOOM, BOOM, BOOM! As garotas paradas mais perto das explosões gritam e se agacham para se proteger; PD Choi nos avisou que haveria fogos, mas nenhuma de nós esperava que eles fossem tão grandiosos ou barulhentos.

A música termina com todas as cinquenta garotas levantando as mãos para cima enquanto há fumaça cobrindo o estádio. Mergulho no som dos gritos e FanChants ensurdecedores dizendo "S.A.Y!". Fecho os olhos e me pergunto, várias e várias vezes: "Isso tudo é real mesmo?".

Meu time e eu nos trocamos para nossa performance de "Boombayah" no camarim espaçoso dos bastidores. Nosso figurino envolve espartilhos, botas de cano alto e luvas que vão até os cotovelos, tudo em couro preto envernizado.

Meu cabelo roxo está preso em um rabo de cavalo alto e apertado — outras garotas do meu time também tingiram os cabelos. Helena, em vez do tom claro de ruivo, agora está com o cabelo platinado; odeio admitir, mas o loiro Targaryen combina *muito* mais com ela do que comigo. O cabelo de Binna está com um tom cinza-prateado, que ficou incrível nela, especialmente junto com o batom preto. As tranças de JinJoo agora estão tingidas em um tom vermelho Netflix, o que combina com seu tema anime. O cabelo de Aram continua no mesmo tom de preto de sempre, porque não faz sentido mudar o que já é perfeito.

Nós cinco ficamos juntas de frente para o espelho para ver como estamos. Três meses atrás, se eu nos visse em um beco escuro, teria dado meia-volta e corrido na direção contrária e passaria o resto da vida pensando em quem eram aquelas cinco garotas lindas e descoladas.

Damos gritinhos enquanto caminhamos para a coxia do palco para assistir ao Time 1 apresentar "Dalla Dalla", do Itzy. Aperto as mãos geladas de Aram e Binna – consigo sentir o nervosismo delas e o meu. Não sei se é por causa do espartilho apertado, mas estou começando a me sentir mal. Nunca vi o Time 1 se apresentar, para falar a verdade – eu estava muito ocupada sendo "expulsa" da S.A.Y. durante a primeira avaliação –, mas logo percebo que BowHee foi minha maior rival esse tempo todo. Assim como eu, ela está em um time com quatro garotas muito mais altas que ela e não é uma grande dançarina, mas compensa isso com muita energia, expressões alegres e divertidas e uma voz poderosa. Ela adiciona todo tipo de floreios e notas altas no final da música.

O público vai à loucura. One.J, ChangWoo, Wookie e CEO Sang estão sentados em uma bancada elevada para jurados de frente para o palco e todos fazem comentários positivos. One.J, que está espetacular com delineador, lentes cor de mel e brincos pendentes de cruz, destaca o "carisma" incrível e a "voz digna de uma estrela" de BowHee. Sinto uma onda de ciúmes atravessando meu corpo.

E pensar que essa garota se sentou de frente para mim durante todas as refeições pelos últimos três meses.

Durante o intervalo comercial, meu time e eu subimos no palco e nos posicionamos, comigo no centro. Tento chamar a atenção de One.J, mas ele age como se não me conhecesse. Ele está ocupado demais fazendo graça com Wookie. Sei que provavelmente há algumas *sasaengs* no estádio, mas gostaria que ele olhasse para mim nem que fosse por um milissegundo.

A multidão vibra quando as luzes se apagam e a tela grande atrás de nós mostra o clipe do nosso time: momentos dos nossos ensaios, entrevistas, interações que as câmeras filmaram durante a última semana. Nossas narrativas. Mesmo que eu queira muito, não podemos nos virar para assistir – estamos no modo Girl Crush "Boombayah" agora.

No instante em que o clipe acaba, as notas iniciais de "Boombayah" começam a tocar, o que faz o público ir à loucura. Começamos com uma série de poses sincronizadas e logo faço meu rap.

Tommy vai me zoar tanto por isso – ele só ouve hip hop –, mas Clown Killah e Manager Kong insistiram que meu rap ficou bom. Não sou nenhuma Missy Elliott nos VMAS; estou mais para a Taylor Swift fazendo o rap da Missy Elliott *na plateia* do VMA, mas fico mais confiante quando ouço o público soltar exclamações de surpresa. No pré-refrão, tenho que me deitar de costas e deslizar por baixo das pernas das minhas colegas, assim como a Rosé do Blackpink verdadeiro faz no MV. Couro envernizado não é muito bom para isso, mas consigo. No primeiro refrão, uma explosão de luzes cor-de-rosa se acende ao redor do estádio. Lasers cor-de-rosa percorrem a plateia, o chão do palco se acende e nós cinco fazemos o *dance break*. Paro de pensar temporariamente enquanto uso meu corpo inteiro para balançar os braços e chutar o ar como um ninja.

Estamos nos aproximando da parte em que precisamos balançar o cabelo oito vezes, e sei que não vou conseguir fazer o movimento. O tempo desacelera e uma ideia surge em minha mente. Todas as vezes em que me destaquei como trainee, foi porque segui meus instintos: fazendo um sax no ar, cantando "Yeowoo" em vez da música aprovada por Manager Kong ou dançando *vogue* na minha audição em Nova Jersey. Helena vai me *odiar* por isso, mas que se dane. Tenho de pensar em mim.

Quando as outras garotas seguram os joelhos e giram o cabelo como se seus pescoços fossem hélices de um ventilador, dou de ombros e faço uma careta para o público, como se dissesse "Aí já é *demais* para mim!". Em vez disso, enrolo meu rabo de cavalo algumas vezes com a mão.

A multidão cai na gargalhada. Eu pisco para a câmera certa e depois continuo com as partes da coreografia que consigo fazer.

Para a última batida da música, minhas colegas fazem espacates e eu desabo no chão em um *death drop* – dessa vez, planejado. O estádio inteiro vibra sob nossos pés e grita "De novo!".

Nós nos levantamos e nos curvamos para o público. Os garotos do SLK e o CEO Sang estão de pé. Vejo *umma*, Imani e Ethan de novo e mando vários beijos na direção deles. Imani está vibrando demais.

WooWee, maravilhosa em um vestido preto de paetês, vem até nós com um microfone para perguntar como nos sentimos depois da performance.

Aram diz:

— Me parece que demos nosso melhor. Por favor votem em mim e nas minhas colegas, estou contando com vocês! — Ela faz um coração sobre a cabeça com os braços.

Há um coro de vozes masculinas gritando "*Yeppeo, yeppeo!*".

Quando *umma* e *abba* dizem "*yeppeo*" para mim, significa "Você é amada" ou "Você é amável". Nesse contexto, tenho certeza de que só quer dizer "você é linda!".

WooWee dá a vez para os juízes. CEO Sang diz, dramaticamente:

— Sempre espero o melhor do Time 2, e hoje... vocês superaram minhas expectativas. Bom trabalho, meninas.

ChangWoo diz:

— Candace, toda vez que vimos você se apresentar como trainee, você fez alguma coisa inesperada. Hoje, você mostrou para o mundo todo sua personalidade única. Isso vai te ajudar bastante.

Minhas colegas olham para mim, confusas. Um clipe que mostra a parte em que enrolo meu rabo de cavalo com os dedos enquanto as outras quatro arrasam na coreografia é exibido em câmera lenta na tela atrás de nós. Dessa vez, nos viramos para assistir e Helena me lança um olhar mortal, bem no palco.

Faço uma reverência para ChangWoo.

— Obrigada, *sunbaenim*.

Ainda sem olhar para mim, One.J diz:

— Por mim, vocês cinco poderiam debutar hoje mesmo.

Wookie acrescenta:

— Vocês são todas lindas e talentosas, mas, JinJoo, o jeito como você se move e canta... você é minha *bias* desse time.

JinJoo fica boquiaberta e põe a mão sobre o peito; ela literalmente ganhou na vida. Ela gagueja:

— Wookie-*oppa*, você é meu *ultimate bias*. Posso te fazer *kimchi bokkum bap* algum dia?

É um momento tão adorável que o estádio inteiro solta um "*owwwwwn*".

Manager Kong está nos esperando no camarim com garrafas de Elektro Hydrate (horrível) e uma expressão alegre.

— Vocês foram tão bem!

Enquanto tiramos o figurino de couro envernizado e vestimos nossos uniformes de estudante da S.A.Y., Helena pergunta:

— Candace, por que você teve que sair do script *de novo*? Você tirou o foco de quem estava realmente seguindo a coreografia.

Solto um suspiro alto enquanto tiro o espartilho. Faz três semanas que ignoro Helena e tem dado certo.

Helena vem até mim e ficamos cara a cara; por um momento, fico impactada pela beleza dela. Com seu novo cabelo loiro platinado e *circle lenses* azuis, ela está com uma *vibe* seriamente Elsa, de *Frozen*.

Mas então ela abre a boca.

— Você está me ignorando? Se liga, garota! Você não está com nada.

— Ei, ei, ei, parem com isso — Manager Kong avisa.

— Deixa ela em paz, Helena — Binna diz, puxando-a para trás. — Todo mundo viu a gente fazer a coreografia. Candace só fez o que era melhor pra ela. Vamos focar no sucesso da performance, o.k.?

— Nada mais importa, o Wookie falou comigo — JinJoo diz, encantada. — Agora já posso morrer feliz.

— É isso mesmo, meninas — Manager Kong diz. — Vocês mostraram o que sabem fazer e isso é ótimo. Agora, vão para a sala de exibição.

Fora das nossas roupas superjustas e de volta aos nossos uniformes de estudante da S.A.Y., pegamos nossas Mantas da Modéstia e nos sentamos na sala de exibição, onde todas as trainees que não estão se apresentando devem ficar para assistir ao programa e fazer reações exageradas para as câmeras que estão transmitindo para a televisão. A primeira fila de assentos está reservada para o nosso time e, pelo resto da noite, assistimos a todas as apresentações. Fico chocada – como é que cinco times vão ser eliminados depois de hoje? Todas as garotas se apresentam com tanta paixão, preparo e intensidade. Meu time é supostamente um dos favoritos, mas não consigo dizer que somos assim tão melhores do que os outros. Vejo ShiHong arrasar na dança de "Fantastic Baby", do Big Bang. Luciana parece uma J-Lo do K-pop na performance de "Gashina". RaLa é uma máquina de rap na versão de "Latata", do (G)I-DLE, que seu time apresenta.

Temos que reagir da forma mais empolgada possível diante das câmeras, mas não preciso fingir. Sou *fangirl* de todas essas garotas. Grito e pulo durante cada performance. As câmeras me filmam, mostrando para Binna como estou literalmente arrepiada.

Sempre que a luz da câmera da sala de exibição fica vermelha, Helena descruza os braços e altera sua expressão mal-humorada para dar batidinhas nas mantas no nosso colo, sempre pensando em manter a imagem de garota gentil e prestativa. Falsa, falsa, falsa.

Se debutarmos no mesmo grupo, talvez eu simplesmente desista.

CAPÍTULO 33

"Into The New World" (Reprise)

Menos de vinte quatro horas depois, a segunda noite de apresentações começa com WooWee reunindo todas as cinquenta garotas no palco enquanto os números da votação on-line são revelados. WooWee diz, com muitas pausas dramáticas, que mais de trinta milhões de votos foram computados só na Coreia do Sul, o que causa espanto na plateia.

— Lembrem-se, todas vocês — WooWee diz, com uma voz abafada —, o que importa hoje são as pontuações totais dos times.

Todos no estádio estão prendendo a respiração enquanto os resultados são exibidos nos monitores.

PRIMEIRO LUGAR

Time 2: Kim Aram (1.209.345), Candace Park (845.844), Kwon Binna (828.988), Helena Cho (623.112), Chae JinJoo (242.559)

Aram, Binna e eu gritamos, pulamos e nos abraçamos. Nosso time teve a maior quantidade de votos no geral, o que nos deixa em vantagem em relação aos outros cinco times.

O Time 1 está logo depois de nós, com BowHee conseguindo 972.474 votos.

Depois de Aram, RaLa e BowHee, sou a quarta colocada geral em votos e Binna é a quinta. Se nós cinco formos escolhidas para o grupo final, vou explodir de felicidade – nossa mesa das excluídas na cafeteria seria bem-representada! Talvez esse seja um sinal de que os fãs coreanos estão prontos para um grupo sem os típicos *idols* perfeitos (com exceção de Aram, é claro).

— Você vai conseguir, *unnie* — sussurro para Binna. — Dez anos.

Ela está chorando tanto que só consegue apertar minha mão de volta.

Eu me sinto péssima por JinJoo, que conseguiu poucos votos – ela está em trigésimo terceiro lugar – mas já faz um tempo que ela não tem grandes perspectivas. E Helena em nono lugar... bom, acho que o público coreano conseguiu perceber a falsidade dela.

Hoje, *umma*, Imani e Ethan estão de pé na primeira fileira, enlouquecidos, chorando e vibrando. Meu coração está explodindo de alegria.

WooWee chama a atenção do público para alguns resultados surpreendentes. Mesmo que RaLa tenha sido a segunda individualmente – 989.223 votos –, suas colegas de time foram muito mal, então elas ficam em sexto lugar na classificação geral. Olho na direção delas e RaLa está se esvaindo em lágrimas enquanto suas colegas a consolam.

Eles não podem simplesmente eliminar a segunda colocada nos votos individuais por causa de um detalhe técnico, podem?

WooWee diz:

— Time 2, Time 1, Time 6, Time 3 e Time 9... Meus parabéns, vocês vão poder apresentar a segunda música que prepararam pra hoje, e ainda têm chance de debutar.

E simples assim, vinte e cinco sonhos, que somados devem dar um total de cem anos de treinamento intenso, são destruídos.

Estou chocada. Não consigo deixar de pensar que, se RaLa se encaixasse um pouquinho mais nos padrões do K-pop, a S.A.Y. e o CEO Sang tentariam achar uma brecha nas regras para mantê-la na disputa. As garotas eliminadas, as que continuam e boa parte do público não param de chorar.

One.J diz, com os olhos brilhando de compaixão:

— Lembrem-se: os resultados dessa noite não têm nada a ver com o valor de vocês como pessoas. Se vocês ainda querem ser *idols*, não desistam. Mas lembrem também que realizar um sonho não vai fazer com que sua vida seja automaticamente melhor. Não importa o que você faz, se trabalha em uma padaria ou é o número 1 no Gaon Music Chart, nossas vidas têm o mesmo valor.

A plateia murmura admirada diante das sábias palavras de One.J.

— Falou bem, One.J — CEO Sang diz rapidamente. — Para todas as garotas que não vão continuar, vocês se esforçaram bastante, e a S.A.Y. agradece por isso.

Tentamos abraçar as garotas eliminadas, mas elas já estão sendo levadas para os bastidores pela produção. Já dá para sentir: agora há uma linha entre as perdedoras e as vencedoras.

— E agora, o primeiro colocado: Time 2! — WooWee diz.

O estádio vibra. Ugh, nós vamos mesmo ser entrevistadas agora?

— Como você se sente, estando tão próxima do *debut*? — WooWee pergunta, colocando o microfone na cara de Binna. Mas ela está muito emocionada para responder. O público faz um coro carinhoso: "*Ul-ji-ma*! *Ul-ji-ma*!" *Não chore! Não chore!*

Helena dá um passo à frente e pega o microfone, impaciente:

— Bom, me parece que é uma grande honra estar um passo mais perto, mesmo que me pareça que estamos muito tristes pelas garotas que não vão poder apresentar a segunda música.

WooWee parece estar feliz que pelo menos uma garota consegue falar.

— O SLK e o CEO Sang disseram que o Time 2 se destacou durante todo o processo de treinamento — ela diz. — O que acha que faz vocês se destacarem como um grupo?

— Hmm — Helena diz, com a mão no ombro. — Bom, cada integrante traz qualidades diferentes. Aram traz o Visual, é claro. Eu diria que sou a mãe do grupo, porque estou sempre cuidando de todas.

Quero tossir e gritar "Mentira!".

— Binna é quase como o pai do grupo — Helena continua. — Ela é muito rígida e nos mantém na linha. E JinJoo, é claro, é o nosso unicórnio, nossa **4D Personality**. Então, sim, acho que todas nós acrescentamos algo único para o grupo.

— Oh! Mas parece que você esqueceu sua *maknae* — WooWee diz.

Helena solta uma risadinha por trás de sua mão.

— Ai, meu Deus, como pude esquecer Candace? Sim, nossa *maknae* traz uma certa... imprevisibilidade para o nosso grupo. Sem ela, nosso time teria paz e harmonia *demais*. Qual seria a graça disso?

WooWee ri um pouco, desconfortável, antes de dizer:

— Candace, vamos ouvir você. Como *maknae* do grupo, o que você aprendeu com cada uma de suas *unnies*?

Estou tão cansada de Helena. Quero sair por cima, mas, entre o massacre de trainees que acabamos de testemunhar e o *shade* descarado de Helena, meus nervos estão à flor da pele.

— Bom, WooWee-*sunbaenim* — digo, sorrindo para as câmeras —, com Binna-*unnie*, eu aprendi não só a dançar, mas também a tratar as pessoas com respeito e integridade. Ela foi a primeira pessoa a me ajudar quando eu estava passando por dificuldades como uma nova trainee e, por isso, vou ser eternamente grata a ela. Com JinJoo, eu aprendi a ter a coragem para ser diferente e receber críticas e encarar obstáculos com persistência. Aram-*unnie*... olhando de fora, qualquer um diria que ela sempre conseguiu tudo de mão beijada por ser bonita, mas, por trás da beleza, ela também tem caráter e força — Aram sorri para mim e faz um coração com os braços.

— Que belas palavras — WooWee diz. — E Helena?

Penso por um segundo. Helena me lança um olhar de aviso.

— Helena-*unnie*... uau, por onde eu começo? Observando Helena-*unnie*, aprendi como mostrar uma boa aparência para as pessoas certas. Me parece que essa vai ser uma habilidade importante nessa indústria, e ela é excelente nisso.

WooWee balança a cabeça:

— *Wahhhh*, que ótimas observações de uma garota tão nova.

Eu me olho no monitor enquanto faço *finger hearts* para o público. O estádio vibra, aprovando meu gesto.

Finalmente, somos levadas dos bastidores até o camarim para nos prepararmos para a apresentação de "Into The New

World". Não vejo os grupos eliminados em lugar algum; até onde sei, elas já foram embora de ônibus. Há uma atmosfera sombria – Binna, Aram e eu estamos consolando JinJoo, que está devastada por suas notas individuais.

— JinJoo, não perca a esperança — Aram diz. — O grupo final não vai ser baseado nos votos, de qualquer forma. Você pode compensar com a apresentação de agora.

Os maquiadores e cabeleireiros nos empurram para as cadeiras vazias perto do espelho para retocar nossa maquiagem – várias de nós estamos precisando depois de chorar. Helena, com o rosto completamente seco, está vestindo seu figurino para a apresentação e me encarando durante todo o tempo.

Não aguento mais esse joguinho.

— Você quer me dizer alguma coisa, Helena?

Ela me responde, rispidamente, em inglês:

— Candace, de todas as sacanagens que você já fez, essa foi a pior.

Olho para ela pelo espelho enquanto uma maquiadora passa pó em meu rosto.

— Não sei do que você está falando.

Helena corre até mim e empurra a parte de trás da minha cadeira, batendo na maquiadora.

— Ei, sai daqui! — grito de volta, em inglês. — Me deixa em paz.

— Ah, e ignorar o fato de que você falou mal de mim na frente de todo mundo?

Todas as outras garotas no camarim lotado viram a cabeça em nossa direção. Estou horrorizada. Não digo nada.

— Você me fez parecer uma pessoa horrível para o país inteiro! — ela grita.

— Foi você mesma que fez isso — respondo. — E, como sempre, Helena, se eu fiz qualquer coisa pra você, é porque mereceu.

Minha maquiadora escolhe esse momento para guardar o pincel e sair de cena. Eu não a culpo – não consigo imaginar nada mais inapropriado nesse momento do que duas trainees americanas gritando uma com a outra em inglês. Eu me levanto e atravesso o camarim até outra cadeira, onde uma outra maquiadora começa a retocar minha maquiagem logo em seguida. Mas Helena me segue como uma sombra maligna.

— Meu Deus do céu — eu explodo, voltando a falar em coreano. — Qual é o seu problema? Por que você é tão obcecada por mim?

— Obcecada por você?! — Helena dá um sorriso cínico. — Vai por mim, não sou obcecada por você. Você não é importante o suficiente pra isso.

Aram grita do outro lado da sala:

— Por favor, meninas, agora não é hora para isso.

— Sim — diz Binna. — Já chegamos tão longe.

Helena ignora as duas.

— Só quero saber por que você implica tanto comigo desde quando chegou aqui.

— Eu? — Não consigo deixar de soltar uma risadinha. — Nunca fiz *nada* contra você.

— Antes de você chegar e começar a fazer seus truquezinhos, tudo estava ótimo. O que você fez ontem à noite e aquela entrevista... essa é a *última* vez que me desrespeita, ouviu bem? Não vou deixar você estragar minha vida.

— Eu não fiz nada pra você — digo, com os dentes cerrados. — Não é culpa minha você ter ficado em nono lugar.

A sala inteira solta um suspiro de espanto. Sei que foi golpe baixo, mas não aguento mais. Não contei para todo mundo que ela destruiu meu cabelo, ou que ela mandou o namorado destruir meu precioso violão. Eu me levanto e tiro meu figurino da arara. Vamos usar roupas em um tom delicado e suave de *rose-gold* para nossa segunda apresentação.

— O que você disse?! — Helena pergunta.

Coloco meu vestido. "Apenas sobreviva a essa noite e, com sorte, você nunca terá que vê-la de novo", digo a mim mesma.

— Só quis dizer — falo, fechando o zíper do vestido —, que, se você não está feliz com o seu desempenho, a culpa não é minha. Não sou uma "ameaça", lembra?

— Não me sinto ameaçada por você, Candace. Só estou cansada de como é desesperada pra chamar atenção.

— *Eu* sou desesperada? Preciso te lembrar quem é o seu namorado?

De repente, estou olhando para o teto. Meu couro cabeludo parece estar prestes a ser arrancado da minha cabeça. Helena está segurando meu rabo de cavalo.

— ME SOLTA! — grito.

Uma confusão se forma na sala. Tento afrouxar a mão dela no meu cabelo enquanto um par de mãos me puxa na direção contrária. Quando finalmente liberto meu rabo de cavalo, balanço os braços freneticamente, sem tocar em nada. Sinto as unhas de Helena arranharem minhas bochechas antes de Binna puxá-la para trás.

— PAREM! PAREM COM ISSO, VOCÊS DUAS! — Manager Kong grita, me segurando. Ela me arrasta pela sala e me coloca sentada em uma cadeira.

Os outros times aproveitam o momento para fugir até a sala de exibição. Helena está em uma cadeira no canto oposto, chorando com as mãos no rosto.

— Eu deveria expulsar vocês duas agora! Vocês têm noção do quanto isso é inapropriado? E se um executivo da S.A.Y. visse? Ou um cinegrafista? Vocês estariam fora!

Uma cabelereira aparece do nada para arrumar meu rabo de cavalo e uma maquiadora diferente imediatamente começa a passar corretivo sobre as marcas de unha no meu rosto, o que arde demais. Me sinto humilhada e estou furiosa. Aquele animal selvagem me *atacou* de verdade. JinJoo, Binna e Aram estão prontas, vestidas em seus lindos figurinos *rose-gold*, horrorizadas.

— Vocês ainda precisam se apresentar — Manager Kong diz. — Mas, depois, é melhor me darem uma boa razão pra não contar isso para o CEO. Porque, se eu contar, ele não vai nem querer saber das suas habilidades de canto ou dança. A principal causa do fim de um grupo não são os escândalos. São desavenças entre integrantes.

Ao ouvir a ameaça de Manager Kong, o rosto de Helena fica subitamente seco e ela ajuda sua maquiadora a reaplicar sua base mais rápido. É quase de se admirar.

O estádio está quase todo no escuro exceto por uma única luz focando em Binna. Ouvimos um som agudo em nossos *in-ears*, o sinal para Binna começar a cantar. Sua voz na primeira estrofe está um pouco trêmula, insegura.

Sinto uma onda de culpa tomar conta de mim; não acredito que fiz meu time assistir àquele espetáculo logo antes da apresentação mais importante das nossas vidas. A segunda estrofe é minha: fecho os olhos e coloco todas as emoções que estou sentindo – desespero, arrependimento, remorso, amor – nas palavras. Elas ecoam através do estádio que está em completo silêncio. Não há um pio.

No refrão, quando todas as nossas vozes se juntam para harmonizar, a vibração do público cresce e se espalha como uma onda. Um oceano de bastões fluorescentes cor-de-rosa ondula pacificamente. Cantando sem instrumentos, só com as vozes das minhas colegas, eu me esqueço de onde estou e sinto que estou conectada a elas telepaticamente. Quando é hora de Helena e eu fazermos contato visual, posso jurar que ela me pede desculpas com os olhos. E eu peço desculpas a ela também.

Antes mesmo de ela chegar ao ápice da música, tenho certeza de que Binna vai soltar aquela nota alta como nunca. Sinto uma força intensa elevando nossa performance – e sei que as outras conseguem sentir isso também, é como se os fãs estivessem nos aninhando nas palmas das mãos. E, desse jeito, Binna fecha os olhos e solta a nota alta com perfeição. Os gritos são tão altos que precisamos esperar um minuto inteiro para recomeçar.

A música termina, e nós cinco estamos de mãos dadas, certas de que, juntas, entramos para a história do K-pop.

CAPÍTULO 34

Cho Helena

Na minha última noite de sexta-feira como trainee, encontro YoungBae no terraço pelo que parece ser a primeira vez em anos.

— Estava começando a achar que você tinha me esquecido — ele faz um biquinho.

— Eu sei, desculpa. Esse *showcase* acabou com a gente.

— Bom, achei que você foi ótima. Quer dizer, na minha opinião, você foi a estrela do negócio todo. Como sempre.

— Você assistiu?

— Aham. Colocaram uma TV no refeitório para os garotos. Na verdade, vamos estar no estádio na coroação final semana que vem, pra torcer por vocês. E pra ver como as coisas poderiam ter sido com a gente.

— Ugh, sinto muito, YoungBae — digo. — Você *vai* debutar, eu sei que vai. O que vocês vão fazer até lá?

Nós nos sentamos em um banco.

— Acho que vou ficar aqui, continuar treinando e me matricular em uma escola internacional. Não é como se eu tivesse muitas oportunidades universitárias lá em Atlanta.

— Ele boceja, esticando os braços para o céu. — Além disso, preciso ter certeza de que você vai ficar bem.

— Como assim? Posso muito bem me cuidar sozinha.

— Eu sei. Estou falando por mim. — Pela primeira vez, YoungBae parece um pouco tímido. Ele murmura: — Acho que comecei a sentir um pouco de *jeong* por você.

De repente, sinto como se meu peito estivesse explodindo em milhares de emojis de coração.

Jeong.

É uma palavra forte. Nós a estudamos por uma hora inteira na aula de coreano. A professora Lee disse que é um dos conceitos mais importantes na língua coreana, mas é muito difícil de traduzir porque está intimamente ligado ao espírito coreano. É o que faz as baladas coreanas serem tão românticas e, ao mesmo tempo, tão tristes. É a razão pela qual K-dramas fazem você suspirar e chorar ao mesmo tempo.

Tecnicamente, *jeong* significa "amor" ou "compaixão", mas também pode significar "apego" – a pessoas, a memórias e até mesmo a objetos importantes. Quer dizer que algo ou alguém mexeu tanto com você, que *se encaixa com tanta perfeição no formato do seu coração*, que agora você não tem outra escolha: precisa proteger essa pessoa, não importa o quão irracional isso pareça para os outros, não importa quanta dor de cabeça essa lealdade possa te causar. Você basicamente *se entrega a essa pessoa*, de um jeito unicamente coreano.

Fico sem palavras. Ficamos sentados por um segundo, sentindo o peso da palavra aumentar.

Então YoungBae quebra o silêncio:

— Tenho uma surpresa pra você! — Sua expressão alegre de sempre retorna. Ele corre e pega o que parece uma fronha escondida perto da porta enferrujada.

— O que você tem aí, YoungBae? — pergunto, preocupada.

Ele finge estar fazendo o parto do que está dentro da fronha: uma melancia!

— Ta-da! Feliz aniversário!

Eu grito de verdade.

— Você se lembrou do meu aniversário!?

— Sim, daquela vez que falamos sobre signos... 24 de agosto. Virgem. Sei que na verdade seu aniversário é *amanhã*, mas, já que eu provavelmente não vou te ver...

— Onde você arranjou uma *melancia*?!

YoungBae infla o peito.

— Foi a coisa mais errada que já fiz. Você não acreditaria em quantas regras tive que quebrar. Enfim, não consegui roubar uma faca ou uma vela de aniversário, mas... *Saengil cheukka hamnida*...

Ele começa a cantar "Parabéns para você" em coreano. É a coisa mais fofa que alguém já fez por mim, mas a pronúncia de YoungBae não melhorou nem um pouco, e ele também não canta lá muito bem.

— Ei, YoungBae — interrompo. — Você poderia fazer um rap de "Parabéns" pra mim?

Ele levanta a cabeça.

— Achei que você nunca fosse pedir.

Começando com um pouco de beatbox, ele faz um rap de "Parabéns" em coreano e depois começa a dançar um break, usando a melancia como acessório. Morro de rir. Ele é tão *engraçadinho*. Em um certo momento, ele decide fazer um movimento em que tenta rolar a melancia por um braço, passando por trás do pescoço e seguindo até o outro braço. Não funciona e a melancia cai no chão, se quebrando em vários pedaços.

— Ah, droga — ele diz, passando a mão pela cabeça. — Desculpa. Eu ainda topo comer se você topar.

— Dã! — digo.

Nós nos agachamos sobre a carcaça de melancia e devoramos os pedaços descaradamente com as mãos, cuspindo as sementes nos arbustos de lilases.

Quando ele sorri para mim com os lábios úmidos e vermelhos, percebo que estou sentindo *jeong* por YoungBae também. Mesmo que One.J seja um gênio da música e tenha me dado conselhos sábios, o encontro mais incrível e o meu primeiro beijo, percebo que ele é realmente como um alien para mim. Acho que tem a ver com o jeito como ele gritou com Clown Killah, com seu jeito descuidado... será que ele não deveria ter sido mais cuidadoso no nosso encontro, já que sabia de todas aquelas *sasaengs*?

Mas YoungBae está bem aqui. Ele gostou de mim, do jeito que sou, desde aquele primeiro dia em que falou comigo através da Linha do Gênero na sala de aula da professora Lee.

— Posso te beijar, Albert? — pergunto.

Ele parece surpreso.

— Sim — ele deixa escapar.

Eu me inclino e o beijo. É quando, enfim, entendo qual é o gosto de "Red Flavor" – a letra nunca fez sentido para mim antes.

— Uau — ele diz, de olhos arregalados. — Eu até deixo você continuar me chamando de Albert se fizer isso de novo.

Nós rimos e nos beijamos de novo, dessa vez por mais tempo. *Com certeza* não é um Beijo Educado.

— Pensa comigo — ele diz quando nos afastamos. — Se você debutar na semana que vem, vou continuar aqui como um trainee e tentar debutar também. Enquanto isso, você pode tentar me incluir como dançarino no MV de estreia de vocês. Se você não debutar, eu vazo também. O CEO Sang não dá a mínima para os garotos, então aposto que ele me deixa sair. A gente pode voltar para os Estados Unidos e tentar seguir uma carreira lá. Podemos fazer *collabs* no YouTube e coisas do tipo. Que tal?

Eu mordo os lábios, a culpa me pegou de surpresa. Penso no verso de "Alien": "Você me odiaria pelas coisas que preciso fazer para sobreviver". Eu deveria falar para ele sobre a foto. Sobre ter beijado One.J.

Mas One.J disse que ia dar um jeito. YoungBae nunca vai precisar saber. Ninguém vai.

Se eu me tornar uma estrela como One.J, será que algum dia YoungBae vai me odiar pelas coisas que eu talvez precise fazer para sobreviver em um mundo tão duro como o do K-pop? Pelas coisas que *já* fiz?

Tento afastar a culpa. Cuspo uma semente de melancia em YoungBae. Ela bate no peito dele.

— Combinado — digo, apagando One.J da minha mente. — Eu escolho você.

YoungBae olha para mim, confuso.

— Você me escolhe? Como assim?

— Nada — digo, balançando a cabeça. — É só meu cérebro viciado em competições musicais.

Ele sorri.

— Pelo menos você vai ter mais um dia fora no seu aniversário. Está animada pra comemorar com a sua mãe amanhã?

— Sim e não. Fiz uma coisa da qual eu talvez me arrependa.

YoungBae arqueia uma sobrancelha, confuso.

— Convidei a Helena pra vir comigo.

***

Imani e eu nos abraçamos por um minuto inteiro, dando pulinhos.

— Você é oficialmente a pessoa mais legal do mundo! — ela grita no meu ouvido, assustando todos os coreanos de terno preto na recepção. — MINHA MELHOR AMIGA É UMA SUPERESTRELA DO K-POP!

— Fiquei tão feliz de te ver! — grito, apertando os ombros de Imani, sem acreditar que é ela de verdade. — Como vocês chegaram aqui?

— Bom — diz Imani, orgulhosa. — Consegui arrecadar dinheiro suficiente para o Clube de Apreciação da Cultura Coreana pra comprar passagens de ida e volta para o Ethan e eu. — Então ela sussurra para mim, apontando para ele. — Os pais dele pagaram.

Balanço a cabeça.

— Ah, entendi.

Abraço Ethan e bagunço seu cabelo.

— Estou passado, mulher, passado — ele diz. — Nunca achei que Candace Park faria um *death drop* antes de mim.

— Como foi? — pergunto.

— Bom. Não ótimo — ele diz.

Brutal.

Por um momento, esqueço que Helena está aqui. Eu a apresento e ela se curva profundamente para *umma* e acena para Imani e Ethan.

Imani solta um suspiro.

— Você é *tão* linda.

— Obrigada — Helena diz, sorrindo com timidez.

— Você estava *tão* diva no *showcase* — Ethan diz.

No caminho para casa, *umma* faz um alvoroço sobre como Helena está magra demais e como ela deve estar morrendo de vontade de comer uma refeição caseira.

Quando sugeri convidar Helena para passar um tempo com *umma* e eu no nosso último fim de semana como trainees, para provar que podemos superar nossas desavenças, Manager Kong aprovou a ideia na mesma hora.

Como eu previa, *umma* ficou muito feliz em receber uma garota coreano-americana sem família em Seul.

— Você deveria ter convidado Helena antes! — *umma* me repreende. E então, para Helena, ela explica. — Às vezes a Candace é muito mal-educada.

Ugh.

Imani planejou um itinerário turístico cheio para nós. Exploramos a Vila de Murais Ihwa no bairro do teatro independente; provamos polvos vivos (exceto Ethan); mergulhamos os pés nas piscinas de Seoullo 7017; visitamos o Poopoo Land, um museu real sobre fezes e gases (coreanos são obcecados por esse assunto); e bebemos lattes em um café de suricatos, que é ainda mais fofo que o café de guaxinins. Os suricatos mordem quase todos nós, mas, por alguma razão, parecem amar Helena e ficam comendo direto da mão dela.

Depois, voltamos para o apartamento para um jantar de aniversário, que, na tradição coreana, sempre inclui *miyuk guk* – sopa de algas marinhas. Imediatamente, Helena insiste em ajudar *umma* a preparar o jantar, o que *umma* recusa, mas Helena insiste três vezes; estamos falando da mesma garota que era incapaz de jogar seu próprio lixo na lata. Helena já está prejudicando minha reputação diante de *umma*. Eu nunca ajudei meus pais na cozinha, mas eles nunca me pediram. Se tivessem pedido, eu com certeza teria ajudado.

Enquanto elas preparam o jantar, Imani, Ethan e eu nos esprememos ao redor do laptop de *umma* para assistir a todos os vídeos das performances do *showcase*. O mais popular deles é a nossa apresentação à capela de "Into The New World", que já tem dezoito milhões de visualizações!

— Mano, essa performance foi lendária — diz Imani. — Meus filhos e os filhos dos filhos deles vão assistir a isso.

Leio os comentários. A maioria é positivo ("RAINHAS!"; "Casa comigo, Aram!"; "Essa performance parou a internet"), mas há alguns horríveis ("AQUELA É A VADIA QUE PARTIU O CORAÇÃO DO ONE.J!" ou "Kwon Binna é muito feia para ser uma *idol*. Pronto falei").

— O.k., já deu, chega de ler comentários de *haters* — Ethan declara.

Imani abre o site da S.A.Y. para começar a votar em mim várias e várias vezes.

— Helena, vou te dar vários votos também, não se preocupe! — Imani grita.

— Obrigada, Imani! — Helena grita da cozinha.

Reviro os olhos.

— Que foi? — Imani pergunta.

Eu nunca disse a ela que Helena e eu não somos amigas.

— Nada.

Depois que está tudo limpo e guardado e Ethan e Imani voltam para o hostel onde estão hospedados, Helena e *umma* insistem em dormir no sofá da sala e, depois de uma batalha épica de etiqueta coreana, elas finalmente decidem que *umma* vai ficar no sofá e Helena e eu vamos dividir a cama.

— Vocês precisam descansar, garotas! — *umma* insiste.

Não discuto, já que o objetivo desse fim de semana é me entender com Helena. No quarto escuro, nos deitamos uma ao lado da outra em lados opostos da cama e passamos tanto tempo em silêncio que desconfio que ela já adormeceu. Mas, enfim, ela diz:

— Eu sei que JiHoon é um babaca.

Solto um suspiro de alívio.

— Então por que você estava com ele?

— Acho que... era bom sentir que tinha alguém do meu lado. Eu estava completamente sozinha lá, e ele cuidava de mim, sabe?

— Sei — digo, pensando nas tiras de frango que Young-Bae levava para mim nos bolsos.

— Quer dizer, JiHoon não me dava um tratamento tão especial e Madame Jung nunca soube. Nunca consegui nada demais, mas às vezes ele me trazia uma fruta a mais do refeitório, ou algumas amostras de produtos da GlowSong para o cabelo.

— Falando nisso... — digo.

— Eu juro que não estraguei seu cabelo de propósito — Helena diz, rapidamente. — Juro pela minha vida. Juro pela minha chance de debutar. Foi Madame Jung que me deu aquele frasco extra pra usar em você, depois que ela viu seu cabelo na segunda avaliação...

— Sério? Bom, eu sempre soube que aquela mulher me odiava.

— Ela sempre ficava dizendo que eu era a estrangeira ideal, que você era a mal-educada e que ia prejudicar a empresa se debutasse. Foi ela que me disse que só havia espaço pra uma americana no grupo e que era melhor eu conseguir que fosse eu. Depois da primeira avaliação, algumas das coisas que ela disse sobre você começaram a parecer ser verdade... então falei sobre os *yakgwas* para JiHoon.

Juro que não queria que ele quebrasse seu violão. E, algumas semanas atrás, quando você parou de falar comigo de vez, fiquei meio magoada.

Todo o meu relacionamento com Helena passa pela minha cabeça. Será que eu entendi tudo errado esse tempo todo?

— Mas, Helena — digo —, você foi super rude desde o começo. Nunca quis falar comigo, nem nada.

Na penumbra, vejo Helena fazendo uma careta para o teto. Seu cabelo loiro platinado está brilhando sob a luz do luar.

— Acho que eu estou numa *vibe* de evitar novas amizades há muito tempo — ela diz. — A questão é que eu disse a mim mesma que ia debutar a qualquer custo. Qualquer coisa que me distraísse desse objetivo, incluindo amizades, tinha que acabar. O *debut* é tudo o que eu tenho.

— Não é verdade. Você é inteligente e muito talentosa. Você poderia voltar para a Califórnia e arrasar de outros jeitos.

— Não tem nada pra mim na Califórnia. Minha mãe morreu quando eu tinha dez anos. Eu saí dos Estados Unidos pra treinar quando passei em uma audição pra uma das outras quatro principais agências aos quatorze anos. Quando não fui escolhida pra debutar naquele grupo, meu pai disse pra eu voltar pra casa, mas eu estava tão determinada a debutar que consegui ser transferida da minha outra empresa para a S.A.Y. Um ano depois, meu pai morreu em um acidente de carro.

— Meu Deus… Helena…

— Me deram permissão pra ir para a Califórnia para o enterro, mas tive que voltar logo em seguida pra continuar treinando. Nunca nem contei pra nenhuma das trainees porque não queria parecer fraca. Pensei que, já que nem pude ver meu pai nos últimos três anos de vida dele, era melhor eu fazer tudo valer a pena e debutar a qualquer custo. — Helena funga. — Então, acho que, quando você chegou... é que tudo parecia tão fácil para você. Quer dizer, não *fácil*, mas você nem aprendeu a coreografia e conseguiu encantar o CEO mesmo assim. E parecia que nossas colegas gostaram mais de você do que de mim logo de cara. Sei lá, parecia que você não *precisava* debutar como algumas de nós precisávamos, e isso meio que me deixava louca...

Eu me viro para ela e enxugo suas lágrimas.

— Agora entendi.

— Enfim, posso ter agido como um monstro total, mas queria que você soubesse que estou fora de mim na maior parte do tempo... a vida de trainee faz isso com a gente, sabe?

— Claro. Preciso pedir desculpas também. Sei que sou meio fora da casinha às vezes...

— Às vezes? — Helena se vira para me encarar.

Eu rio.

— Tá bom, não começa.

Na manhã do dia seguinte, *umma* nos deixa na recepção da ShinBi. Helena dá um abraço mais longo nela do que eu. Da próxima vez que eu vir *umma*, vou estar ou entrando em um avião com ela de volta para os Estados Unidos ou me despedindo dela enquanto ela volta sozinha.

— Candace — *umma* me chama enquanto Helena e eu passamos pela verificação de segurança. — Na verdade, vocês duas.

Helena e eu olhamos de volta para ela.

— Se vocês realmente querem ser *idols* — ela diz —, por favor me prometam que não vão se preocupar só com beleza e fama. Usem esse talento que Deus deu pra vocês pra dar voz a outras pessoas.

— O.k., *umma* — digo.

— Sim, senhora Park — Helena diz.

Passamos pelas catracas.

— E mais uma coisa — *umma* completa. — *Seoru akyeo-joh*.

Cuidem uma da outra.

— Sim, *umma*.

— Sim, senhora Park.

CAPÍTULO 35

Caminho do arco-íris

As vinte e cinco garotas restantes estão aguardando no grande salão de ensaio nos bastidores do Estádio Olímpico de Seul, vestidas de um branco puro, virginal. Eu pareço a Kate Middleton no dia do seu casamento, exceto pelo fato de que estou usando um vestido tão curto que meus shorts de segurança estão quase aparecendo.

Nos disseram que, na sala ao lado, CEO Sang e outros executivos da S.A.Y. e da ShinBi estão revisando os votos e outros fatores antes de tomarem a decisão final. O SLK está lá fora no palco nesse exato momento, levando o público à loucura com performances de "Unicorn" e "Sorry 'Bout It".

Olho ao redor. JinJoo está sentada no chão, balançando para a frente e para trás. Binna, Helena e Aram estão em um canto de mãos dadas, rezando. Outras garotas estão andando de um lado para o outro, chorando e rezando também.

Embora eu esteja cansada, toda dolorida e emocionalmente desgastada, estou mais calma do que deveria. Sei que consigo passar por isso mais dez vezes e sobreviver. Fui até o que eu achava ser o meu limite e descobri que ainda tinha muita força sobrando.

Um produtor aparece na porta da sala e nos dá um aviso de um minuto.

— CEO Sang e os executivos já tomaram uma decisão — ele diz.

Então, Manager Kong o empurra para o lado e entra furiosa na sala, olhando para seu celular, com o rosto brilhando de suor.

— Quem é essa? — ela pergunta em uma voz suave, mas tensa. — Quem fez isso?

Todas as garotas, já nervosas, ficam com uma expressão de pânico absoluto no rosto. Manager Kong manda os cinegrafistas pararem de filmar e vai até cada canto da sala, enfiando o celular na cara de todas as trainees. Cada garota pula para trás como se fosse a foto de um braço decepado. JinJoo literalmente grita quando vê.

Ah, não. Já sei do que se trata antes mesmo de Manager Kong chegar até mim.

É um artigo do Korea Radar. Cubro a boca com as mãos. O título diz: "ONE.J É FLAGRADO BEIJANDO TRAINEE DA S.A.Y. LOGO ANTES DO DEBUT DO GIRL GROUP".

Aquela foto granulada.

— E então? —Manager Kong grita, enfiando o celular mais perto do meu nariz. — Isso já está em todos os sites de celebridade da Ásia!

Só faço que não com a cabeça como todas as outras garotas, lembrando do conselho de One.J.: "Não confesse". Meu sangue congela enquanto Manager Kong continua a andar pela sala.

É claro que uma *sasaeng* vazaria uma foto dessas justamente hoje. Lembro do que One.J disse: "Elas nem sempre querem ser lembradas por coisas boas. Elas só querem ser notadas". O que chamaria mais a atenção de One.J do que isso?

Sem respostas, Manager Kong diz para nos aprontarmos.

— Não temos escolha — ela diz. — Mas fiquem cientes: quem quer que seja essa pessoa, não se esqueça. One.J é o produto mais valioso da S.A.Y., e qualquer pessoa que prejudique sua imagem perfeita vai ter que lidar com as consequências. Madame Jung está a caminho do estúdio neste momento.

Sinto vontade de vomitar, mas tento controlar minha respiração. Agitadas, formamos uma fila na porta, na ordem que ensaiamos. BowHee está bem na minha frente, Binna logo atrás. Seguramos microfones que foram decorados para parecerem buquês de lilases roxas e cor-de-rosa. Somos guiadas pelos corredores de concreto, passando pela sala onde YoungBae e os outros trainees estão assistindo à transmissão, passando pelo camarim onde, há menos de uma semana, Helena e eu lutamos até a morte.

Digo a mim mesma que ninguém vai perceber que a garota na foto sou eu. Para o público, eu tenho cabelo roxo. As oitenta mil pessoas que assistiram ao meu vídeo de "Expectations vs. Reality" no YouTube viram uma garota comum de Nova Jersey com cabelo preto oleoso. YoungBae não viu as fotos e, se ele descobrir, posso explicar que meu beijo com One.J foi antes de eu beijá-lo – e que eu o escolhi.

Um membro da equipe usando um fone dá à garota da frente, ShiHong, sinal verde para subir ao palco, e todas nós a seguimos, recebidas por aplausos e gritos. Acenamos enquanto cantamos nossa segunda música de grupo, chamada "Rainbow Road", escrita por One.J e Clown Killah. Passamos pela mão gigante apertando a Terra, que foi movida para a frente do palco, e caminhamos pela passarela, que está rodeada por cerejeiras brancas, rosa e roxas – não consigo ver se elas são reais ou artificiais, mas são muito delicadas e bonitas.

Quando eu era pequena
Minha cabeça vivia nas nuvens
Eu sempre sonhei com o castelo
No final do caminho do arco-íris

Agora que cresci
Meus pés estão firmes no chão
Mas com você ao meu lado
Podemos colorir este caminho enquanto andamos

Não é o caminho que imaginamos
Encontramos obstáculos no caminho
Mas nossos passos deixam lindas pegadas
Quando você olhar para trás, você vai ver
Este sempre foi o caminho do arco-íris

Ao final da música, a vibração do público é tão alta que mal consigo me ouvir cantando. Eu olho para um dos monitores e vejo minhas colegas trainees, todas brilhando de branco. Somos como um sonho que virou realidade.

WooWee sobe no palco principal e interrompe a fantasia, dizendo que chegou a hora de anunciar as cinco garotas que vão debutar. O público solta um grito de ansiedade e agonia enquanto formamos filas ao lado da mão gigante. Ouço pessoas gritando nomes de garotas. Ouço Aram. Ouço BowHee. Ouço Binna. Ouço Candace. É surreal que tantas pessoas que eu não conheço se importem tanto comigo.

É nesse momento que ouço uma fã na plateia gritar:

— Tire as mãos do meu One.J, Helena Cho!

E outra:

— Helena Cho, como ousa corromper meu One.J?

Olho para Helena, que está completamente horrorizada em seu vestido de renda branco e seu cabelo loiro platinado. Então eu penso: ao tentar me proteger, será que One.J jogou a suspeita em Helena? Ele sabia que nós duas não nos dávamos bem por causa daquela noite na recepção. E não deixo de notar a coincidência que é o sr. Oh, que recebe ordens da S.A.Y., ter mudado o cabelo de Helena para a mesma cor que eu tinha quando beijei One.J logo antes do *showcase*.

O que posso fazer? Se eu não for escolhida, vou admitir que fui eu para salvar Helena. E, se eu *for* escolhida... as pessoas vão acabar esquecendo, assim como qualquer história de tabloide, certo?

As luzes no estádio se apagam. Os alto-falantes tocam uma música apocalíptica e explosiva para intensificar o drama.

Antes que eu me dê conta, WooWee está falando:

— A primeira integrante do primeiro *girl group* da S.A.Y. é... Kim Aram.

Aram cai de joelhos, chorando, na fileira à minha frente. Eu deixo de lado o drama da foto e grito e vibro por ela, nem um pouco surpresa; o rosto dela foi feito para aparecer em *outdoors* e CFS ao redor do mundo. Depois que as garotas ajudam Aram a se levantar, ela caminha até o centro do palco, se esvaindo em lágrimas, onde WooWee põe uma tiara de cristal na cabeça dela antes de direcioná-la até o espaço na extrema esquerda do pódio. Assim que Aram pisa no local, a unha do polegar da mão gigante se acende, brilhando em vermelho logo atrás dela.

WooWee lê:

— Kim Aram, de Ansan, Coreia do Sul, será a Visual do grupo. Além de sua beleza incomparável, Aram é uma excelente atriz e forte sub-vocal.

O estádio canta "Kim Aram!". Há gritos de "*Yeppeoh!*".

Todos ficam em silêncio para o próximo anúncio. WooWee diz:

— A segunda integrante é... Shin BowHee.

Meu tímpano direito praticamente explode quando BowHee dá um grito bem ao meu lado. Eu a abraço e ela recebe uma avalanche de mãos das outras garotas lhe dando parabéns. Ela vibra de alegria e surpresa. Quando finalmente se acalma, recebe sua tiara de WooWee e sobe na segunda posição do pódio; a unha do indicador da mão gigante se acende na cor azul.

— Shin BowHee vem de Daegu, Coreia do Sul. Ela será a Vocalista Líder do grupo, com sua voz poderosa e charme ***aegyo***.

Meu coração se afunda um pouco. Lá se vai qualquer esperança, por menor que fosse, do Time 2 permanecer intacto. Além disso, BowHee e eu, ambas garotas baixinhas e fofas com vozes fortes, ocuparíamos posições similares no grupo. Não consigo decidir se estou devastada ou aliviada.

— Agora, a próxima integrante — WooWee diz. — Ela já foi chamada pelo CEO Sang de "a versão feminina de One.J".

Ouço um "Oooooooh!" da plateia.

— A terceira integrante do primeiro *girl group* da S.A.Y. é... Candace Park, de Fort Lee, Nova Jersey!

Eu vejo minha imagem na tela no fundo do estádio. Estou boquiaberta, com uma expressão de puro choque. Binna grita e pula, me apertando.

— Você conseguiu! Você conseguiu! — ela grita, há lágrimas escorrendo de sua face. Meu rosto na tela desaba. Eu o enterro no ombro de Binna. Tudo o que consigo dizer é "Obrigada, obrigada, obrigada, *unnie*". Olho para a tela de novo e ela mostra a sala onde os garotos estão nos assistindo. YoungBae está bem na frente, pulando de alegria por mim, dando socos no ar.

Depois de passar por uma floresta de mãos suadas e abraços, caminho até o centro do palco e paro ao lado de WooWee.

— Parabéns — ela sussurra fora do microfone enquanto coloca a tiara em minha cabeça. Procuro pelo rosto de *umma* na plateia e finalmente a encontro, quase no fundo. Ela está chorando e balançando a cabeça em minha direção, como se me desse a sua aprovação. Faço um coração com as mãos.

Subo no meu lugar no pódio. É um pouco mais alto do que os outros. A unha do dedo do meio atrás de mim se acende na cor roxa, como meu cabelo.

É *claro* que sou o dedo do meio.

WooWee lê em seu cartão:

— Candace Park, com sua voz única, será a Vocalista Principal e Center do grupo, trazendo com ela o espírito americano e seu incrível talento de compositora.

Então cai a ficha. *Eu* sou a Center? *Eu* sou a versão feminina de One.J? Depois de todas as minhas trapalhadas e falhas? Depois de todas as vezes que Manager Kong disse que eu era um "grande problema"? Depois de todas aquelas vezes que a General gritou na minha cara?

Antes que eu possa ter mais tempo de absorver essas informações, a próxima garota é chamada: ShiHong, do Time 3. Eu não a conheço muito bem, mas ela sempre se destacou — é linda e tem um ar andrógino com seu cabelo Peter Pan. WooWee diz:

— ShiHong vem de Xangai, China, e vai trazer uma *vibe* Girl Crush poderosa para o grupo, além de excelentes habilidades de rap e dança.

Quando ShiHong sobe no pódio ao meu lado, a unha do dedo anelar se acende na cor verde. Eu sussurro "parabéns". Ela balança a cabeça em concordância, a única garota no palco que não está vaiando.

— Senhoras e senhores, sinto dizer que só temos mais uma vaga — WooWee diz, dramaticamente, com uma voz abafada. O público solta um grunhido entusiasmado.

Faço uma oração silenciosa. Binna ainda pode ocupar a última vaga; ela e ShiHong têm habilidades parecidas, mas representam dois tipos completamente diferentes de Girl Crush – ShiHong faz mais o tipo modelo, Binna é mais o estilo hip hop – e poderiam compensar BowHee e eu, já que são excelentes dançarinas.

— A última integrante treina há muito tempo e impressionou o CEO Sang com seu espírito de equipe e trabalho duro. Ela será a líder do grupo.

Tem que ser Binna. Líder? Treinando há muito tempo? Trabalho em equipe? Não pode ser outra pessoa.

WooWee diz:

— Por favor, olhem para as telas para conhecer as duas garotas que estão disputando a última vaga.

Meus olhos se voltam para o monitor no fundo do estádio. Os rostos de Binna e Helena aparecem, dividindo a tela. Elas veem a si mesmas e imediatamente começam a chorar.

Meus joelhos tremem e desabo no pódio. *Por favor*, seja Binna. Tem que ser. Eu jamais teria chegado até aqui se ela não tivesse me ajudado quando Manager Kong estava pronta para desistir de mim. Eu nunca teria sobrevivido a uma única avaliação se ela não tivesse dedicado centenas de horas do seu próprio tempo de treino para me ajudar. Não vou conseguir fazer isso sem ela.

— E a quinta e última integrante do primeiro *girl group* da S.A.Y. é...

Por favor, por favor, por favor.

— ... Helena Cho.

Choro no pódio. Nunca senti nada assim. É como se meu estômago tivesse sido aberto e minhas vísceras escorressem para fora. *Bae-jjae-ra*.

A sensação é infinitamente pior do que se eu tivesse sido eliminada. De todas nós, Binna é a que mais merece fazer parte desse grupo. Todo mundo que a conhece enxerga seu valor. A única explicação para isso é que ela não se encaixa em um padrão idiota de beleza.

BowHee e ShiHong me levantam. Escondo meu rosto com meu microfone-buquê de lilases – o cheiro das flores lembra minhas noites no terraço com YoungBae.

Binna e as outras trainees eliminadas já estão sendo retiradas do palco. Ela olha para mim com o rosto coberto de lágrimas e levanta o punho. Ela murmura: "*Hwaiting*".

Quando Helena, chorando, pisa na última vaga do pódio, segurando sua tiara no lugar, a unha do dedo mindinho acende na cor amarela. A Terra na palma da mão gigante de repente brilha, lançando raios de luz sobre todo o estádio como uma enorme bola de discoteca.

Ouvimos aplausos estrondosos vindo de todos os lados. Ouço também um outro som vindo do público, como os acordes de um baixo.

Vaias.

WooWee diz:

— Para a nação, para o mundo... seu novo *girl group*, o ideal absoluto dos *idols*, cumprimenta a todos.

Segurando nossas tiaras, nós cinco nos curvamos profundamente e gritamos em nossos microfones-buquês: "Por favor esperem grandes coisas de nós!". É o que nos mandaram dizer se fossemos escolhidas.

Há uma explosão no teto do estádio e uma chuva de glitter, pétalas de flores e luzes cai sobre os dez mil fãs. Há faíscas no palco atrás de nós.

Mas as vaias persistem. Elas dão lugar a um coro que se espalhou por todo o estádio: "TIRE AS MÃOS DE ONE.J! TIRE AS MÃOS DE ONE.J! TIRE AS MÃOS DE ONE.J!".

Esses gritos se misturam com berros de: "ODIAMOS CHO HELENA! ODIAMOS CHO HELENA!". As fãs estão fazendo um X com os antebraços na direção de Helena.

Helena parou de chorar lágrimas de alegria. Sua expressão é a imagem de puro horror.

— O que está acontecendo? — ela pergunta para Shi-Hong, freneticamente. — Por que eles estão fazendo isso?

Olho para One.J. Ele está boquiaberto. Ele tem que dizer alguma coisa. Por que ele não ajuda Helena? É preciso duas pessoas para um beijo.

CEO Sang está de pé. Ele grita para o PD: "FAZ UM INTERVALO! FAZ UM INTERVALO!".

PD Choi corre pelo palco balançando os braços.

Todas as telas do estádio agora mostram um CF de Elektro Hydrate.

CEO Sang e One.J saem às pressas do palco, cercados por seguranças musculosos que afastam as fãs tentando encostar em One.J. CEO Sang tira Helena do pódio pelo braço. Ela grita, derrubando seu buquê enquanto sua tiara cai.

— Você! — CEO Sang grita. — Saia do palco!

— CEO Sang — Helena diz, desesperada. — Não sou eu nas fotos, eu juro! Nunca fiquei sozinha com One.J-*sunbae* na vida!

— Não importa — ele diz. — É nisso que o país acredita. Sua imagem está arruinada. Saia do palco!

Helena abre a boca para protestar, mas os membros da equipe já estão arrastando-a para fora do palco. Há suspiros de espanto e comoção do público. Helena olha desesperadamente para mim antes de desaparecer na escuridão dos bastidores.

As outras garotas no pódio estão tão congeladas quanto eu. Todo o nosso esforço está sendo destruído no último segundo. CEO Sang e PD Choi estão gritando. É tudo minha culpa. E eu não tenho a menor ideia do que fazer para consertar isso.

— Vamos simplesmente fazer o *debut* com as quatro quando voltarmos do intervalo — diz PD Choi.

— Elas são a versão feminina do SLK — diz o CEO Sang. — Precisamos de cinco pra ter simetria.

De repente, WooWee se coloca no meio dos dois.

— CEO Sang — ela diz, com seus olhos intensos brilhando — me deixe debutar. Eu posso ser a quinta integrante.

Todas nós no pódio soltamos um suspiro de espanto. Olho para Aram, que está tão chocada quanto eu.

Uma das maiores *idols* do K-pop, debutando pela *segunda* vez… no *nosso* grupo?

— Mas, WooWee — diz CEO Sang —, pretendíamos esperar até um pouco antes do primeiro *single* oficial do *girl group*, pra chamar mais atenção na imprensa.

— Sei que o plano era trocar uma dessas garotas por mim daqui a um mês — ela diz, com a voz ríspida e impaciente —, mas isso vai resolver o problema. Você me deve isso, CEO Sang. Eu não movi o céu e a terra pra abandonar meu último contrato só pra debutar em outro grupo que vai implodir por causa de um escândalo.

Não acredito no que estou ouvindo. Então o plano da S.A.Y. era substituir uma de nós esse tempo todo? E colocar WooWee logo antes do nosso primeiro *single* ser lançado, só por publicidade?

— CEO Sang, isso é cruel demais — One.J. diz. — Você não pode enganar as pessoas desse jeito.

CEO Sang ignora One.J. Ele balança a cabeça firmemente para WooWee.

— Essa é a melhor solução. Vamos fazer o anúncio depois do intervalo. Anunciar Helena Cho foi um erro.

PD Choi também balança a cabeça.

— É uma narrativa inesperada, mas pode funcionar.

— Vou fingir surpresa — WooWee diz, fazendo uma reverência.

— É sério que vamos fazer isso? — One.J pergunta, incrédulo.

CEO Sang diz:

— One.J, quando WooWee for anunciada, você vai ser o apresentador. E vocês, garotas… — Ele olha para nós no pódio. — Vocês vão ficar superfelizes porque uma de suas *idols* favoritas agora será parte do grupo, o.k.?

One.J abre a boca para dizer alguma coisa, olhando para mim, mas eu balanço a cabeça para ele, garantindo que vai ficar tudo bem.

— Sim, CEO Sang — eu digo.

As outras garotas ficam chocadas. Dou um sorriso para elas.

Ficou claro para mim o que preciso fazer. Eu olho para o público. *Umma*, preocupada, veio para a frente. Ela está acenando para mim freneticamente para chamar minha atenção. Eu sorrio e balanço a cabeça para ela também. Lembro o que ela disse quando deixou Helena e eu na recepção da S.A.Y.: "*Seoru akyeo-joh*. Cuidem uma da outra".

Mas a palavra para "cuidar" – *akyeo* – também significa "poupar" ou "racionar". Significa resguardar alguma coisa que é preciosa para você, como comida ou água ou a bateria do iPhone. Quando essa palavra é usada em referência a uma pessoa, você está literalmente dizendo que quer gastá-la com cuidado para ter certeza de que ela não está sendo usada de forma descuidada ou que será desperdiçada. É o que qualquer um desejaria para alguém que ama: para que essa pessoa não sangre, passe fome, fique solitária ou trabalhe demais. É o que *umma* e *abba* sempre fizeram por mim. É por isso que sou forte o suficiente para estar aqui hoje.

Olho para as três garotas em pé ao meu lado – Aram, BowHee e ShiHong – e sei que elas se sentem impotentes agora, por terem esse momento arruinado depois de anos de trabalho duro. Penso em Helena nos bastidores, como deve estar se sentindo devastada; ela sequer tem pais para confortá-la. E JinJoo. Estou morrendo de vergonha porque, esse tempo todo, eu estava com medo ou distraída demais para falar por ela; se JinJoo pudesse ter focado em seu talento em vez de ouvir a cada momento que precisava perder peso, talvez tivesse sido a melhor de todas.

Quem é que cuidou de alguma de nós, de verdade?

Ninguém na S.A.Y. Eles vão nos usar e nos gastar de qualquer jeito – agora, isso está mais claro do que nunca para mim. Nossos espíritos, nossa juventude e nossos sonhos são recursos abundantes para eles. Quando tiverem tirado tudo de nós, poderão usar outras pessoas.

Então é minha responsabilidade. *Eu* vou cuidar dessas garotas. E com certeza isso vai custar minha vaga no grupo. E se isso fizer os fãs de K-pop me odiarem, se fizer YoungBae me odiar, vou ter que viver com as consequências.

Quando voltamos do intervalo comercial, CEO Sang fala diretamente com o público.

— Nós ouvimos vocês — ele diz em seu microfone, com o braço estendido para a plateia. — Vocês não querem Helena Cho como uma de suas *idols*. Só ficamos sabendo de seu mal comportamento agora. Pedimos desculpas, e One.J pede desculpas por seu erro. Mas é com prazer que anunciamos uma mudança de planos que com certeza vai agradar a todos vocês. Pedimos à sua apresentadora, ex-integrante do QueenGirl, pra fazer parte deste novo grupo.

Há uma grande comoção no estádio. Todas as câmeras dão um zoom no rosto de WooWee, que está sem palavras, chocada. A confusão do público se transforma em aplausos.

— Obrigada, CEO Sang! — ela suspira no microfone. Shi-Hong e eu ajudamos WooWee a subir no pódio enquanto ela cobre a boca, soluçando de alegria.

— Depois de seu antigo grupo ter sido atingido por um escândalo por causa de uma integrante rebelde — CEO Sang diz. — Que esse momento seja o mais próximo de um escândalo que o seu novo grupo vai chegar.

One.J ri, desconfortável.

— Bom — ele diz. — Que virada, senhoras e senhores.

O público vibra e ri. Todos estão animados porque One.J está com o microfone. É impressionante como os fãs o perdoaram tão rapidamente – não que eu ache que haja algo de errado em um beijo, mas por que é a garota que tem que se sacrificar? Por que One.J é mais importante que Helena Cho?

É então que percebo que o mundo do K-pop não é diferente de Hollywood; a mulher sempre leva a culpa por um escândalo. Assim como One.J não tem *haters* gritando contra ele, o QueenGirl foi o único grupo que acabou. Hyun-Taek e o RubiKon estão bem, enquanto Iseul está arruinada e WooWee precisa tomar decisões desesperadas para sobreviver. Toda essa injustiça me dá forças para o que estou prestes a fazer.

One.J, despreparado para ser o apresentador, coloca o microfone na cara de Aram.

— Aram, você tem algo a dizer sobre esse novo acontecimento?

Chocada, Aram balança a cabeça e olha para o chão.

Dou um passo à frente e arranco o microfone de One.J.

— Eu tenho algo a dizer — minha voz ecoa por todo o estádio.

— Sim, Candace, vamos ouvir o que nossa Center tem a dizer — One.J diz, rindo de nervosismo.

— Pra ser sincera, essa notícia é um pouco triste — digo. — Como muitos dos nossos fãs sabem, vazaram fotos de você, One.J, e uma trainee loira da S.A.Y. se beijando. Todos presumiram que era Helena. Mas não era. Aquela garota sou eu.

Há uma comoção entre o público. Preciso falar rápido antes de ser tirada do palco – vejo o CEO Sang pular da mesa dos jurados. Vejo celulares se levantando na plateia para me filmar. Ótimo.

— No nosso mundo, aquela foto é o suficiente pra arruinar uma carreira. Mas, se for pra arruinar a carreira de alguém, que seja a minha, não a de Cho Helena. A Helena é uma das pessoas mais esforçadas que eu já conheci, mas, sem nem se preocupar em descobrir a verdade, nossa agência, a S.A.Y. Entertainment, expulsou essa garota sem nem hesitar, como se ela não fosse nada. Como uma trainee, estou cansada de ser tratada dessa forma. Por que é que a geração anterior à nossa pode definir qual é o nosso valor? Já não somos o suficiente?

Ouço um murmúrio vindo das vinte mil pessoas. Meu microfone é cortado, mas Aram rapidamente me entrega o dela.

— Todos os dias, ouvimos de adultos que somos muito gordas, muito feias, que não nos esforçamos o suficiente, que precisamos de cirurgia plástica. Fomos insultadas, jogadas umas contra as outras e levadas até o limite da nossa sanidade. Uma trainee chamada EunJeong não aguentou a pressão. Mas só quero que todos que estão nos assistindo saibam que vocês não precisam ser como nós ou se parecer conosco. Não somos melhores do que nenhum de vocês. Nós "*idols*" sentimos fome, cansaço, solidão... Nós brigamos, falamos palavrão, peidamos, engordamos e queremos amor. Somos humanos e estou cansada de fingir que sou perfeita. Se vocês querem perfeição, essas garotas incríveis no palco estão bem perto dela. Eu com certeza vou ser demitida depois disso, mas sei que ainda sou valiosa. E One.J? One.J é ótimo, mas ele ainda pertence às suas fãs, não a mim. Eu gosto de outra pessoa, um trainee chamado YoungBae, e eu *realmente* não acho que a maioria dos fãs fica tão assim incomodada quando seus *idols* namoram.

Então eu literalmente derrubo o microfone. Não porque acho que sou legal, mas porque estou com pressa para fugir. Para longe das câmeras, para longe do público em choque.

A encrenca me espera na coxia do palco. Madame Jung chegou ao estúdio, e nunca vi alguém tão furiosa. Tento passar por ela, mas sua mão voa na minha direção. Perco o equilíbrio, mas caio contra um corpo quente e forte.

— YoungBae? — digo, atordoada.

— Madame Jung, o que você está fazendo? — Manager Kong grita.

Ponho a mão sobre minha bochecha, que está latejando. Madame Jung zomba de mim.

— Eu não disse a todos que essa aqui ia causar problemas? Ela não só envergonhou essa empresa, mas a Coreia diante do mundo todo.

— A Coreia não é só K-pop, madame — YoungBae diz.

— Cale a boca, seu idiota! — ela grita. — Vocês dois estão fora desta empresa. E vou me certificar de que você vai pagar pelo resto da sua vida pelo que acabou de fazer, Candace. Você quebrou o contrato. Divulgou informações confidenciais e difamou a empresa. A ShinBi Unlimited vai te processar por tudo o que existe no mundo.

YoungBae e Manager Kong estão segurando meus braços enquanto caminhamos de volta para o camarim. Os corredores estão em pandemônio. Os garotos na sala de exibição parecem estar se revoltando – tirando as gravatas dos seus uniformes de estudante da S.A.Y., jogando cadeiras e gritando "também estamos cansados disso aqui!". Os managers, a equipe de produção e os executivos estão correndo pelos bastidores em pânico.

— Você já era — YoungBae sussurra.

— Você me odeia? — pergunto.

— Não, estou orgulhoso. A verdadeira *bad girl* do K-pop. Mas isso aqui vai pegar fogo.

O terror me atinge de uma só vez. O que foi que eu fiz? Será que a minha família e eu vamos pagar por esse erro pelo resto da minha vida? Por que fui abrir a matraca? Por que foi que vim para cá para início de conversa?

Isso tudo pode custar a loja de conveniência da minha família. Nossa casa. A faculdade de Tommy. Meu futuro.

Manager Kong arranja uma toalha de papel fria e molhada do banheiro feminino para minha bochecha.

— Vamos — ela diz. — Vamos achar sua mãe e levar vocês duas de volta para o apartamento e pensar no que vamos fazer depois. A S.A.Y. não vai deixar vocês saírem do país enquanto estiverem te processando.

— Você não está brava comigo? — pergunto para Manager Kong.

— Não, estou com medo por você. Você disse algumas coisas com as quais eu concordo. Pra ser sincera, também nunca entendi por que tínhamos que ser tão rígidos. Eu só estava fazendo meu trabalho.

CEO Sang e *umma* invadem o camarim ao mesmo tempo. CEO Sang caminha furioso na minha direção e grita bem na minha cara. Sinto gotas de saliva no meu rosto.

— Você tem ideia do que acabou de fazer, sua fedelha? Você sabe quantos milhões você me custou?

Umma se coloca entre nós e ruge:

— Como ousa sequer falar com a minha filha?

Nunca ouvi a voz de *umma* desse jeito – vem lá de dentro, gutural e animalesca. Ela está vestindo um suéter cor-de-rosa e Crocs, mas coloca o CEO Sang de volta em seu lugar. Graças a Deus minha bochecha não está vermelha – se *umma* soubesse que Madame Jung me deu um tapa, ela ia destruir esse estádio inteiro.

— Agora vejo de quem ela herdou essa atitude — CEO Sang diz. — Vou tirar tudo de vocês e um pouco mais.

— Quero ver você tentar! — *umma* grita.

Estou tão abismada que não consigo nem chorar. YoungBae está boquiaberto enquanto *umma*, como um cão de caça, expulsa um batalhão de pessoas que vieram gritar comigo: um advogado da ShinBi, WooWee com o rímel borrado, JiHoon e Madame Jung novamente, para quem *umma* grita:

— Pessoas como você mancham a reputação dos coreanos!

Manager Kong estava no celular esse tempo todo.

— InHee está a caminho com uma van — ela anuncia. — Venha comigo. Meu apartamento mal abriga uma pessoa, mas precisamos te tirar daqui.

Voamos pelos corredores, com *umma* apertando uma das minhas mãos e YoungBae a outra. Aram e Helena saem de um banheiro para nos seguir.

— Candace! — Helena me chama.

Eu paro.

— Helena. Me desculpa.

Eu não ficaria surpresa se ela arranhasse meu rosto de novo, mas, para minha surpresa, ela me abraça.

— Obrigada — ela diz.

No momento em que cruzamos uma saída nos fundos, os flashes das câmeras ofuscam minha visão e fico surda com os gritos.

— *SARANGHAE, CANDACE!* — NÓS TE AMAMOS.

— *HWAITING, CANDACE!*

— *Yeopeoh, yeopeoh!*

Fãs jovens estão com os celulares levantados, reproduzindo um vídeo do meu discurso. Ouço minha própria voz dizer: "Por que é que a geração anterior à nossa pode definir qual é o nosso valor? Já não somos o suficiente?". Ouço gritos de "CANDACE PARK, GUERREIRA DO K-POP! CANDACE PARK, GUERREIRA DO K-POP!". Alguns jovens estão segurando fotos de uma *idol* que morreu ano passado depois de ser abandonada por sua agência e assediada por trolls por causa de "escândalos" sem sentido.

— *HWAITING, GUERREIRA DO K-POP!*

Aram dá seu sorriso deslumbrante e acena enquanto atravessamos a multidão em direção à van. O que quer que aconteça, essa garota tem que se tornar uma celebridade.

Quando finalmente estamos dentro da van, *umma* aperta minha mão.

— Não tenha medo, Candace. Você disse a verdade.

YoungBae sussurra em meu ouvido:

— Você é minha *ultimate bias*.

Estou atordoada. Helena está com o celular de *umma*, suas famosas unhas batendo contra a tela enquanto ela navega.

— Meu Deus — ela lê em voz alta. — #GUERREIRADOKPOP e #CandacePark já estão nos *trending topics* de todas as redes sociais. Até nos Estados Unidos.

Ela lê manchetes de blogs em coreano e inglês.

"EXECUTIVOS DO K-POP, PRESTEM ATENÇÃO. É ISSO QUE OS FÃS QUEREM OUVIR."

"O QUE TODOS PENSAM; ELA FALOU: ESTRELA DO K-POP ARRUINA SUA CARREIRA PARA FALAR A VERDADE NA TV AO VIVO."

"FÃS, SE VOCÊS CONCORDAM COM CANDACE PARK, ASSISTAM A ESSE VÍDEO. COMPREM A MÚSICA DELA."

— Arruinei mesmo a minha carreira? — pergunto.

— Hmm, basicamente — YoungBae diz.

Eu rio e lágrimas vêm aos meus olhos enquanto sou tomada, de uma vez só, por um turbilhão de alívio, terror e entusiasmo. Mesmo que eu tenha literalmente jogado uma granada na minha vida inteira e tenha que me preparar para enfrentar uma corporação bilionária, disponho de pessoas ao meu lado: todos nesta van, Binna, JinJoo e, pelo visto, milhares, talvez milhões de pessoas que eu nem conheço.

Naquele momento, "Into The New World", do Girls Generation, toca no rádio. Manager Kong aumenta o volume. *Umma* começa a cantar junto. YoungBae faz um beatbox e o resto de nós se junta a eles.

Apoio a cabeça contra o ombro de *umma* enquanto aceleramos pelas ruas de Seul, lembrando daquele dia na loja em que ela me explicou sobre o que era essa música: começar uma jornada que com certeza será longa e incerta, mas seguir com coragem, sabendo que seu coração está cheio de esperança.

— *Umma*, acabei de pensar em uma coisa — digo.

— O quê?

Sorrio para ela.

— Não importa o que aconteça, isso vai dar uma redação incrível para a faculdade.

Dicionário avançado de K-pop da Imani

Oi, amiga! Já que minha missão de vida é espalhar conhecimento e luz, aqui estão algumas palavras que você vai encontrar quando estiver se tornando uma superestrela do K-pop. Sempre que ficar confusa – e você vai, porque K-pop é incrível, mas muito doido –, abra esse dicionário e pense em MIM*! Te amo, bb.* Finger hearts × *10.000! <3*

4D Personality (pág. 318): Alguém superesquisito que parece ter vindo de outro planeta, mas que é adorável. Exemplos: Jisoo, do Blackpink; Park Bom, do 2NE1; e nosso querido Ethan.
Aegyo (pág. 342): Ai, Deus, por onde eu começo? É um jeito de se comportar de forma considerada fofa (gestos infantis, voz de bebê) pra conseguir o que quer. A maioria das pessoas, incluindo coreanos, acha tosco, mas as *idols* precisam saber como fazer isso em programas de variedades. Pratique, Candace!
Bias (pág. 141): Seu integrante favorito de um grupo. Um *ultimate bias* é o seu favorito dentre todos os grupos.

Center (pág. 26): O integrante que mais aparece nas performances e nos MVs. Dependendo do grupo, pode mudar a cada *comeback*, mas alguns tem um Center pré-determinado. Exemplos: Nayeon, do Twice; Taeyong, do NCT; e, é claro, One.J. <3 <3

CF (pág. 166): Sigla do inglês para "*commercial film*", que quer dizer "propaganda de TV".

Chaebol (pág. 113): Uma grande corporação dirigida por uma poderosa dinastia coreana; elas aparecem bastante em K-dramas. A ShinBi Unlimited, pra onde você vai, é uma das maiores *chaebols*. A coisa vai pegar fogo!

Circle lenses (pág. 85): Lentes de contato coloridas que os *idols* do K-pop usam. Elas cobrem uma área maior dos olhos do que as lentes tradicionais, dando um efeito diferente.

Comeback (pág. 114): O lançamento de um novo *single*/miniálbum/álbum completo com seu próprio conceito. Muitos grupos têm vários *comebacks* no ano, mas alguns têm só um ou dois, isso se tivermos sorte (hm-hm, Blackpink).

Conceito (pág. 20): É a estética e *vibe* de um grupo, música, *comeback*, MV etc. Para *girl groups*, existem duas categorias amplas de conceitos – Cute e Girl Crush –, mas, na verdade, a distinção entre elas é uma linha tênue e as possibilidades são infinitas! É isso que faz o K-pop ser tão especial.

Conceito Cute (pág. 20): Inocente, jovial, cores pastéis, vozes agudas, coreografia fofa. Alguns fãs, especialmente no ocidente, menosprezam Conceitos Cute, mas eles são poderosos à sua própria maneira!

Conceito Girl Crush (pág. 20): Um conceito de *girl group* que é mais poderoso que fofo; a epítome do Girl Crush é "I Am The Best", do 2NE1, ou a *vibe* do Blackpink num geral.

Contratos abusivos (pág. 52): Chamados de "*slave contracts*" no mundo do K-pop, são contratos horríveis que mantêm *idols* e trainees sob o controle de uma agência, às vezes por treze anos. Há muitas histórias de *idols* que processam as empresas para se livrarem desses contratos. Fique longe deles, Candace!

Dating Bans (pág. 78): Amiga… o K-pop precisa parar com isso. Basicamente toda agência de K-pop tem regras rígidas que proíbem trainees e *idols* novatos de namorar, pra que eles fiquem "disponíveis" para os fãs. Sim, uma minoria barulhenta do fandom surta completamente quando *idols* namoram, mas é zoado como as empresas expulsam trainees e cancelam contratos por causa disso. Poxa, K-pop… deixa os *idols* namorarem!

Dobrinha das pálpebras (*monolids*) (pág. 220): Olhos sem a dobrinha acima deles. São adoráveis, como os seus! Não muito comum em *idols*, no entanto – notáveis *idols* com *monolids* são Seulgi, do Red Velvet, e Dahyun, do Twice's.

Face do grupo (pág. 26): O rosto que vem à sua mente quando você ouve o nome do grupo. Geralmente é o mesmo que o Center, mas nem sempre. Exemplos: Kai, do Exo; Jennie, do Blackpink; e, o mais icônico de todos, ~*One.J*~.

Fancafé (pág. 211): Um fórum oficial em que você pode interagir com outros fãs e, às vezes, com os próprios *idols*.

Fancams (pág. 36): Vídeos feitos pelos fãs.

FanChant (pág. 307): Tipo um grito de torcida oficialmente criado por agências de K-pop para que os fãs gritem durante apresentações ao vivo. Geralmente é uma mistura dos nomes dos integrantes e das letras da música.

Fansign (pág. 153): É o sonho de qualquer *stan* ser escolhido para participar de um Fansign, onde você pode conhecer os *idols* e pegar autógrafos. Secretamente, o motivo real de eu ter te convencido a participar da audição da S.A.Y. foi para você me incluir em Fansigns do SLK. :-P

Finger hearts (pág. 283): Corações feitos com os dedos; um gesto de amor feito ao cruzar as pontas do seu dedo indicador com o polegar. *Idols* fazem esse gesto aproximadamente dez milhões de vezes por dia.

Gyopo (pág. 165): Um coreano nascido em outro país. Exemplos: Tiffany Young, do Girls Generation, e Candace Park, do muito aguardado *girl group* da S.A.Y. :-P

Hallyu (pág. 272): "A Onda Coreana", ou Hollywood Coreana. Tem a ver com o fato de que a cultura coreana está se espalhando ao redor do mundo porque é incrível. Orgulhe-se disso!

In-ears (pág. 161): Monitores que os *idols* usam durante apresentações ao vivo. Os *idols* costumam personalizar seus *in-ears* com cores e símbolos.

Killing Part (pág. 162): Aquela parte da música ou da coreografia que você não consegue tirar da cabeça, como o gesto de "TT", do Twice, ou o movimento de bater as coxas em "You Calling My Name", do NCT.

Maknae (pág. 26): O mais novo do grupo. Idade e títulos são importantes na Coreia, então meio que há uma expectativa de que o *maknae* seja especialmente fofo, carismático ou amável, e às vezes que "crie a atmosfera" do grupo. Exemplos: Lisa, do Blackpink; Sehun, do EXO.

Máscara cirúrgica (pág. 174): *Idols* (e coreanos de forma geral) usam máscaras para se protegerem de germes, poluição e poeira.

Music Shows (pág. 15): Programas semanais em que *idols* apresentam músicas novas para uma plateia ao vivo.

Exemplos: *M Countdown*, *Inkigayo*, *It's Popular 10!* e outros. Cada programa tem uma fórmula complexa pra decidir que grupo ou artista "vence" na semana.

Netizens (pág. 187): Cidadãos da internet. No K-pop, são um esquadrão organizado e dedicado de detetives, capazes de farejar qualquer escândalo.

No-jam (pág. 237): "Sem graça!". Um jeito meio carinhoso de chamar alguém de estraga-prazeres.

PD (pág. 260): O diretor de um programa de TV.

Perfect All-Kill (pág. 136): Quando uma música fica no topo de todas as principais plataformas de música coreanas ao mesmo tempo. Uma música tem que ser *muito* boa pra conseguir isso.

Selca (pág. 199): Selfie!

Shorts de segurança (pág. 260): Shorts que as *idols* usam debaixo de suas saias supercurtas para evitar problemas com o figurino.

Skinship (pág. 36): Demonstrações públicas de afeto físico entre integrantes de um grupo. Os fãs adoram!

SNS (pág. 199): Sigla do inglês "social networking services", ou redes sociais.

Stage (pág. 131): É como o K-pop chama a apresentação ao vivo.

Sunbaenim (pág. 158): Um "veterano"; no K-pop, isso quer dizer alguém que debutou antes de você. É bom se curvar e falar formalmente com eles em público, a não ser que queira que os *netizens* coreanos te critiquem pela sua falta de educação. O oposto é *hoobae*, um "calouro".

Visual (pág. 26): Cada um tem suas preferências, mas o membro Visual de um grupo é aquele que a agência/o público decide ser o que mais se aproxima do ideal coreano de beleza.

Agradecimentos

Transformar *K-pop Confidential* em realidade foi um incrível esforço coletivo. Aos meus olhos, todos merecem ser o Center, Visual *e* Face do grupo!

Para começar, agradeço infinitamente a David Levithan pela oportunidade de debutar na Scholastic, a editora que fez de mim um leitor. Muito obrigado à minha brilhante e paciente editora Sam Palazzi por respeitar tanto o tema e por atender minhas ligações até bem perto do seu casamento! Um grande *gamsamnida* a Barry Cunningham e Jazz Love, da Chicken House, por acreditarem nesse livro desde o começo; à minha superagente Brenda Bowen por lutar em meu nome enquanto tornava todo esse processo *divertido*; e à Dana Spector, da CAA, por levar esse projeto bem além do que eu poderia ter sonhado.

Justin Sherwood e Devin Alavian são os melhores amigos que alguém poderia querer. Nunca vou conseguir expressar como sou grato pelo tanto que vocês confiam e apostam em mim. Mell Ravenel, tem sido um prazer ser uma fã com você por quase vinte anos – gosto de pensar que teríamos lido esse livro durante nosso primeiro ano de geometria. Luis Jaramillo e todos na The New School: eu não poderia ter escrito esse livro em três meses sem tudo o que vocês me ensinaram; vocês mudaram a minha vida. Muito obrigado à Aria Bendix, Arielle Dachille, Jessica Gross e Brian Saladino por serem leitores perfeitos. Eu devo tanto à Tina Jordan e Jeff Giles, não só por me darem meu primeiro emprego dos sonhos, mas por me mostrarem que sou uma pessoa capaz de fazer as coisas acontecerem. Obrigado a Jackie Bernstein e todos na BDG por fazerem com que o trabalho seja prazeroso todos os dias.

Para todos os talentosos e resilientes jovens artistas que fizeram do K-pop o fenômeno que é: muito obrigado por usarem suas vozes para inspirar milhões de pessoas ao redor de todo o mundo. Nós amamos vocês ainda mais quando não são perfeitos. *Hwaiting*!

E, acima de tudo, obrigado à *umma*, *abba* e Tim por todas as coisas boas na minha vida.

Confira nossos lançamentos,
dicas de leituras e
novidades nas nossas redes:

@editoraAlt

@editoraalt

www.facebook.com/globoalt

Este livro, composto na fonte Fairfield,
foi impresso em papel Pólen Soft 70g/m² na gráfica Edigráfica.
Rio deJaneiro, Brasil, fevereiro de 2021